사랑하는

서연이와 서진이에게

슬기로운 엄마표 영어 지침서

초판인쇄 2023년 4월 18일
초판발행 2023년 4월 24일

지은이 손지은
발행인 조현수, 조용재
펴낸곳 도서출판 프로방스
기획 조용재
마케팅 최관호, 최문섭
편집 김효진
디자인 토 닥

주소 경기도 고양시 일산동구 백석2동 1301-2
넥스빌오피스텔 704호
전화 031-925-5366~7
팩스 031-925-5368
이메일 provence70@naver.com
등록번호 제2016-000126호
등록 2016년 06월 23일

정가 17,000원
ISBN 979-11-6480-316-3 03810

언어 습득 골든타임에 시작하는

슬기로운 엄마표 영어 지침서

손지은 지음

프로방스

'라떼는 말이야.'라는 말을 선생님만큼이나 자주 쓰는 사람이 또 있을까요? 꼰대라고 불리는 건 싫지만 학생들과의 세대 차는 해가 갈수록 커져만 가는 저는 초등학교 선생님입니다.

옛날과 오늘날의 사회 변화에 대해 알아보는 사회 시간, 자연스레 옛날이야기로 수업이 흘러가고 있던 날이었어요. "선생님이 어릴 때는 교실에 학생이 40명도 넘었어."라는 말에 경악하며 소리치는 아이들의 모습이 참 귀엽고 순수합니다. 선생님은 옛날 사람이라며 깔깔대는 녀석들이지만 그 순간의 수업 집중도만큼은 최고 수준이 되지요. 딴짓하던 녀석들도 어느새 자세를 고쳐 앉고 선생님의 어릴 적 이야기에 귀를 쫑긋 세워 대기모드가 되니까요. 누군가 실제로 겪었던 삶의 진짜 이야기는 교과서의 지루한 글보다 훨씬 재미있게 와닿는 법인 것 같습니다.

아이의 영어에 대해 고민하고 있을 많은 부모님도 같은 마음일 거라 생각합니다. 뜬구름 잡는 라떼의 이야기가 아닌, 평범하고 가까운 선배 엄마의 진짜 이야기가 듣고 싶을 거예요.

"사교육 없이 해리포터를 원서로 읽어요. 외국에 살다 온 적도 없는데 영어를 원어민처럼 술술 이야기해요."

불과 몇 년 전의 저도 이런 말을 들을 때마다 참 솔깃했습니다. 당연히 부럽기도 했지요. 하지만 겉으로는 찬사와 존경을 보내면서도 마음 한구석으로는 다른 생각을 했어요. '애가 언어에 엄청난 재능이 있는 거 아닐까? 외국에 살다 왔을 수도 있어. 아니면 엄마가 엄청 빡세게 시켰을 거야.' 이런 합리적인 의심 말이에요. 부러움 한편에 감춰진 질투였습니다. 하지만 두 아이를 엄마표로 키우면서 제 생각은 완전히 달라졌어요.

정말 사교육 없이도 가능하다는 걸, 큰돈 들이지 않고도 영어에서 자유로운 아이로 키울 수 있다는 걸 경험했으니까요. 특별한 재능이 있는 아이에게만 가능하다고 생각했던 일들이 우리 아이들의 이야기가 되고 나니 다른 사람들에게도 알려주고 싶은 욕심이 생겼습니다.

제가 우리 아이들과 함께 진행한 엄마표 영어의 과정을 세상에 내놓게 된 데에는 세 가지 이유가 있습니다. 첫째, 우리 아이들이 영어를 모국어처럼 습득하게 된 성장 과정을 기록으로 남기기 위함이고 둘째, 누구는 영어유치원을 나와서 혹은 누구는 재능이 있어서라는 핑계로 모든 아이에게 숨겨진 가능성을 꺼내 볼 시도조차 하지 않는 사람들에게 용기를 북돋워 주기 위함이며 셋째, 영어로부터 자유로운 아이로 키우는 긴 여정을 먼저 거친 선배로서 경험으로 얻은 정보를 조금이나마 공유하기 위함입니다.

써야지, 써야지 한참 동안 생각만 하면서도 마음을 먹지 못해 쉽게 시작하지 못했던 일이었습니다. 세상에 영어 잘하는 아이들이 얼마나 많으며 더 훌륭하게 하고 계신 수많은 부모님 사이에서 저의 작은 경험도 이야기가 될 수 있을까 하는 염려도 컸어요.

어딘가에서 "좋은 정보일수록 공유해야 한다. 그래야 내가 그 정보를 넘어설 수 있다."라는 말을 듣고는 비로소 마음을 굳힐 수 있었습니다. 특별한 것 없는 저와 아이들의 경험이 누군가에게는 작은 씨앗이 되고 그 씨앗이 자라 언젠가는 더 멋진 열매를 맺길 바라며 저와 우리 아이들의 이야기를 풀어내려 합니다.

저의 성장이자 경험이었던 부족한 기록들이 누군가에게 조금이라도 응원과 격려가 되기를 진심으로 바랍니다.

손지은 올림

| 차례 |

part 4 그림책 읽기

part 6 아웃풋은 어떻게 자극할까요?

part 7 엄마표 영어에 날개 달기

part 1

왜 엄마표 영어일까요?

01
엄마표 영어의 시작

사촌이 영어를 잘하면 배가 아파요

'원어민과의 소통에 큰 문제가 없는 것'과 '원어민처럼 자연스러운 영어를 구사하는 것'은 아주 다른 문제입니다. 전자는 어느 정도의 후천적인 노력으로 가능하지만, 후자는 피땀 어린 노력에도 불구하고 분명한 한계가 존재하기 때문이지요. 외고를 졸업한 저는 주위에 영어 잘하는 사람들이 항상 많았지만 모든 학생이 영어를 아주 잘하는 것은 아니었어요. 저도 영어를 잘해서가 아니라 적당히 좋은 성적으로 외고에 진학했던 학생 중의 하나였으니까요. 친구들 사이에서도 '특출하게' 잘한다고 소문난 아이들은 거의 영어권 국가에서 살다 온 경험이 있었어요. 당연한 사실이겠지만 언어라는 게 짧은 시간 뚝딱하고 완성되는 것이 아니니 공부를 아무리 열심히 한들 외국물 먹고 온 그들을 따라갈 수는 없는 노릇이었죠. 이런 한계를 인정하지 않을 수 없었던 우리는 서로의 실력을 국내파와 해외파로 구분 지어 판단하곤 했습니다. 국내파인 우리가 해외파 친구들을 뛰어넘지 못하는 것에 대한 합리적인 변명이었다고나 할까요.

해외파 친구들이야 그렇다 치더라도 앞서 말한 국내파 친구들 사이에서 눈에 띄는 친구가 하나 있었는데 늘 부러움의 대상이었어요. 누가 봐도 해외파 친구들과 견줄 정도의 발음과 유창함 덕분에 학교에서 유명 인사이기도 했어요. 그 아이의 영어는 고등학생인 제 귀에 원어민과 전혀 다를 바 없었습니다. 사촌이 땅을 산 것도 아닌데 배가 아팠어요. 외국에 살다 온 적도 없으면서 영어를 모국어처럼 구사하다니, 이건 반칙이 아닌가요.

그 아이는 어릴 때부터 항상 영어가 흘러나오는 집에서 CNN, BBC 같은 영어 뉴스를 듣고 자랐다고 했습니다. 모국어처럼 영어에 노출된 환경에서 자라면서 영어를 '습득'한 그 아이와 뒤늦게 '학습'한 저의 도착점이 같은 곳일 수는 없었겠지요. 그 사실을 받아들이는 과정이 유쾌하지는 않았답니다. 적잖은 스트레스이기도 했고요. 대한민국에서 태어나 자라면서 영어 때문에 스트레스 한 번 받아본 적 없는 사람이 있을까요? 그때 저는 어렴풋하게 결심했던 것 같습니다. 나중에 아이를 키운다면 영어로부터 자유로운 아이로 키우고 싶다고 말이에요. 그러면 배가 덜 아플 것 같았거든요.

학습이 좋을까요, 습득이 좋을까요?

어린이집이나 유치원에서부터 놀이 위주로 영어를 접하긴 하지만 공교육에서 본격적으로 영어를 배우기 시작하는 것은 초등학교 3학년부터입니다. 아이의 영어 교육에 조금 관심이 있다 하는 부모님이라면 초등학교에 입학할 무렵에 학원을 보내기 시작하는 경우가 많지요. 알파벳을 기본으로 간단한 영어 낱말이라도 미리 배워놔야 학교 수업에 뒤처지지 않고 따라갈 수 있다고 생각해서인지 영어 사교육 시장은 늘 성황인 것 같습니다.

영어 교육을 전공한 초등교사인 저에게 '영어 학원은 몇 살 때부터 보내면 되는가?'는 주변 엄마들과 학부모님들의 단골 질문거리예요. 이 질문은 바꿔 말하면 '영어 공부는 언제부터 시작해야 하는가?'로 풀이할 수 있겠죠. 사실 짧게 대답할 수 있는 쉬운 질문은 아닙니다. 정답이 정해져 있을 리도 없고요. 다만 확실한 건, 학교보다 학원에서 영어를 먼저 배우는 요즘 아이들은 초등학교 고학년이나 중학교 때 처음 영어를 배운 우리 세대와 비교하면 시작이 월등히 빠른 편이라는 사실입니다. 그러면 요즘 아이들은 어른들보다 과연 영어를 '더' 잘할까요?

10년쯤 전에, 초등학교 3학년부터 시작되는 공교육 영어 수업을 1학년으로 앞당기는 방안이 논의된 적이 있었어요. 이른바 세계화 시대에 조기 영어 교육의 필요성을 부인하는 사람은 많지 않았고 실제로 전국의 몇몇 초등학교에서 1~2학년의 수업 시수를 증가시켜 시범 운영되기도 했습니다. 외국어 학습의 효과는 해당 외국어에 대한 노출 정도가 큰 영향을 미치기 때문에 영어 수업을 일찍 시작하게 되면 노출량이 그만큼 증가할 것이고 학생들의 영어 학습이 좀 더 원활할 것이라는 게 전반적인 분위기였지요. 하지만 1학년 때부터 영어 수업을 한다고 해도 전체적인 우리말 사용 환경에 비하면 영어 노출은 여전히 미미한 수준에 불과했고 아직 어린 학생들의 정서 발달에도 별로 좋은 영향을 미치지 못한다는 점 등이 고려되어 긍정적인 결과에 이르지 못했습니다.

초등학교 1학년에 시작해도 늦다고 말하는 사람들이 많은데 이해하기 힘든 결론이라고 의아해하시는 분도 있을 거예요. 사실 '학습'으로서의 영어 교육은 1학년이나 3학년이나 별반 다를 바가 없습니다. 뇌의 발달 시기를 살펴보면 이해가 쉬워요. 학습과 관련된 많은 부분을 차지하는 곳인 전두엽은 3세부터 서서히 성장하고 발달하다가 사춘기에 이르러 폭발적으로 활성화되고 완성되는 것으로 알려져 있어요. 즉 '시험 점수를 위한 영어'가 목적이라면 3학년 때 시작해도 늦지 않다는 결론인 거죠. 오히려 너무 어릴 때 시작하는 것보다 '시간 대비 효과'가 더 높을 수 있다는 말이기도 해요.

'학습'이 아닌 '습득'으로서의 언어 교육 시기를 이야기한다면 어떨까요? 이야기는 완전히 달라집니다. 학습(learning)이 수업 등을 통해 언어를 의식적으로 알게 되는 과정이라면 습득(acquisition)은 우리가 모국어를 배우는 것처럼 무의식적으로 언어를 얻게 되는 과정이거든요. 언어학자 Chomsky(촘스키)는 모든 사람이 걷도록 만들어졌기 때문에 굳이 배우려고 하지 않아도 걷게 되는 것처럼 언어 습득도 마찬가지라고 말했습니다. 언어를 습득할 수 있는 환경만 만들어주면 자연히 습득하게 된다는 것이지요. 이렇게 무의식적으로 언어를 알게 되려면 당연히 언어 습득의 시작이 빠를수록 좋지 않을까요? 우리말을 너무 많이 하면 아이가 못 알아듣고 스트레스를 받을지도 모르니 필요한 말만 하자고 조심하는 부모는 없을 거예요. 영어도 마찬가지입니다. 학습으로서의 영어를 너무 강요하면 동기가 저하될 수도 있지만 습득으로서의 영어는 그런 걱정에서부터 자유로울 수 있어요. 어릴 때부터 영어에 꾸준히 노출된 아이는 초등학생이 되어서도 학습을 따로 할 필요가 없는 것이지요. 아이의 언어 구조 안에 이미 영어가 스며들어 있기 때문이에요. 그러나 너무나 많은 사람이 영어를 굳이 '학습'이라는 테두리에 가둬놓으려는 생각에 머물러 있는 것 같습니다. 그 테두리를 부수고 아이가 어릴 때부터 일상에서 영어를 만날 수 있게 기회를 만들어주는 일이 필요해요.

02
영어 습득의 골든타임

시작이 빠를수록 좋은 이유

예전에 비해 영어 교육 시기가 빨라졌다고는 하나 학교에는 여전히 영어로 괴로워하는 학생들이 넘쳐납니다. 영어 때문에 힘들지 않기를 바라는 마음에서 조금이라도 일찍 시키는 것인데 예전과 상황은 별반 달라진 게 없어 보여요. 초등학교 저학년이나 그보다 일찍 영어 사교육이 시작되는 지금의 교육열을 생각하면 요즘 아이들은 영어를 아주 잘해야 하는데 실상은 그렇지 않다는 건 참 아이러니합니다.

아이들이 어릴 때 같이 엄마표 영어에 관심을 가지고 대화를 나누었던 선생님 중 한 분이 결국은 아이들의 영어 교육을 위해 캐나다로 떠나시는 걸 보고 부러워했던 기억이 있어요. 언어 습득 최적기인 유아 때 영어권 나라에 몇 년만 살다 오면 평생 영어는 걱정 없이 지내겠지만 평범한 사람들이 그런 기회를 가질 수 있는 일이 결코 흔한 것은 아니지요. 그렇다고 섣불리 좌절할 필요는 없어요. 해외에 살지 못하더라도 영어를 모국어처럼 습득할 수 있는 환경을 만들어줄 수는 있으니까요. 듣는 대로 흡수할 수 있는 스펀지 같은 능력을 지닌 시기를 꼼꼼히 채워서 아이들의 영어에 날개를 달아줄 수 있어요. 이런 시기를 그냥 흘려보내기엔 시간이 너무 아깝지 않나요? 물론 뒤늦게 영어를 시작해도 성공적인 결과를 얻는 아이들도 있어요. 언어적인 재능이 있거나 소위 공부 머리가 좋은 아이들은 학교에서 처음 영어를 시작해도 뒤처지지 않고 잘 따라오거든요. 하지만 이렇게 얻은 언어 능력에는 한계가 따를 수밖에 없어요. 공부를 싫어하는 아이라면 더더욱 성공하기가 힘들기도 하고요.

취학 이전의 아이들은 우리말의 뿌리가 어느 정도 내렸고 확실히 이해할 수 있는 말과 그렇지 않은 말을 구별할 수 있지만 동시에 우리말과 외국어의 경계를 충분히 넘나들 수 있을 정도로 언어 체계가 유연한 상태이기도 합니다. 그래서 어떤 인풋이라도 받아들이고 소화해 내는 역량이 그 이후의 시기보다 더 크다고 볼 수 있어요. 반대로 우리말의 뿌리가 더 단단해지고 확고하게 자리 잡히는 취학 이후의 시기가 되면 우리말과 외국어의 경계는 더욱 뚜렷해져서 어떤 인풋이라도 모국어를 기반으로 이해하려 할 거예요. 알아듣지 못하는 언어에 대한 좌절과 스트레스도 더 클 것이고요. 쉽게 말해 떳모를 때 습득하는 외국어가 아이에게 더 쉽게 스며들 수 있다는 의미가 되겠지요. 실제로 노출 시작 시기가 빠를수록 인풋이 소화되어 아웃풋으로 나오기까지의 시간이 더 이른 경우를 많이 보았어요. 주어지는 인풋을 그대로 흡수하고 또 아웃풋으로 인출해 내는 능력은 어리면 어릴수록 크기 때문에 취학 이전의 시기가 영어 습득의 골든타임이라고 할 수 있어요.

영어 실력보다 중요한 태도

엄마표 영어의 시작 시기가 중요한 이유는 영어를 자연스럽게 습득할 소중한 기회의 시간이기 때문이에요. 사실 놓쳤을 때 큰일 나는 시기라는 건 어디에도 없어요. 제가 이야기하는 골든타임에 시작하지 않는다고 해서 꼭 늦거나 뒤처지는 것도 아니에요. 제가 경험한 방법이 정답이라고 말하는 것도 아닙니다. 다만 영어 골든타임이 지나가 버리면 나중에는 아이가 영어를 '공부'해야 할 과목으로 받아들일 확률이 커진다는 것이 안타까운 거죠. 우리 아이의 몸처럼 영어 성장판도 어릴수록 더 활짝 열려 있습니다. 영어 성장판이 닫힌 이후에도 문법을 배우고 독해 문제집 풀기를 반복하면 입시 영어는 문제없이 해결될지 모릅니다. 하지만 영어 공부에 흥미를 느끼지 못함에도 불구하고 해야만 하는 환경에서 소위 영포자가 될 가능성도 클 거예요. '시험용 영어'를 위한 환경에서 영어 때문에 한숨 쉬는 아이들을 주변에서 너무나 많이 봐오고 있으니까요.

우리가 제일 두려워해야 할 것은 부족한 영어 '실력'이 아니라 영어 이야기만 나오면 고개를 가로젓는 아이의 '태도'일 거예요. 영어 공부는 기본적으로 어렵고 힘든 과정이기 때문에 언어적 소질이 없는 친구라면 더 고문이 될 수밖에 없어요. 그렇게 영어에 대한 부정적인 감정이 한 번 굳어지기 시작하면 쉽게 바로잡기 힘들어져요. 언어적 재능과 소질에 크게 영향을 받지 않을 나이에 모국어처럼 영어를 습득하는 경험을 가진다면 아이가 영어를 멀리할 이유는 없을 것입니다. 영어 습득의 골든타임에 엄마표 영어를 시작해야 할 중요한 이유이지요. 어릴 때부터 가까이 지내온 영어에 대한 익숙함은 어느새 자신감으로 변해있을 것이고 결국 긍정적인 태도로 이어질 거예요. 엄마표로 영어를 시작하면 영어에 대한 긍정적인 태도를 형성하기 쉽다는 의미이겠지요. 입시 영어가 아닌 진짜 영어를 누리는 아이로 성장하기 위해 당장의 실력보다 중요한 것은 영어를 대하는 아이의 긍정적인 마음가짐입니다.

03
돈 버는 엄마표 영어

영어유치원에 대한 이야기

부담스러운 금액에도 불구하고 일부 영어유치원은 대기까지 걸어야 할 정도로 인기가 높은 게 현실입니다. 일반 유치원에 비해 영어에 대한 노출이 많은 만큼 상대적으로 효과가 있을 것은 분명해 보입니다. 문제는 그 정도의 영어 노출을 위해 감당해야 하는 비용이죠. 혹자는 장기적인 투자라고 에두를 수도 있겠지만 영어유치원과 졸업 후에도 이어질 영어 사교육 비용 때문에 삶의 여유까지 잃게 된다면 그 투자의 가치에 대해서 깊이 고민하지 않을 수 없어요. 그 비용이 별로 부담스럽지 않은 고소득자라면 몰라도 그렇지 않은 평범한 사람들이 가랑이가 찢어지면서까지 아이의 영어 교육에 투자하는 것을 보면 많이 안타깝기도 하고 속상하기도 합니다. 그 누구도 성공을 보장해주지 않는데도 말이지요.

영어유치원에 아이를 보내는 엄마들은 자녀의 영어 교육에 관심이 많을 확률이 높아요. 아이에 대한 기대가 큰 것도 어쩌면 당연하겠지요. 그런 기대가 아이에게 심리적인 압박으로 작용하지 않는다고 누가 장담할 수 있을까요. 영어유치원을 다니면서도 영어를 좋아하지 않는 아이들을 주변에서 심심찮게 볼 수 있어요. 영어가 자기 뜻대로 잘되고 즐거웠다면 영어에 대한 부정적인 감정이 자랐을 리는 없을 거예요. 영어유치원에서도 영어를 잘하고 즐기는 친구들은 즐겁고 재미있겠지만 그렇지 못한 아이들에게 일찌감치 생겨버린 영어에 대한 패배감은 우리가 상상하기 힘들 정도일 것입니다. 정서나 심리적인 발달 측면에서 섬세하게 살피고 신경 써야 할 시기의 아이들에게 흥미 위주의 영어 놀이와 분위기에만 몰두하는 교육 환경이 과연 바람직한 영향을 미친다고 할 수 있을까요? 효율적으로 영어만 주입되는 인위적인 환경에서 부작용이 나타나는 것은 어쩌면 당연한 일일지 몰라요. 큰돈 들여 영어유치원에 보냈는데 기대했던 만큼의 결과는 나오지 않고 오히려 아이가 영어를 거부하는 상황에 이른다면 그 환경을 받아들이지 못한 아이에 대해 실망하고 탓하게 될 수도 있습니다. 그 상황을 견뎌내야 하는 건 오롯이 우리 아이들의 몫이고요.

단점만 나열한 꼴이 되긴 했지만, 영어유치원을 폄하하려는 의도는 없습니다. 영어유치원에 잘 적응하여 영어를 능숙하게 구사하게 된 어린이들도 틀림없이 있을 테니까요. 하지만 비용 대비 효과는 반드시 짚어볼 필요가 있어요. 영어유치원을 졸업하고도 영어에 두각을 드러내지 못하는 사례가 우리 주위에 허다하게 널려있습니다. 그러면 그 아이들의 언어적 재능을 탓해야 하는 걸까요? 고가의 돈을 들여 기관에만 보내면 영어에 대한 탁월한 실력과 태도를 저절로 갖추게 될 것이라 믿었던 우리의 판단이 처음부터 잘못된 것은 아닐까요?

언젠가 우리 아이들에게 영어유치원에 대해 알려주었더니, "집에서 영상 보고 영어책 읽으면 되는데 그렇게 비싼 돈을 주고 영어를 배운다니……. 우리는 그 돈으로 맛있는 것 사 먹어요." 했던 적이 있어요. 영어유치원에 보내는 대신 재테크를 한다고 생각하고 엄마표 영어를 시작해 보세요.

엄마표 영어로 사교육비 아끼기

저는 사교육에 큰돈을 써본 적이 없어요. 유치원만 해도 두 아이 모두 공립유치원에 보냈거든요. 비용이 들지 않아 인기가 높은 편이지만 영어 수업을 듣지 못한다는 이유로 꺼리는 엄마들도 의외로 많았어요. 선행학습 금지라는 이유로 공립유치원에는 영어 수업이 없기 때문이에요. 공교육에서 영어 수업을 초등 3학년 때 시작하기 때문에 그전에 미리 가르치면 안 된다는 것이죠. 하지만 공교육정상화법이 적용되지 않는 사립유치원에서는 영어 수업을 받을 수 있으니 학부모들의 고민과 불만이 많습니다. 따로 조기 영어 교육을 하지 않는 이상 사립유치원의 영어 수업을 포기하기가 쉽지는 않으니까요. 엄마표 영어를 해 오고 있었던 저는 사립유치원을 배제할 수 있었고 절약한 돈으로 한글책, 영어책을 가리지 않고 많이 사주는 게 가능했어요.

유치원 비용을 아꼈다 하더라도 초등학교에 입학하면서부터 영어 학원에 다니는 아이들이 많지요. 그때 시작되는 영어 공부가 1~2년으로 끝나지 않는 것을 감안하면 영어 사교육에 들어가는 비용은 얼핏 계산해도 만만치 않아 보입니다. 그래도 일단 학원으로 아이들을 보내는 엄마들이 많은 게 현실이지요. 학원비를 지출하면서 자녀의 영어 교육을 위한 최소한의 책임을 다했다는 심리적 안정을 얻기 때문일 거예요. 혹시 이 글을 읽고 있는 독자분들도 교육을 위해 돈을 쓰지 않으면 불안하신가요? 우리는 돈을 쓰지 않으면 뭔가를 하고 있지 않다고 느끼는 마음에서 벗어날 필요가 있습니다. 굳이 돈을 쓰면서 내 마음의 안정과 위안을 찾을 필요는 없다고 생각해요. 집에서도 환경만 잘 만들어주면 돈 들이지 않고도 충분한 가능한 일이 엄마표 영어입니다. 아무리 사교육비를 많이 지출해도 가정에서 적절한 환경이 뒷받침되지 않으면 돈을 쓰는 것만큼의 효과는 기대하기 어려워요.

엄마표 영어를 하지 않았다면 다른 사람들처럼 영어 교육에 특화된 유치원이나 학원비로 지출하느라 아이들이 원했던 여러 가지 경험을 할 수 있게 지원해주지 못했을 거예요. 아이들은 자신들이 영어에 자신감을 얻게 된 것이 엄마 덕분이라며 고마워합니다. 친구들은 억지로 영어 학원에 가야 한다고 울상인데 자기들은 힘들게 공부하지도 않고도 저절로 실력을 갖추게 되었으니까요. 비용 대비 효과 만점인데 더 고민할 이유가 있을까요? 사교육비를 절약하고 싶은 분이라면 더욱 적극적으로 엄마표 영어를 시작하시기를 추천해요. 영어 사교육비를 아껴서 아이들이 원하는 다른 것들을 배울 수 있게 도와주세요.

04
이중 언어 습득과 환경

이중 언어에 대한 견해

'이중 언어(bilingual)'란 한 사람이 동시에 두 나라의 언어를 구사하는 일을 말해요. 많은 언어학자는 36개월 이전 아기들의 뇌가 스펀지와 같아서 그 시기에 이중 언어 환경을 제공해주어야 한다고 주장합니다. 그 이론에 따라 아직 옹알이도 시작하기 전인 아기에게 영어로 말하고 영어 이야기를 계속 들려준다는 사람들도 있어요. 어떤 부모는 아이가 배 속에 있을 때부터 영어 동요나 동화를 들려주는 태교를 하기도 해요. 그러나 너무 어린 시기의 이중 언어 환경이 아이에게 부정적인 영향을 줄 수 있어 언어발달을 오히려 지체시키기도 한다는 연구 결과도 있습니다. 모국어가 제대로 습득되기 이전에 이중 언어에 노출되면 사회적, 심리적인 문제가 야기될 수 있다고 보는 견해와 같은 맥락이지요. 또 선천적으로 언어 습득 기제가 약해 언어발달이 느린 아이라면 이중 언어 노출에 더 주의를 기울여야 하기에 조심스럽기도 해요.

그러면 누구의 말을 들어야 할까요? 교육에도 대세나 흐름이라는 게 있기는 하지만 상황에 따라 가변적이고 누구에게나 적용되는 원칙은 아니에요. 결국 사람마다 다른 거죠. 같은 언어 습득 환경에 놓였다 하더라도 도착지가 모두 같을 수는 없어요. 그러니까 언제부터 이중 언어 환경을 제공해주어야 하는가의 문제도 부모가 판단해야 할 어려운 문제예요. 구구절절 설명해놓고 부모가 판단하라니, 무책임하게 들릴지 모르겠지만 누구도 섣불리 결정해 줄 수 없는 문제인 것은 확실해요.

학교에서 아이들을 보면 영어를 잘하는 아이들은 국어도 잘하는 경우가 많습니다. 우리말이든 영어든 모두 언어라는 큰 갈래에 속하기 때문에 우리말 습득 능력과 영어 습득 능력은 상당히 깊은 관련이 있을 수밖에 없겠지요. 국어를 잘하는 아이 중에는 영어를 잘하는 아이도 있고 못 하는 아이도 있지만, 국어 실력은 별로인데 영어 실력만 출중한 경우는 찾기 힘들어요. 즉 우리말 실력이 기본 바탕이 되어야 영어도 잘할 수 있다는 것이 경험으로 내린 제 결론이에요.

저는 아이가 이중 언어 환경에서 한국어와 영어 모두를 자연스럽게 받아들이기를 원했지만, 진짜 모국어인 한국어의 뿌리가 튼튼해야 영어도 잘 흡수할 수 있을 거라고 생각했기 때문에 첫째 아이의 경우 태어나자마자 영어 노출을 하지는 않았습니다. 언어학적인 고민으로 내린 결론이라기보다는 힘든 육아로 인해 영어 교육을 생각할 겨를도 없었다는 게 더 솔직한 이유일 거예요. 엄마표 영어를 해야겠다고 마음먹은 건 두 돌이 지나면서부터였습니다. 지금 생각해보면 영어를 거부하지 않고 쉽게 받아들이게 하는 데 늦은 타이밍은 아니었던 것 같아요. 둘째 아이는 첫째 아이로 인해 태어나자마자 자연스러운 노출 환경에서 자라게 되었으니 노출 시기가 더 빨랐다고 볼 수 있지만 음성 언어(듣기와 말하기)의 습득 면에서 큰 차이점을 찾지는 못했어요.

이중 언어를 하면 헷갈릴까요?

이중 언어 환경의 아이들이 두 가지 언어를 섞어서 사용하는 것을 언어학에서는 코드 스위칭(code-switching) 또는 코드 믹싱(code-mixing)이라고 부릅니다. 코드 스위칭은 듣는 사람이나 상황에 따라 언어를 교체하여 사용하는 것이고, 코드 믹싱은 두 언어를 동시에 섞어서 사용하는 것을 말해요. 이중 언어를 구사하는 아이들 대부분에서 이런 현상이 나타나는데 아이가 이렇게 말하는 이유는 특정 표현을 한 가지 언어로밖에 몰라서는 아닐 거예요. 상황에 맞게 말하다 보니, 혹은 순간적으로 먼저 생각난 언어 표현을 말하다 보니 자연스럽게 코드 스위칭이나 코드 믹싱을 하는 것이죠. 아이들이 가끔 이렇게 말하는 걸 저는 심각하게 생각해 본 적이 한 번도 없었어요. 남편도 아이들이 영어를 섞어서 말하는 게 재미있다며 웃어넘겼고요.

그러나 생각보다 많은 사람이 이런 현상을 부정적으로 여긴다는 것을 알게 되었습니다. 너무 일찍 이중 언어 환경에 노출되어 우리말과 영어를 헷갈린다는 이유에서지요. 이 이슈가 상당히 중요한 이유는, 어릴 때부터 두 언어를 같이 가르쳐도 될지 아니면 모국어가 완벽하게 정착되고 난 이후에 외국어를 가르쳐야 할지의 문제와도 연결되기 때문입니다. 아이들이 코드 스위칭을 하는 이유는 우리말과 영어를 굳이 구분할 필요를 느끼지 못하기 때문에 그냥 생각나는 대로 말하는 것이지, 두 언어가 헷갈려서가 아니에요.

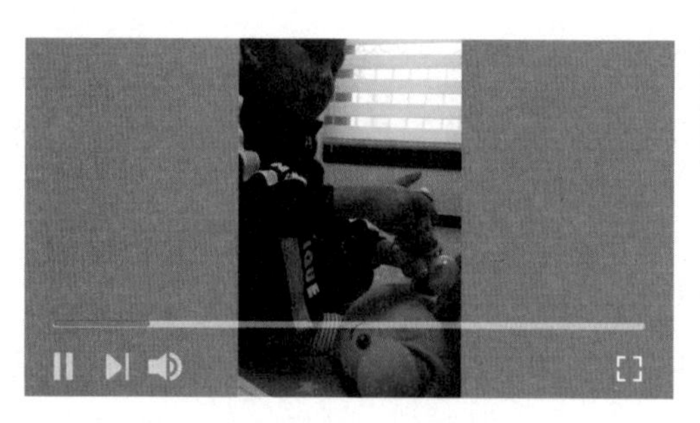

코드 스위칭하는 서진이(43개월)

서진이는 영상에서 조사 '이' 대신에 '가'를 써서 '크롱이'를 '크롱가'라고 하고 '앉고'를 '앉으고'로 표현할 만큼 우리말 수준이 완벽하지 않지만 두 언어를 헷갈리지 않고 구사하고 있어요. 우리말과 영어를 교체하며 코드 스위칭을 하다가 마지막 부분에서 'Maybe the 큰 toy Pororo.'라고 코드 믹싱도 합니다. 'big'이라는 영어 단어가 갑자기 떠오르지 않았거나 그 단어를 아예 몰랐을 수도 있어요. 'big' 대신에 '큰'이라는 우리말을 써서 문장을 구성했지만, 문법과 어순이 정확하고 자연스럽다는 건 두 언어를 자연스럽게 분리해서 습득할 수 있다는 뜻이 아닐까요?

서연이의 testimony

서연 (장갑을 벗으며)엄마, 추워서 손가락이 완전 numb이에요.

엄마 numb이 우리말로 뭐야?

서연 감각이 없는 거요.

엄마 근데 왜 감각이 없다고 안 하고 numb이라고 했어?

서연 그냥 영어로 먼저 생각나서요.

엄마 혹시 감각이 없다는 우리말은 어려워?

서연 아뇨. 어려운 건 아닌데 numb이 그냥 더 익숙해요.
unfamiliar words는 영어로 하는 게 더 편할 때도 있어요.

엄마 그럼 unfamiliar words는 우리말로 뭐야?

서연 (웃음) 평소에 잘 안 쓰는 말이요.

엄마 친구들이랑 말할 때 영어랑 우리말 섞어서 하면 애들이 뭐라고 하지 않아?

서연 친구들이랑 말할 때는 우리말로만 해요.

엄마 그래? 왜?

서연 친구들은 영어를 이해 못 하잖아요.

엄마 아. 그럼 혹시 우리말이랑 영어랑 헷갈릴 때도 있니?

서연 아뇨. 전혀요.

서연이의 코드 믹싱 대화 기록을 보면 아이는 더 빨리 생각나는 낱말을 먼저 사용했지만 내뱉는 영어 낱말을 우리말로도 알고 있습니다. 심지어 친구들이랑 대화할 때 우리말로만 한다는 건 자신의 의도대로 코드 스위칭이 가능하다는 의미가 되겠지요. 영어를 섞어 써도 될 때와 그렇지 않은 때를 정확히 알고 구별해서 사용한다는 말인데 이것이 과연 두 언어를 헷갈린다는 증거가 될 수 있을까요? 사실 코드 스위칭은 아이들뿐 아니라 이중 언어 환경에서 생활하는 어른들에게서도 쉽게 볼 수 있는데 그 어른들도 두 언어가 헷갈려서 코드 스위칭을 하는 것은 아닐 거예요. '그래도 코드 스위칭이나 코드 믹싱은 듣기에 불편해.', '언어를 섞어 쓰는 건 두 언어 모두 완벽하지 않기 때문이야.'라는 생각이 드는 분이라면 이중 언어 환경의 노출은 아이가 우리말을 먼저 완벽히 습득하고 난 이후로 미루는 편이 좋을 것이라고 조심스럽게 조언합니다.

영어 노출의 시작 시기

이중 언어 노출에 대한 연구와 저만의 양육관을 토대로 저는 우리말의 뿌리가 제대로 내렸다면 '영어 노출 기회'를 확대할 준비가 된 거라고 판단했습니다. 우리말의 뿌리라는 것은 단순히 이해력만을 뜻하는 것은 아니며 표현력을 포함하는 의미예요. 우리말이 빠른 아이라면 24개월 전후, 그보다 느린 아이라면 36개월이 지나서일 수도 있겠지요. 첫째 아이의 경우 24개월이 지나서 본격적으로 영어를 노출하기 시작했습니다. 다수의 학자가 주장했던 것만큼 빠른 시기는 아니었지만 아이의 흡수 속도에 맞게 적절한 영어 노출 환경을 만들어주면 괜찮을 거라는 확신이 있었어요. 말이 느린 아이라도 어느 순간 폭발적으로 어휘가 늘어나는 시기가 오기 때문에 서두르지 말고 기다리는 인내심이 필요해요. 아이의 말이 느린 엄마들을 보면 불안하고 조급해하는 경우가 많은데 시간이 지나고 보면 괜한 걱정이었다며 후회하는 경우가 대부분이지요. 그러니 부디 속도의 차이일 뿐이라는 걸 기억했으면 합니다.

첫째 아이는 우리말이 어느 정도 갖추어졌을 때부터 영어 노출을 시작했다면 둘째 아이는 태어나자마자 자연스럽게 영어에 노출되었어요. 누나 옆에서 영어 이야기를 같이 듣고, 영상을 같이 보고, 책도 함께 읽었습니다. 일부러 그렇게 하려는 의도는 없었지만 첫째 아이 위주로 꾸려진 생활환경에 있다 보니 둘째 아이의 언어 습득 수준이나 흥미 따위는 고려 대상이 되지 못했을 뿐이에요. 하지만 둘째 아이가 영어 때문에 우리말을 헷갈린다거나 우리말 습득에 어려움을 겪는 문제는 나타나지 않았어요. 그렇다고 노출 시기가 더 늦었던 첫째에 비해 언어 습득이 눈에 띄게 더 빨랐던 것도 아니었습니다. 제가 얻을 수 있었던 건 아주 일찍부터 이중 언어 환경에 노출되어도 큰 부작용 없이 두 언어를 습득할 수 있다는 경험이었어요.

하지만 저는 태어나는 순간부터 이중 언어 환경에 적극적으로 노출되어야 한다는 학자들의 주장에는 동의하지 않는 편입니다. 아무리 이중 언어 환경에서 자란다고 하더라도 한국 사람에게 더 편한 언어는 한국어여야 한다고 생각하기 때문에 우리말보다 영어를 먼저 받아들이는 것에 대해 조금은 거부감이 있거든요. 다문화 가정에서 부모 중 어느 한쪽이 영어를 모국어로 구사하는 환경이라면 이야기는 달라지겠지만, 대부분의 한국 가정은 그렇지 못하지요. 이렇게 부모 모두에게 영어가 외국어인 경우, 아이의 한국어가 먼저 자리 잡힌 뒤 영어를 받아들여도 늦지 않다고 생각해요. 저희 첫째 아이처럼요. 외국어 노출의 시작 시기에 있어 누구의 말이 절대적으로 맞고 틀리고는 있을 수 없으므로 이 부분은 누구도 단언할 수 없는 개인의 판단 영역일 것입니다. 평생을 연구한 언어학자들 사이에서도 의견이 갈리는 걸 보면 애초에 정답이라는 건 없는 게 아닐까요.

우리 아이들이 아무 문제 없이 이중 언어를 습득했다고 해서 다른 아이들도 그러리라는 보장 같은 것도 없습니다. 가족마다 처한 언어 환경이 서로 다르고 아이의 성향도 다르며 부모의 양육 방식 또한 다르기 때문이지요. 다만 제가 말하고 싶은 건 태교를 영어로 하지 않았어도, 말문이 트이기 전부터 영어 노출을 하지 않았어도 결과는 전혀 뒤처지지 않았다는 사실이에요. 그냥 아이를 키우는 것도 힘든데 영어 교육을 위한 엄마의 노력과 시간까지 생각한다면 너무 일찍 엄마표 영어를 시작할 필요는 없어 보입니다.

part 2

행복한 엄마표 영어를 위한 기술

슬기로운 엄마표 영어 지침서

01
서두르지 않는 마음

천천히 함께 걷기

엄마표 영어는 오래 걷기와 비슷한 점이 많아요. 욕심을 부려 빠르게 걷다 보면 긴 시간 걷지 못하고 포기하기 쉬워요. 느리게 오랫동안 걷는다고 생각하고 자기 페이스를 지키며 천천히 가는 것이 중요합니다. 정해진 목적지가 있어야 하는 것도 아니기 때문에 힘이 들 때는 쉬어가도 괜찮아요. 저도 몸이 아파 몇 개월 동안 영어 노출을 제대로 해주지 못한 적도 있었어요. 하지만 아이들의 몸이 기억하는 습관이 있었기에 다시 시작할 수 있었고 원래의 패턴을 되찾아가는 과정이 그렇게 어렵지 않았습니다. 힘이 들 때 쉬어가더라도 너무 오래 멈추지 말아야 하는 이유는 언제든지 다시 출발할 수 있게 문을 열어두기 위함이에요. 사실 엄마표 영어의 습관이 정착되는 단계가 되면 엄마가 힘들여 무언가를 하지 않아도 되기 때문에 미리 걱정할 필요는 없어요.

언어라는 게 몇 달 노출했다고 해서 바로 효과가 나타나기는 어려운 것인데도 많은 사람이 노출량에 비해 기대했던 아웃풋이 나타나지 않는다며 좌절합니다. 서두르는 마음보다 천천히, 꾸준하게 지속해 나가려는 엄마, 아빠의 마음가짐이 절대적으로 필요한 과정이에요. 서두르지 않아도 된다는 확신은 이 길을 걸어본 사람만이 할 수 있는 조언일 것입니다. 목적지에 빨리 닿기 위해 풍경을 감상하는 여유를 잃어버린다면 제대로 된 여행이라고 할 수 있을까요? 순간의 소중함을 놓친 채 앞만 보고 질주하는 실수를 해서는 안 되겠지요.

'모르는 사이에 조금씩 조금씩'이라는 뜻을 가진 '시나브로'라는 우리말이 있어요. 엄마의 조급한 마음은 아이에게 그대로 전달되기 때문에 엄마가 서두르면 아이는 불안할 수밖에 없어요. 어제까지만 해도 영어의 '영'자도 꺼내지 않고 놀아주던 엄마가 하루아침에 영어 동화 전집을 들고 와서 매일 1시간씩 읽자고 들이댄다면 아이는 겁에 질릴 것이 분명합니다. 우리는 누군가에게 이기기 위해 걷는 게 아닙니다. 그냥 걷기를 즐기는 마음으로 시나브로 아이와 함께 걸어가는 것이 중요하다는 사실을 잊지 마세요.

가볍게 시작하기

요즘은 어린이집이나 유치원에서부터 영어를 시작하는 경우가 대부분이지요. 커리큘럼에 영어가 포함하지 않는 곳을 찾기가 더 힘들 정도입니다. 아이들이 기관에서 받아오는 교재가 있다면 그것으로 시작해 보세요. 같이 읽어보고 CD도 들어보고 이야기도 나누어 주는 거예요. 아이가 받아온 영어책을 책장에 꽂아두기만 하다가 그냥 버리는 엄마들이 많아요. 그러고는 엄마표 영어를 시작해야겠다며 열심히 자료를 사느라 바쁘지요. 새 문제집을 자꾸 사는 친구들은 공부에 별로 관심 없는 경우가 많아요. 마음만 있다면 교재가 무슨 상관이 있을까요. 가지고 있는 문제집도 안 푸는데 새로 산 문제집을 풀 가능성은 그리 크지 않을 겁니다. 엄마표 영어도 마찬가지예요. 지금 가지고 있는, 아이에게 익숙한 책부터 활용해 보세요. 그것으로 엄마와 함께 책 보는 시간을 좋아하게 만드는 것이 우선입니다. 집에 있는 책이 익숙해지면 다시 계획을 세우고, 또 다른 책을 검색해도 늦지 않아요.

시작부터 너무 거창한 계획을 세우려는 열정형 엄마들은 관련 서적을 모두 탐독하고 인기 있는 유아 영어 교육 전집을 모조리 거실에 배치하기 시작해요. 이렇게 했다가 효과가 금방 나타나지 않는 것 같으면 저렇게 했다가, 아이를 실험 대상 삼아 이런저런 방법들을 시도해 봅니다. 그러다가 아이가 생각만큼 잘 따라와 주지 않으면 아이보다 엄마가 먼저 지쳐버리지요. 결국 '우리 애는 영어랑 안 맞아요.', '우리 애는 영어에 재능이 없어요.'로 마무리하는 경우를 여러 번 보았어요. 언어는 재능으로 습득하는 게 아닌데도 말이에요. 너무 큰 계획과 결심은 용두사미의 결과가 되기 쉬워요. 아이에게도 엄마에게도 준비할 시간은 필요합니다. 추운 겨울 밖에 오래 주차되어 있던 차는 시동이 걸릴 때까지 시간이 좀 걸릴 수도 있어요. 바로 시동이 걸리지 않는다고 포기하지 마세요. 느긋한 마음으로 기다리면 차는 반드시 출발할 때가 올 테니 인내심을 가지고 천천히 시작해야 합니다.

속도의 차이 인정하기

대한민국에서 아이를 키우는 부모라면 주위 사람들에게서 '걸음마가 느리다, 말이 느리다'라는 말을 하루가 멀다 않고 듣게 되지요. 지나친 관심으로 다른 사람들과 비교해야 직성이 풀리는 우리네 문화에서 이런 불편한 상황은 피할 수 없는 숙명인 것을 아기 엄마들은 공감할 거예요. 우리는 이런 간섭과 참견의 전쟁에서 정신적으로 싸워 이겨야 합니다. 내 아이의 언어가 남들보다 느리다고 해서 조급해할 필요는 없습니다. 말이 빠르다고 해서 엄마표 영어가 더 유리하다는 보장도 없어요. 토끼도 경주에서 거북이에게 지지 않았던

가요. 어릴 때 언어발달이 남달랐다고 해서 더 똑똑한 아이로 자란다거나 더 공부를 잘하는 것도 아닙니다. 한글을 빨리 뗐다고 해서 나중에 국어를 더 잘하는 것도 아닌 것처럼요. 발달에 대한 엄마의 조급한 마음은 아이의 성장에 해가 될 뿐입니다.

육아에 있어 '비교'는 독약과 같아요. 엄마도 힘들고 아이도 멍들게 만드니까요. 영유아 시기의 엄마들이 만나서 하는 이야기에는 아이들에 대한 비교가 단골 화젯거리지요. 남들보다 속도가 빠른 아이의 엄마는 내심 뿌듯해하고, 느린 아이의 엄마는 초조하고 조바심이 납니다. 성장, 발육, 언어, 인지능력 등 비교할 거리는 끝이 없어요. 저는 이런 비교가 싫어서 놀이터에서 만나게 되는 아이 친구 엄마들과 일부러 거리를 둔 적도 있었어요. 서로 비교하게 되는 대화가 너무 불편했거든요. 아이를 있는 그대로 인정하고 싶은데 그런 대화를 나누다 보면 저도 모르게 아이의 부족한 점만 눈에 보였어요. 돌이켜보면 그런 상황에서 태연하지 못했던 저 스스로에 대한 회피였지요. 이렇게 비교를 당연시하는 문화 속에서 소신을 지키며 아이를 키우는 엄마들을 보면 참 존경스러워요.

우리 아이의 말이 빠르면 빠른 대로 느리면 느린 대로 엄마표 영어도 속도의 차이를 인정하면서 따라가면 됩니다. 엄마표 영어는 말이 빠르고 언어적으로 재능 있는 아이들에게만 적용되는 게 아니에요. 딸과 비슷한 나이의 아이를 키우던 지인에게 제 경험담을 공유한 적이 있었어요. 또래보다 언어가 조금 느린 아이였는데 앞뒤 재지 않고 제가 하는 대로 무작정 따라 했다가 우리말을 더 못하게 되었다며 후회하는 일도 있었지요. 아이들마다 각자의 속도가 있는 것인데 다른 아이와 비교하고 그 잣대에 맞추려다 보니 중요한 점을 간과했던 거예요. 어른들의 기준과 방식으로 아이의 속도를 정하고 강요하는 게 아이에게는 얼마나 가혹한 일일까요. 서로 다른 아이의 속도를 인정하는 것이야말로 엄마표 영어의 진정한 시작일 것입니다.

내 아이만의 내비게이션 만들기

아이마다 성향과 기질, 속도가 다 달라서 엄마표 방법에는 정답이란 게 있을 수 없어요. 이 글을 읽고 있는 분들도 이런저런 책을 읽고 자신의 아이에게 맞는 방법을 찾느라 고군분투하고 있을 것으로 생각합니다. 그런 노력을 하는 것 자체로도 박수를 받아야 할 만큼 충분히 멋진 엄마, 아빠임은 틀림없는 사실이에요. 그러나 '몇 세부터 몇 세까지는 이렇게 해야 하고, 그다음 몇 세까지는 또 저렇게 해야 한다.' 식의 정해진 방법을 정답인 양 믿고 좇아가지는 마세요. '뽀로로'가 제아무리 인기 최고여도 내 아이가 싫다고 하면 그만이니까요. 다른 아이들은 다 그렇게 하니 자기 아이도 억지로 하라고 강요하는 엄마가 되어서는 안 돼요.

아이마다 다른 속도의 개인차를 인정하는 것과는 별개로 개인의 발달 영역 간에도 차이가 난다는 사실을 명심해야 해요. 아웃풋이 빨리 터졌다고 해서 문자 습득을 빠르게 해낸다는 보장이 없고 문자 습득이 남달랐다고 해서 읽기 속도가 빠른 것도 아니에요. 목적지로 가는 길 중에 내비게이션이 알려주는 경로는 한 가지일지라도 무수히 많은 다른 길이 있습니다. 기계는 그나마 나은 길을 추천해 줄 뿐이에요. 성장과 발달 과정에서 나타나는 아이의 반응을 피드백으로 받아들여 그때그때 새로운 지도를 탐색하고 아이에게 맞지 않다고 판단되는 길은 과감히 버릴 줄도 알아야 합니다. 제가 사교육 없이도 영어를 자유자재로 구사하고 해리포터를 원서로 재미있게 읽는 아이로 키울 수 있었던 것은 아이의 성향과 차이를 파악하고 존중해 주었기 때문일 거예요.

단언컨대 학자들의 이론과 다른 사람의 경험담은 어디까지나 참고자료일 뿐 정답은 아닙니다. 의사가 증상이 같은 환자라도 일률적으로 약을 처방하지 않는 것처럼, 수술할 부위가 같은 모든 환자에게 동일한 수술법을 적용하지 않는 것처럼, 우리 아이들은 저마다 좋아하는 것이 다르고 싫어하는 것도 다릅니다. 환자를 오랫동안 보아온 주치의가 환자의 상태를 제일 잘 알듯이 우리 아이의 발걸음을 세심히 살펴서 가장 어울리는 길로 안내하는 내비게이션이 되어 주어야 해요. 이것이 바로 엄마의 역할이자 엄마표의 효과를 극대화할 수 있는 열쇠입니다.

02
엄마표 영어의 심리전

영어보다 중요한 아이와의 관계

엄마표 영어에 대한 사람들의 착각 중 하나는 사교육의 도움을 받지 않고 내 아이의 수준에 맞게 엄마가 영어를 직접 '가르친다'라는 오해입니다. '능력자다, 너무 피곤하지 않냐.'는 주변의 시선은 아이에게 영어를 가르친다고 생각하기 때문에 돌아오는 흔한 반응이에요. 저도 주변에서 가장 많이 들었던 말이기도 해요. 친한 친구들조차도 '난 너처럼 부지런할 자신이 없어서 직접 가르칠 엄두가 나지 않는다.'라고 말할 정도니까요. 하지만 엄마의 역할은 아이가 영어를 습득할 수 있게 환경을 만들어주는 것이지 가르치는 것이 아닙니다. 논어에는 군자가 자기 자식을 직접 가르치지 않는 까닭에 대한 맹자의 현명한 대답이 나와 있어요. 아이에게 과도한 기대를 하고 그 기대에 미치지 못하면 화를 내게 되어 결국 아이와 사이가 나빠진다는 이유지요. '부모와 자식 사이라도 강요하면 의가 상하는데 의가 상하는 것만큼 불행한 일은 없다.'라는 맹자의 가르침은 교육보다 중요한 '자식과의 관계'를 논하고 있습니다.

엄마표 영어에서 시사하는 바가 크다고 생각해요. 엄마가 영어를 가르치려 들면 학습의 효과를 기대하는 엄마에게 아이는 무언가를 배워야 한다는 인식을 하게 될 것이고 그 순간부터 엄마와의 평화롭던 관계는 얼룩지고 말 거예요. 영어 실력보다 중요한 아이와의 관계가 어긋난다면 그동안 쌓아 올린 공든 탑이 무슨 소용이 있을까요. 우리 아이를 도와주려 시작한 엄마표 영어가 오히려 아이를 더 힘들게 하는 결과가 되어서는 안 됩니다.

밀당의 고수되기

엄마표 영어를 시도하다가 포기하는 지인들을 보면 대부분은 아이와의 밀당이 어려워 애를 태웠다고 말합니다. 무슨 말인지 모르겠다고 보기 싫다고 하는 애한테 억지로 강요할 수도 없고 그렇다고 잘하지도 않는데 칭찬만 하기도 어렵다는 거죠. 이야기는 뭘 듣고 영상은 뭘 틀어줄지 엄마도 공부를 해야 하는데 제대로 된 정보 없이 무턱대고 시작하니 아이는 거부하고 엄마는 혼내고 그러면 아이는 속상해서 영어 노출 환경을 더 거부하고, 그런 악순환이 반복되고 말지요.

충분한 인풋 환경을 만들어주는 것이 물리적인 요인이라면 심리적인 요인은 엄마가 아이의 생각을 더 세심히 살펴주어야 하는 것입니다. 아이의 마음을 헤아리고 정성을 쏟아 관계를 단단히 채우는 것은 엄마표 영어를 지속할 수 있게 해주는 원동력이라고 해도 과언이 아닙니다. 바람직한 관계 유지를 위해 엄마는 아이와의 심리전에 대비할 필요가 있어요. 영어 습득을 위한 환경에만 신경 쓰지 말고 눈에 보이지 않는 아이의 심리를 읽어 영어에 대한 긍정적인 생각을 가질 수 있도록 돕는 지원군이 되어야 하는 것이죠. 이 심리전을 잘 이끌어 가지 못하면 지원군이 되어주어야 할 엄마가 어느 순간 지휘관이 되어있을지도 모릅니다.

아이가 거부하지 않는 수준에서 자기도 모르는 사이에 자연스럽게 인풋이 스며들도록 하되 그 결과에 대해서는 방관하는 자세가 필요해요. 강 건너 불구경하듯이요. 아이들은 눈치가 빨라서 확인하려 들면 자꾸 도망가려고 하는 본능이 생겨요. 엄마가 아이의 실력을 기대하고 확인하려 할 때마다 아이의 부담감은 커질 수밖에 없지요. 영어를 '내가 잘 해내야만 하는 무언가'로 받아들이게 될 테니까요. 그러니 엄마가 기대하고 있다는 것을 아이에게 절대로 들켜서는 안 됩니다. 아이가 잘 따라올 때는 무한한 칭찬과 당근을 주되 기대 심리는 철저히 숨기는 밀당에 능해져야 하는 것이죠. 엄마가 심리전에서 밀리면 아이를 다그치거나 확인하려 들고, 엄마표 영어는 좋은 열매를 맺을 때까지 유지하기가 힘들어져요.

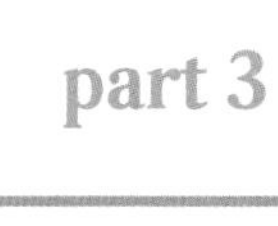

듣기와 영상 보기

슬기로운 엄마표 영어 지침서

01
인풋에 대한 바른 이해

유의미한 인풋의 힘

저희 아이들은 매일 이야기를 끼고 살아요. 어릴 때부터 해오던 소리 노출이 습관이 돼서 영어 이야기 듣는 것이 일상이 되어 있는 거죠. 놀다가도 자기네들끼리 깔깔거릴 때가 많아요. 영어를 제2외국어로 배운 엄마, 아빠는 이야기를 종일 틀어놓아도 무슨 내용인지 모르는데 말이에요. 우리말 라디오나 TV는 크게 집중해서 듣지 않아도 대충 흐름을 따라가는데 모국어가 아닌 영어는 마음먹고 듣지 않으면 귀에 들어오지 않거든요. 저희 아이들은 딱히 노력해서 듣지 않아도 두 언어를 모두 쉽게 이해합니다. 무의식적인 리스닝이 된다는 뜻이지요. 엄마인 제가 아이들에게 제일 부러워하는 점이 바로 이것이고 엄마표로 영어를 일찍 노출해 주기 잘했다고 스스로 만족하는 부분이기도 해요.

작은아이가 누나랑 얘기하다가 'meddle'이라는 단어를 쓰길래 물어봤어요. 'meddle'이 '간섭하다, 참견하다'의 뜻인데 '자기 할 거나 신경 쓰다'로 이해했으니 의미를 제대로 알고 있는 셈이었지요. 어려운 단어라서 놀라기도 했지만 어떻게 아냐고 물었을 때의 대답에 더 놀랐어요. 그 단어가 쓰였던 문장에서 뜻을 유추한 것이었으니까요. 심지어 그 단어가 나오는 책과 문장까지 정확히 알고 있는 걸 보고 유의미한 인풋의 효과를 실감할 수 있었습니다.

유추로 단어 뜻을 알아낸 서진이(8살)

서진이의 testimony

엄마 서진아 meddle이 혹시 무슨 뜻이야?

서진 It means 'mind their own business'.

엄마 그 뜻 어떻게 알았어?

서진 Because in the Storey Treehouse, the monster said "You're a bunch of meddling humans who should mind their own business."

엄마 그래서 그게 무슨 뜻이야, 우리말로?

서진 mind their own business. 자기 할 거 신경 쓰라고.

엄마 그렇게 알아냈어? 그렇구나.

아이의 듣기 수준이 하루아침에 이렇게 성장한 건 아니에요. 아이가 어릴 때부터 영어 동요나 짧은 그림책 음원을 매일 틀어주었습니다. 집 안은 늘 영어 이야기로 가득했어요. 뜻을 이해하는지 못하는지, 듣고 있는지 안 듣고 있는지 확인하지는 않았지만, 음원만큼은 신중히 골랐어요. 의미 없는 인풋에 무작정 노출하기보다는 유의미한 인풋을 제공할 때 언어 습득의 효율이 훨씬 높아지기 때문이에요. 수준에 맞지도 않는 어려운 연설을 반복해서 듣는다고 우리의 귀가 호강하지는 않지요. 어린이집에 다니는 아이가 우리말 뉴스를 반복해서 듣는다고 한국어 능력이 향상될까요? 마찬가지로 영어를 처음 접한 아이에게 해리포터 오디오북이나 디즈니 영화를 계속 틀어주는 것은 별로 의미가 없어요. 의미 없는 인풋은 오히려 소음이 되어 아이든 어른이든 정신만 피로해질 거예요. 효과가 없을 뿐만 아니라 영어에 대한 흥미까지 잃게 할 수도 있어서 아예 영어에 노출하지 않느니만 못한 결과를 낳을 수도 있지요.

그러면 유의미한 인풋(meaningful input)은 무엇일까요? 아이와 함께 읽고 있는 책이 있다면 그 책의 오디오북 음원을 반복해서 듣게 하여 익숙해지도록 하는 것입니다. 낮에 영어 동요 영상을 시청하고 저녁에는 그 동요들을 소리로 틀어주는 것도 습득의 효과를 높일 수 있겠지요. 반대로 이야기를 먼저 들려주어 조금 익숙해지게 한 뒤, 책이나 영상으로 짜잔! 하고 제시해 주는 것도 좋은 방법이에요. "어? 이거 아까 들었던 내용 같은데?"라는 반응이 나오면 이미 몰입은 시작된 것입니다. 소리는 영상을 보는 것에 비해 뜻을 유추할 수 있는 힌트가 제한적이기 때문에 유의미한 인풋을 선별하는 과정이 더 까다로워야 해요. 아이에게 익숙해질 기회가 충분히 있으면서 이해할 수 있는 가능성이 큰 자료가 바로 유의미한 인풋이 됩니다. 이런 맥락에서 '듣는' 이야기 자료가 '보는' 책이나 영상 자료와 연계된다면 효과는 더 높아질 수 있어요.

아이에게 유의미한 인풋을 적절히 파악해서 적기에 제공하는 것이 엄마가 해야 할 가장 중요한 역할입니다. 아이가 듣고 있을 때도 있고 그냥 흘려버릴 때도 있겠지만 너무 연연할 필요는 없어요. 이야기를 30분 틀어놓았는데 10분을 들었다면 그 10분으로 충분하다는 생각으로 꾸준히 틀어주기만 하세요. 그러다 보면 어느 순간 이야기에 집중하고 있는 아이를 보게 될 테니까요.

인풋의 수준을 천천히 높이기

같은 자료를 반복 노출하면 아이는 인풋을 받아들이기 더 쉬워요. 그러나 아이가 너무 지겨워하지 않을까요? 충분히 가능한 일이에요. 엄마표 영어를 일찍 시작할수록 유리한 이유 중 하나가 여기에 있어요. 어리면 어릴수록 엄마가 보여주는 대로, 들려주는 대로 따지지 않고 받아들이거든요. 하지만 자아가 발달하면서 좋고 싫음의 의사 표현이 점점 분명해지면 아무 이야기나 틀어주고 아무 영상이나 보여줄 수가 없어집니다. 그러면 엄마는 아이가 좋아할 만한 자료를 찾느라 더 분주해지겠지요. 그런 시기가 오기 전에 영어 노출을 시작해 버리면 엄마도 아이도 더 편할 거예요. 사실 엄마표 영어를 시작하면서 아이가 영어 이야기나 영상을 거부하지 않고 잘 받아들여 주기만 해도 정말 감사한 일이거든요. 반복되는 자료에 아이가 흥미를 잃을 수도 있지만 취학 이전의 아이들은 생각보다 같은 자료를 여러 번 보는 것을 좋아하기도 해요. 어떤 자료는 수십 번씩 보아도 질려하지 않고 오히려 더 빠지기도 하거든요. 처음에는 간단한 이야기와 영상 몇 가지로만 시작해도 아이의 흥미를 끌어올 수 있어요. 인풋의 수준을 아이가 눈치채지 못할 정도로 서서히 올려주는 것이 중요하므로 그동안 시간을 확보하여 방법을 천천히 고민하면 돼요.

그러면 인풋을 어떻게 확장해야 할까요? 아이에게 제공되는 인풋은 내용을 전부 이해할 필요는 없더라도 아예 이해하지 못할 정도로 높은 수준은 아니어야 해요. 이를 이해 가능한 입력(comprehensible input)이라고 하는데 너무 쉬워도, 너무 어려워도 문제라는 이야기지요. 너무 쉬운 수준의 인풋은 아이에게 새로운 배움이 일어나지 않아 의미가 없고 반대로 너무 어려운 수준의 인풋은 실제 습득으로 연결되기가 힘들기 때문입니다.

언어학자 Krashen(크라센)은 이 이상적인 인풋의 난이도를 'i+1'(아이 플러스 원)이라고 칭했습니다. i는 현재 학습자의 상태이고 1은 새로운 언어 데이터를 의미해요. 그러니까 새로운 언어 데이터는 아이가 받아들일 수 있을 정도로 현재 수준보다 조금 높은 것이 적당하다는 것을 +1로 표현한 거지요. 이 원리는 듣기, 영상 보기, 읽기 등의 모든 인풋에 적용될 수 있어요. 아주 높은 수준의 인풋이라도 계속 노출해 주면 언젠가는 이해 가능한 수준에 도달할 수도 있겠지만 효율이 너무 떨어질 수밖에 없어요. 많이 들려주는데 리스닝 실력이 늘지 않는다는 문제는 이런 인풋에 대한 이해가 부족해서 생기는 경우가 많아요. 듣는 양은 많은데 흡수하는 양은 적기 때문이에요. 소화기관이 아직 발달하지 않은 아기에게 몸에 좋다며 아무거나 먹인다고 다 소화할 수 있는 건 아니에요. 오히려 탈이 날 뿐이지요. 입력도 마찬가지로 주의하지 않으면 이해되지 않는 인풋으로 인해 아이가 오히려 영어에 흥미를 잃게 될 수도 있어요.

이해 가능(comprehensible)하고 유의미(meaningful)한데 흥미(interesting)까지 있다면 인풋으로서 최고의 조건을 갖춘 거예요. 그런 인풋에 꾸준히 노출될 수 있도록 환경을 마련하는 것이 엄마표 영어의 핵심이기 때문에 이 부분은 매우 중요한 의미를 지닙니다.

초기에는 낱말과 문장에 익숙해지도록 같은 이야기를 여러 번 반복하여 듣는 것이 중요하지만 수준이 올라갈수록 반복의 중요성은 점차 낮아져요. 아이가 받아들이는 어휘와 표현의 폭이 넓어져 더 다양한 이야기도 흡수할 수 있기 때문이지요. 더 많은 이야기를 접할 수 있도록 인풋의 폭을 넓혀주는 게 오히려 더 도움이 돼요. 인풋이 단계적으로 차곡차곡 쌓이면 똑같은 이야기가 아니더라도 서로 다른 이야기에서 의미를 추출하여 연결하고 습득하는 과정이 이루어지기 때문에 인풋의 난이도는 아주 쉬운 것부터 시작해 천천히 올리는 것이 중요합니다. 흥미롭고 이해 가능하며 의미 있는 인풋으로 서서히 확장해 주세요.

서연이의 testimony

엄마 서연이가 영어를 잘하게 된 이유 중에 제일 도움이 됐던 게 뭐야?

서연 영어 이야기 듣는 거요. 어릴 때부터 영어 이야기를 많이 들어서 영어를 잘하게 된 것 같아요.

엄마 영어 이야기 듣는 게 어렵거나 힘들진 않았니?

서연 어릴 때는 쉬운 이야기만 들었으니까 어려운 거 없었어요. 자꾸 듣다 보니까 이해가 잘 돼서 재미있게 듣다가, 지겨워지면 또 새로운 이야기를 듣고 그러다 보니까 실력이 점점 좋아진 거 같아요. 서진이도 처음에는 별로 신경 안 쓰더니 제가 이야기 계속 들으니까 이제는 자기도 이야기 듣는 게 재미있다고 매일 저랑 같이 듣잖아요.

엄마 이야기 듣는 게 왜 재미있을까? 영상이 더 재미있는 거 아닌가?

서연 음. 영상도 재미있긴 한데 TV는 많이 보면 눈 나빠질 것 같기도 하고 동시에 다른 걸 못 하는데 이야기는 다른 일을 하면서도 들을 수 있어서 좋아요.

02
듣기와 영상 보기의 시작

영어 노래와 친해지기

거부감 없이 영어 듣기를 시작하는 최고의 방법은 영어 동요를 듣는 것입니다. 한 번도 듣지 못했던 영어라는 언어를 처음 접하기에 부담이 없기도 하고, 신나고 흥이 나기 때문에 아이들이 좋아하거든요. 아이가 말을 하기 전에는 우리말 동요를 자주 듣다가 24개월이 지나면서부터 본격적으로 영어 동요와 우리말 동요를 섞어서 듣기 시작했어요. 짧고 간단한 노래들을 시간이 날 때마다 틀었지요. 그런데 핸드폰에 음원을 넣어서 틀어주다 보니 아이가 자꾸 핸드폰에 손을 대기 시작했어요. 안 되겠다 싶어 장만한 것이 블루투스 스피커였어요. 아이에게 소리를 노출하면서 스마트폰을 가까이 하지 않도록 최대한 주의했습니다. 3장에 영상 노출 부분에서도 다루겠지만 인풋을 줄 때 스마트폰에 일찍 노출되지 않도록 세심한 주의가 절대적으로 필요해요.

아이는 음악이 나오면 어깨를 들썩이기도 하고 춤을 추기도 하며 즐겼어요. 신나는 음악에 반응하지 않는 아이는 잘 없을 거예요. 노래가 익숙해진 뒤에는 가사를 흥얼거리며 따라 부르는 것도 볼 수 있었어요. 영어 동요는 초기 단계에서 아웃풋을 끌어내는 최고의 도구라고 확신해요.

혼자 놀이를 하거나 간식을 먹을 때 영어 동요를 듣다가 TV도 함께 보여주기 시작했습니다. 소리로 들었던 동요를 영상으로 다시 보여주며 귀로는 듣고 눈으로는 보는 반복 노출이 되게 해 주었어요. 소리는 아이의 놀이나 생활에 방해가 되지 않을 정도의 적당한 크기가 좋아요. 아이의 감수성 함양을 위해 매일 클래식을 틀어놓는다는 사람들도 있다는데 그것과 마찬가지로 영어를 집안의 배경음악으로 흐르게 해 주세요.

매일 듣기 좋은 쉬운 영어 동요 자료가 많은 곳은 Super Simple Songs 채널이에요. DVD도 있지만 유튜브에서 아이들이 좋아하는 곡들로만 다운로드해서 틀어주는 편이 더 나아요. 간단하면서도 가사 내용이 직관적으로 표현된 영상들이라 영어를 처음 접하는 아이들이 보기에 좋습니다. 채널 안에 노래가 수백 곡이라 너무 길거나 어려운 곡은 피해서 고르는 게 좋아요. 그림만 보아도 가사가 바로 이해되고 따라 하기 쉬운 멜로디와 반복되는 표현이 많은 노래가 좋은 노래겠죠. 처음에는 같은 양의 노래를 듣더라도 최대한 쉽고 간단한 곡을 반복하는 게 제일 효과적이에요. 듣기는 양도 중요하지만 질도 무시해서는 안 되거든요. 아이가 좋아할 만한 곡들을 다운로드해서 영상으로 보여주고 음원 파일로도 저장하여 매일 들려주세요.

튼튼영어 싱어롱은 마더구스를 쉽게 변형하여 모아놓은 노래 영상이에요. 마더구스(Mother Goose)는 영미권 아이들이 즐겨 듣는 전래동요를 말하는데 라임이나 리듬이 풍부해서 아이들이 흥얼거리기 좋고 영미권의 문화도 자연스럽게 접할 수 있는 좋은 언어 자료예요. 책과 CD, DVD로 구성되어 있는데 노래 영상만 있는 게 아니라 가사 내용으로 이야기를 한 번 더 반복해 주는 영상을 포함하고 있는 게 장점이었어요. 듣기 노출 자료로 쓸 목적이라면 방문 교사 수업은 필요 없으니 정품을 구매할 필요는 없어요. 저도 중고로 구매해서 알뜰하게 잘 활용했어요. 영상에서 원어민 선생님이 아이들과 간단한 대화를 하며 노래 가사를 기반으로 한 이야기도 들려주고 가사를 동작으로 알려주기도 하는데 특히 아이들이 노래를 부르면서 따라 할 수 있는 율동이 포함되어 있어서 활용도가 높았습니다. 이 시기의 아이들은 대부분 신체 표현 활동을 좋아하니까요. 저희 아이들도 소파나 트램펄린 위에서 율동을 따라 하고 춤추기도 하며 신나게 따라 불렀어요.

영어 동요를 듣는 단계에서 함께 보기 좋은 영상을 하나 더 추천하자면 '헬로 코코몽'이에요. 원래 EBS의 코코몽 애니메이션은 5세 이후의 아이들이 볼 정도로 조금 어려운데 '헬로 코코몽'은 캐릭터들이 짧은 이야기 안에서 노래를 부르는 뮤지컬 애니메이션 형식이라 3~4세부터의 아이들이 보기에도 부담이 없어요. 이것도 DVD가 있긴 하지만 유튜브에서도 고화질로 다운로드할 수 있어요. 튼튼영어 싱어롱처럼 마더구스를 살짝 변형한 노래가 많아 멜로디에 금방 익숙해질 수 있어서 좋았고 전체 영상 안의 노래 부분만 음원으로 편집해서 자주 듣기도 했어요.

헬로 코코몽(Hello Cocomong)	
Season1 	Season2 
Walking In The City	The More We Get Together
I Am The Music Man	Left, Right, Up, Down
Little Cocomong Has A Farm	Three Magic Words
Wheels On The Bus	Too Cold, Too Hot
Looby Loo	A Sailor Went to Sea
Rain Rain Go Away	Skidamarink
If You Are Happy	Ten Little Padaks
The Muffin Man	Robocong, Robocong
Miss Polly Had A Dolly	Pinky Promise
I Love You	Oh Where Has My Little Dog Gone
I like The Flowers	Agle's In the Kitchen
Oh Mr. Sun	Twinkle, Twinkle, Little Star

Super Simple Songs 추천 노래 목록	튼튼영어 싱어롱 노래 목록

-Do You Like Broccoli Ice Cream? -If You're Happy	-A Sailor Went to Sea
-Rain Rain Go Away -Yes, I Can!	-The Itsy Bitsy Spider
-Can You Make A Happy Face? -This Is The Way	-Zoom, Zoom, Zoom! We're Going to the Moon
-Walking In The Jungle -Trick Or Treat	-Open. Shut them
-Mary Had A Little Lamb -Who Took The Cookies?	-I Am the Music Man
-Let's Go To The Zoo -Wag Your Tail	-Row, Row, Row Your Boat
-One Potato, Two Potatoes -Go Away!	-If You're Happy and You Know It
-Hickory Dickory Dock -Put on Your Shoes	-Hickory Dickory Dock
-Head Shoulders Knees and Toes	-Sleeping Bunnies-

-Open Shut Them -The Bath Song	-The Wheel on the Bus
-We All Fall Down -Cleaning Up Song	-Old MacDonald Had a Farm
-The Bananas Song -Ten In The Bed	-Three Little Monkeys

쉬운 이야기와 영상으로 시작하기

아이들에게 처음 보여줄 영상을 고를 때는 그림체가 단순하고 평면적이면서 화면 전환이 빠르지 않은 것이 좋아요. 화면이 느려야 상황과 표현을 연결하여 뜻을 유추하기가 쉽거든요. 아이들의 눈은 화면을 보고 있지만 머릿속에는 그림, 소리, 의미를 연결하는 유기적인 과정이 끊임없이 진행되고 있어요. 처음부터 눈이 아프게 현란하거나 자극적인 영상을 먼저 접해버리면 단계가 올라갈 때 쉽게 흥미를 잃을 수 있고 자극이 적은 영상으로는 흥미를 오래 지속시키기가 힘들어져요. 디즈니 애니메이션 같은 화려한 영상에 일찍 노출된 아이에게 평면적인 2D 영상은 시시해 보일 수밖에 없겠죠. 그러니 화려한 영상보다는 단순한 것부터 시작해야 해요.

고고의 영어 모험(Gogo's Adventures with English)은 연식은 좀 오래되었지만 고고(Gogo)라는 꼬마 공룡이 영어를 배워가는 과정이 쉽게 나타나 있는 데다 상황이 유기적으로 반복되고 자연스럽게 연결되어 있습니다. 대사도 많지 않고 느려서 아이들이 부담 없이 볼 수 있어요.

메이지(Maisy)는 생쥐와 동물 친구들이 캐릭터로 나오는데 주인공들의 대화보다는 내레이션 위주의 방식이라 스토리텔링 같은 느낌이 나기도 해서 다른 영상들과는 다른 매력이 있습니다. 고고와 마찬가지로 화면 전환이 느리고 말도 많지 않고요.

페파피그(Peppa Pig)는 돼지 가족의 따뜻한 일상을 그린 애니메이션으로 고고나 메이지보다는 내용과 상황이 다양하고 짧은 에피소드 안에 웃긴 내용이 많아서 아이들이 집중을 잘한다는 장점이 있습니다. 유치해 보이는 그림체이지만 어른이 보아도 재미가 있을 정도로 유쾌한 내용이 많아요. 영국 영어라서 호불호가 갈리기는 하지만 개인적으로는 어릴 때부터 다양한 발음을 접하고 경험해 보는 것이 더 좋다고 생각해서 많이 활용했습니다. 메이지와 페파피그는 유튜브 공식 채널에서도 영상을 제공하고 그림책도 많이 있어서 함께 보기 좋아요. 영상의 대사를 그대로 옮겨놓은 책은 아니지만, 아이들은 영상으로 봤던 캐릭터가 책에 나오는 것만으로도 흥미를 느끼는 경우가 많으니까요. 이런 DVD들은 내용을 책으로 완벽하게 옮겨놓은 자료는 없어서 아쉽기는 하지만 같은 캐릭터가 나오는 책도 많이 있어서 함께 보여주기 좋고 영상만으로도 노출의 효과는 충분히 얻을 수 있어요.

고고의 영어모험

Maisy

Peppa Pig

Maisy 보드북

Maisy 플랩보드북

Maisy First Experiences Book

Peppa Pig 플랩보드북

Pappa Pig 보드북

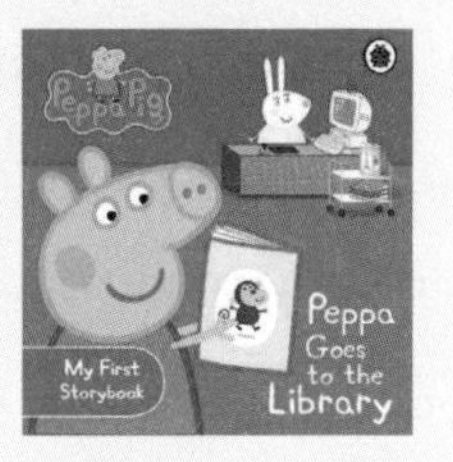

Peppa Pig My First Storybook

유아 영어 전집 활용하기

이 시기에 DVD보다 만족도가 높았던 것은 튼튼영어와 잉글리시에그예요. 둘 다 너무 유명한 유아 영어 전집이죠. 튼튼영어는 영상의 색감이 선명하고 아이들이 좋아하는 캐릭터 기반으로 이야기가 연결되어 있어요. 책을 전자펜으로 읽을 수 있어 편리하기도 하고 책과 영상의 내용이 정확하게 매칭되니 반복의 효과가 더 높았어요. 잉글리시에그는 대화로 이루어진 유용한 노랫말이 많았고 멜로디가 신나서 차를 타면 무조건 틀어서 들었어요. 흔히 접하던 동요의 멜로디와는 결이 다른 느낌의 노래가 많아 처음에는 생소했지만 계속 들어도 질리지 않는다는 장점이 있어 아이들도 신나게 따라 불렀습니다.

튼튼영어와 잉글리시에그는 둘 다 교육용으로 제작된 자료라 확실히 인풋과 아웃풋의 효과가 좋다고 느꼈습니다. 하나의 이야기를 애니메이션으로 제공하고 그 대사를 기반으로 노래를 부르며 실사로 사람들이 등장하는 영상에서 다시 같은 표현으로 이야기를 풀어주니 반복이 자연스럽게 이루어지는 형태였어요. 영어권에서 만들어진 책과 영상이 원어민 아이들도 보는 날 것 그대로의 자료라면, 국내에서 제작된 교육용 영상은 인풋의 습득을 최적화하기 위해 인위적으로 구성한 것들이에요. 그래서 노출량에 비해 습득이 효율적으로 이루어지는 게 눈에 보였어요. 반면에 장면과 상황을 인위적으로 만들다 보니 다루는 표현의 양이 한정적이라는 문제가 있습니다. 영어권에서 만들어진 자료와 국내 자료를 병행하여 노출하면서 이런 문제를 해결하려고 노력했습니다.

국내에서 영어 교육용으로 제작된 자료에 거부감을 가지는 사람들도 있을 거예요. 하지만 이 두 프로그램은 써볼 기회가 없는 죽은 표현들 대신 아이들이 바로 써먹을 수 있는 생활 밀착형 표현들이 많아서 아웃풋에 아주 효과적이라는 것은 확실해요. 이를테면 'Flush the toilet.(변기 물 내려)', 'Rinse your mouth.(입 헹궈)'처럼 아이들이 일상적으로 쓸 수 있는 짧은 말들이 많이 등장하기 때문에 아이가 그 말이 필요한 상황에서 내뱉는 경우가 많았어요.

잉글리시에그는 DVD가 아닌 다른 형태로 제공하는 영상이라 책과 CD만 활용했는데도 만족도가 높았고 튼튼영어는 거의 모든 시리즈를 중고로 구매해서 노출했습니다. 이때 한꺼번에 보여주지 않고 아이의 반응에 따라 시간 간격을 두고 보게 해서 최대한 반복적으로 노출량을 늘렸어요. 책과 영상들을 반복하다 보니 아웃풋이 조금씩 나타나는 것이 보였습니다.

유아 영어 전집은 영상과 책을 연계해서 활용할 수 있다는 게 강점이긴 하지만 가격이 저렴하지 않다는 걸림돌이 있지요. 하지만 인기가 많은 만큼 중고 매물을 구하는 것도 어렵지 않아요. 엄마표 영어의 가장 큰 장점은 방문 교사 수업이 필요 없고 연계된 프로그램을 이용하지 않아도 되기 때문에 중고로도 좋은 자료들을 이용할 수 있다는 것이잖아요. 책, CD, DVD만 구해서 합리적으로 이용해 보세요.

싱어롱 규리앤프렌즈 잉글리시에그

03
듣기와 영상 보기의 확장

쉬운 책과 영상으로 1~2년 정도 꾸준히 인풋을 채워왔다면 이제 영어와 조금은 친해졌을 거예요. 업그레이드된 아이의 실력에 맞게 노출할 수 있는 영상의 폭이 넓어졌다고 할 수 있겠죠. 제가 반복해서 강조하고 싶은 건, 아이의 나이와 수준은 반드시 비례하지 않으며 그 나이에 꼭 봐야 할 책이나 영상이 정해진 것도 없다는 것입니다. 아이의 속도를 파악해서 거기에 맞는 자료를 제공하는 것이 더 중요해요.

어쩌면 수준보다 중요한 흥미

난이도라는 것은 사람마다 체감하는 정도가 다르기 때문에 아이의 발달 단계를 고려하여 좋아하는 듣기 자료와 영상을 노출하는 것이 가장 좋은 방법이에요. 사실은 수준에 맞는 인풋을 차근차근히 듣고 보게 하여 귀를 뚫어 주는 것이 가장 이상적이지만 단계를 불문하고 흥미를 가진다면 보게 하는 것이 좋습니다. 좀 어려운 것 같아도 아이가 관심을 가지는 분야라만 재미있게 볼 수도 있고 아무리 쉬운 단계라도 취향이 맞지 않으면 외면할 수도 있어요. 쉬운 소리 자료와 영상 자료부터 시작하는 이유는 영어의 거부감을 줄이고 듣기의 효율을 높이기 위함이지만 그보다 더 중요한 원칙은 흥미가 우선되어야 한다는 것입니다. 인풋이 제대로 힘을 발휘하려면 재미라는 연결 고리가 반드시 있어야 해요. 재미있게 본다는 것은 최소한의 줄거리를 따라가고 있다는 증거로도 볼 수 있어요.

간혹 어려운 표현들이 있더라도 전체적인 흐름의 이해에 지장을 주지 않는다면 아이들은 개의치 않는 경우가 많아요. 이해되지 못한 부분은 그림이나 앞뒤 내용으로 힌트를 얻기도 하면서 이야기를 따라가다 보면 어느새 실력이 쌓이게 되지요. 그러니 영상을 보고 있는 아이에게 "저 캐릭터가 방금 뭐라고 했어?", "이해하고 보는 거 맞아?"와 같이 확인하는 질문은 삼가야 합니다. 아이가 영상을 보면서 무언가를 알아내야 한다는 부담을 느낀다면 흥미는 급격하게 떨어질 거예요.

공영방송 애니메이션

이왕 보여주는 영상인데 교육적인 효과까지 있다면 금상첨화겠지요. 공영방송의 어린이 애니메이션은 자극적이지 않으면서도 교육적인 내용이 많아 안심하고 보여줄 수 있다는 장점이 있습니다. 특히 EBS의 애니메이션을 꼭 활용해야 하는 이유는 집에서 영어 영상에만 노출되었던 아이가 어린이집이나 유치원에서 소외될 수 있어서예요. 우습게 들리긴 하지만 아이들에게는 중요한 부분이거든요. 모두가 다 아는 인기 드라마를 자기만 모르면 어른들조차도 대화에 끼기가 힘들잖아요. EBS의 인기 애니메이션은 대부분 영어로도 제작되어 있고 유익하고 재미있는 것들이 참 많아요. 또 유튜브에서 고화질의 영상을 다운로드 할 수도 있어요. 영국과 미국 공영방송의 애니메이션은 DVD를 활용하기도 했어요.

대부분의 영어 영상은 픽션이라 이야기를 좋아하는 아이들에게는 잘 먹히지만 논픽션을 선호하는 아이들에게는 흥미를 끌어내기 힘들 때도 있어요. 서진이가 그랬는데 Magic School Bus는 이야기 속에서 과학 지식을 자연스럽게 다루고 있어 아이가 좋아했어요. 옥토넛은 바다탐험대의 모험이라는 주제 안에서 해양생물에 관한 지식을 배울 수 있어서 재미있게 보았고요. 픽션으로 얻을 수 있는 표현에는 한계가 있으므로 이런 논픽션 애니메이션을 통해 다양한 어휘를 골고루 습득할 수 있게 기회를 주는 것도 좋아요.

Charlie and Lola **찰리앤롤라**(영국 BBC)	Magic School Bus **매직스쿨버스**(미국 PBS)	Arthur **내친구 아서**(미국 PBS)
착한 오빠 찰리와 장난꾸러기 여동생 롤라의 사랑스러운 이야기	마법의 힘으로 탐험하며 신비로운 과학 사실에 대해 알아가는 이야기	아서와 친구들의 일상 이야기로 북미권 초등학생의 생활과 문화를 엿볼 수 있음

우주에 대해 알려주는 남매(매직스쿨버스)

오리너구리에 대해 알려주는 서진이(옥토넛)

제목		특징
 엄마 까투리(EBS)		자연과 교감하며 성장하는 꿩병아리 4남매와 엄마 까투리의 이야기로 그림체와 이야기가 따뜻하고 에피소드마다 엄마의 사랑이 녹아 있어 아이에게 정서적 안정감을 줌
 아이쿠 (EBS)		사고뭉치 주인공이 지구에서 생활하는 이야기로 코미디적인 요소가 많고 안전교육용으로 제작된 애니메이션이라 초등학교에서 안전교육 시간에도 많이 활용함
 두다다쿵 (EBS)		꼬마 탐험가 두다와 어린 두더지 다다가 핑카를 타고 모험을 떠나는 이야기로 다양한 자연환경을 경험하고 모험심을 배울 수 있음
 꼬마버스 타요 (EBS)		차고지에서 생활하는 꼬마버스 타요와 다양한 교통수단들의 성장 이야기로 교통기관에 대한 이해력을 높이며 우정과 배려를 배울 수 있음
 뽀로로 (EBS)		호기심이 많은 꼬마 펭귄 뽀로로와 다양한 동물 캐릭터 친구들이 아이들의 눈을 사로잡으며 우정, 예절, 양보 등의 다양한 가치가 이야기에 드러남
 코코몽 (EBS)		냉장고 안의 식재료들로 만들어진 캐릭터들이 악당 세균킹을 물리치는 모험을 그린 이야기로 영양소에 대한 정보를 알 수 있고 식습관 개선에 도움을 줌

제목		특징
 슈퍼윙스 (EBS)		세계를 여행하는 문화 체험 어드벤처물로 지구촌 친구들을 만나며 전 세계의 자연, 전통, 문화를 배울 수 있어 다문화 교육으로도 효과가 좋음
 미니특공대 (EBS)		귀여운 동물 캐릭터가 인간형 로봇으로 변신하면서 악당을 물리치는 히어물로 위험에 빠진 동물들을 구하는 스토리가 주를 이룸
 티니핑 (KBS)		실수로 지구에 오게 된 감정의 요정들을 원래의 세계로 되돌려놓는다는 콘셉트로 다양한 감정의 캐릭터가 등장하며 마법을 소재로 하기에 아이들의 흥미 유발에 좋음
 로보카폴리 (EBS)		사고 현장을 구조하는 로보카폴리와 친구들의 이야기로 우정, 협동심, 이타심, 안전 등을 강조하는 내용이 많으며 경찰차, 소방차, 구급차의 캐릭터화로 아이들의 눈길을 사로잡음
 브레드이발소 (KBS)		이발사 브레드가 디저트 캐릭터들을 맛있게 꾸며주는 이야기로 다양한 빵, 케이크, 디저트의 이름과 역사까지 알 수 있어 흥미로움
 바다탐험대 옥토넛 (영국 BBC)		동물 친구들이 신기한 바닷속을 탐험하면서 해양생물들을 구조하는 이야기로 다양한 해양생물의 이름, 특징 및 해양생태계에 대한 정보를 많이 얻을 수 있어 교육적임

서연, 서진이의 testimony

엄마 너희는 뽀로로나 타요를 전부 영어로 봤는데 어땠어?

서진 할머니 집에 갔을 때 우리말로 하는 거 본 적 있는데 영어가 더 나은 것 같아요.

엄마 우리말로 보는 게 쉽니, 영어로 보는 게 더 쉽니?

서연 둘 다 똑같아요. 그냥 계속 영어로 봤으니까 영어가 더 익숙하고 재미있는 느낌이 들긴 해요.

우리말로 보면 이해가 더 잘되니 당연히 우리말 영상이 더 재미있을 텐데도 영어로 보는 뽀로로가 더 나았다고 이야기하는 아이들의 말에서 영어 영상에 대한 익숙함을 엿볼 수 있어요. 영어 영상에 꾸준히 노출된 덕분에 완벽히 이해하지 못하더라도 불편해하지 않는 태도를 얻게 된 거죠. 저는 이 과정이 참 값지다고 생각해요. 영어 공부를 많이 한 성인 학습자들도 영어로만 영상을 보라고 하면 자막이 아쉽고, 또 못 알아들으면 흥미가 떨어지기 마련이잖아요. 이해되지 않는 부분이 있더라도 흘려 넘기는 여유를 가지게 된다는 것만으로도 대단한 성과가 아닐까요.

온라인 애니메이션 프로그램(리틀팍스)

사이트에서 영상을 볼 수 있는 가장 대중적인 시스템은 리틀팍스입니다. 영어 동화 애니메이션을 스트리밍으로 볼 수 있게 되어 있어서 영상을 찾아 헤매기가 어렵거나 시간이 부족한 엄마라면 믿고 이용할 수 있는 프로그램이기도 해요. 유튜브나 넷플릭스는 아이들이 보기에 자극적이거나 유해한 영상들도 많아서 신경 써야 하지만 리틀팍스는 그런 걱정 없이 믿고 보여줄 수 있다는 게 장점이에요.

단계별로 영상이 분류되어 있어 아이가 수준에 맞게 선택해서 볼 수 있고 주제별로도 모아 보기가 가능해서 취향에 따라 영상을 선택할 수도 있습니다. 건전하고 교육적인 소재들로만 되어 있다는 점은 엄마에게는 만족스러운 점이었지만 조금 자극적인 영상에 일찍 노출된 아이들은 리틀팍스 영상을 많이 좋아하지 않을 가능성도 있어요. 영상의 그림체가 화려하지 않고 전체적으로 일관적인 느낌이라 오래 보다 보면 지루함을 가질 수 있거든요. 이런 단점에도 불구하고 장점이 훨씬 많아서 영상의 선택과 준비에 여유가 없다면 적극적으로 추천하는 프로그램입니다.

제가 마음에 들었던 리틀팍스의 가장 큰 장점은 하나의 콘텐츠를 여러 형태의 자료로 제공한다는 점이에요. 영상만 활용해도 좋지만 mp3 파일로 음원도 제공해 주기 때문에 자투리 시간에 흘려듣기로도 활용할 수 있어요. 또 인물의 대사와 내레이션이 적절히 섞여 있어서 그대로 글로 옮기면 책으로도 손색이 없을 정도의 이야기들로 구성되어 있는데 그걸 출력할 수 있어요. 영상으로 보고 글로도 읽으면서 반복 노출할 수 있는 거죠. 책으로 판매도 하기 때문에 인쇄가 힘들다면 필요한 시리즈를 구매하면 됩니다.

높은 단계로 올라가면 빨간 머리 앤이나 작은 아씨들 같은 고전 문학 작품을 영상화한 게 많아서 영상으로 문학 작품을 접하기 좋았다는 점도 마음에 들었어요. 어린이용으로 제작된 영상이긴 하지만 짧고 단순화시킨 내용이 아니라 여러 편의 에피소드로 자세하게 이야기를 그려내고 있어서 두꺼운 책을 읽는 것만큼이나 유익해요.

서연, 서진이의 testimony

엄마 리틀팍스가 좋았던 점은 뭐야?

서진 매일 새로운 이야기가 한 개씩 올라오는데 그게 기다려질 때도 있어서 좋아요.

서연 이야기 종류가 많아서 골라서 볼 수 있어서 좋아요. 특히 빨간 머리 앤, 키다리 아저씨는 진짜 재밌어요.

서진 역사 인터뷰 같은 건 지겨울 때도 있긴 한데 새로운 것도 많이 알게 됐어요. 처음에는 쉬운 단계만 봤던 거 같은데 많이 보니까 이제 높은 단계 것도 볼 수 있어요.

엄마 그럼 보고 싶은 건 어떻게 골랐니?

서연 그냥 그림 보고 재미있어 보이는 거 눌러서 재미없는 내용이면 패스했고 재미있으면 시리즈 다 보고 그랬어요.

리틀팍스 장단점

- 매일 새로운 이야기가 업데이트되며 제공하는 애니메이션의 수가 상당히 많음
- 장편 및 단편 동화뿐 아니라 위인, 역사, 명작, 고전 작품까지 폭넓은 장르를 다루고 있으며 자체 제작 애니메이션도 재미있고 인기가 많음
- 분기별로 다양한 챌린지 이벤트가 있어 아이들의 도전 의식을 북돋아 주고 목표 달성을 이룰 수 있도록 도움
- 애니메이션이 이북(e-book)으로도 제공되며 출력할 수 있는 프린터블 북(printable book)이 있어 읽기 자료로 활용 가능
- 무료 체험 영상들이 있어서 맛보기로 접해볼 수 있음
- 오래 보다 보면 같은 목소리의 성우가 여기저기에 등장한다는 것이 단점일 수 있음
- 자극적이지 않고 일관성 있는 그림체로 인해 안정감을 주기도 하지만 아이들에게는 호불호가 갈릴 수 있음
- 영상을 본 뒤 내용을 확인하는 간단한 퀴즈를 제공함

리틀팍스의 고전 문학 작품들

소공녀	키다리 아저씨	비밀의 화원
톰소여의 모험	80일간의 세계 일주	빨간 머리 앤
허클베리핀의 모험	작은 아씨들	서유기
제인 에어	올리버 트위스트	보물섬
오페라의 유령	위대한 유산	레미제라블

명작과 전래동화

창작 동화보다 전래나 명작 같은 고전 이야기를 더 좋아하는 아이들도 있어요. 큰아이가 '옛날 옛적에'로 시작하는 고전 동화를 정말 좋아했는데 동화책만으로는 갈증이 해소되지 않는 것 같아 더 다양한 이야기로 흥미를 확장해 줄 수 없을까 고민했어요. 그러다 고전 동화를 폭넓게 다루고 있는 유튜브 채널을 찾게 되었고 아이의 듣기 욕구를 충족시켜 줄 수 있었어요.

English Fairy Tales 中 Donkey Skin 서연이(7살)

서연이는 고전 동화에 푹 빠져서 한참 동안 English fairy tales 채널의 이야기를 반복해서 보았어요. 그중에 'Donkey skin'이라는 동화는 공주와 마법 이야기를 좋아하는 아이의 취향에 딱 맞아떨어졌고 좋아하는 것에 한 번 빠지니 보고 또 봐도 질리지 않아 했어요. 애쓰지 않아도 저절로 인풋이 넘쳐흐르는 상황이 되었고 나중에는 이야기를 줄줄 외워서 말하기까지 했어요. 좋아서 본 이야기가 아니었다면 반복의 효과가 그만큼 크지는 않았을 거예요. 아이마다 특정 주제에 푹 빠지게 되는 시기가 오는 것 같아요. 소위 덕후가 된다고 말하지요. 어떤 아이는 공주, 어떤 아이는 공룡, 또 어떤 아이는 로봇이나 우주와 사랑에 빠지기도 해요. 아이가 푹 빠져서 즐길 수 있는 소재만 잘 잡아내면 몰입해서 보고 듣게 하는 건 자연스럽게 이루어지지 않을까요? 우리 아이가 어떤 분야에 흥미를 느끼고 또 어떤 색깔을 지니고 있는지 제일 잘 아는 사람은 엄마, 아빠일 거예요. 어떨 때는 잘 몰랐던 내 아이의 관심사를 우연한 기회에 깨닫게 되기도 하잖아요. 아이의 일상을 깊이 있게 관찰하고 관심사를 찾아서 아이가 마음을 다해 좋아할 수 있는 일을 찾도록 도와주는 것, 그것을 영어와 연결 지어 자기도 모르게 몰입할 수 있게 길을 열어준다면 아이의 잠재된 언어 가능성이 분명히 폭발할 수 있을 것입니다.

 핑크퐁 영어 동화	• '삼성 세계명작 영어 동화' 책과 같은 내용을 다룸 • 영상을 보며 영어 자막을 함께 볼 수 있음 • 수준이 높지 않아 영어 명작 동화를 처음 접하기에 무난함
 English Fairy Tales	• 고전, 우화, 명작 등 동화의 종류와 양이 방대하며 잘 알려진 내용도 많지만 흔치 않은 이야기도 많아서 흥미로움 • 내레이션과 대사가 적절히 섞여 있고 화면이 화려하지 않아 듣기에 더 집중할 수 있음
 아람 ABC 클래식 스토리	• 아람 세계명작 요술램프 책에 기반한 내용으로 이야기의 수준이 약간 높고 흐름이 자연스러움 • 배경은 고정된 채 인물만 움직이는 형식의 영상이라 자극적이지 않으며 개성 있는 그림이 많음 • 세계명작 요술램프의 한글판 구 버전의 영어 부분과 같음

영화로 듣기 수준 끌어올리기

듣기 수준이 일정 궤도에 도달하면 반복의 역할은 이전에 비해 비중이 줄어들게 돼요. 이해할 수 있는 폭이 넓어진 만큼 다양한 내용을 보고 듣는 것이 더 효과적인 시기이기 때문이에요. 이때 영화를 활용하면 재미도 느끼면서 긴 이야기에 집중하는 능력도 키울 수 있어요. 인풋에 꾸준히 노출되었다면 2시간 정도의 긴 영상을 잘 볼 수 있는 힘이 길러졌을 거예요. 듣기 능력이 일정 수준이 되었다고 해도 짧은 애니메이션을 보는 것과 긴 영화를 보는 건 달라요. 호흡이 긴 영화를 볼 때는 집중력을 더 많이 필요로 하니까요. 전반적인 이야기의 흐름을 따라가지 못하면 영화를 끝까지 집중해서 보는 것은 힘든 일이므로 아이가 재미있게 앉아서 본다면 듣기 수준이 많이 향상되었다는 신호로 볼 수 있어요.

세 살 차이 나는 남매가 같은 영화를 보는 데 문제가 없는 것은 아니었어요. 큰아이의 수준에 맞는 영화는 작은아이가 어려워하고, 작은아이의 수준에 맞는 영화는 큰아이에게는 유치했거든요. 하지만 서로 양보하면서 번갈아 가며 고를 수 있게 유도해 주었고 영화를 보기 전에 작은아이가 이해하기 어려울 법한 스토리는 미리 줄거리를 알려주었어요. 그랬더니 이해하기 더 쉬워했고 집중해서 보는데 도움이 되더라고요. 그렇게 몇 년이 흐르다 보니 듣기 수준이 비슷해져서 사이좋게 영화를 즐기게 되었어요.

평일에는 짧은 영상 위주로 보게 하고 주말에는 영화를 보는 것으로 규칙을 정했더니 아이들이 주말을 기다리기도 했고 긴 시간 동안 보고 듣는 집중력도 점점 늘어나는 게 눈에 보였습니다. 유명한 디즈니 영화 말고도 아이들이 재미있게 볼 수 있는 영화는 많으니 즐기면서 보게 해 주세요.

 	 	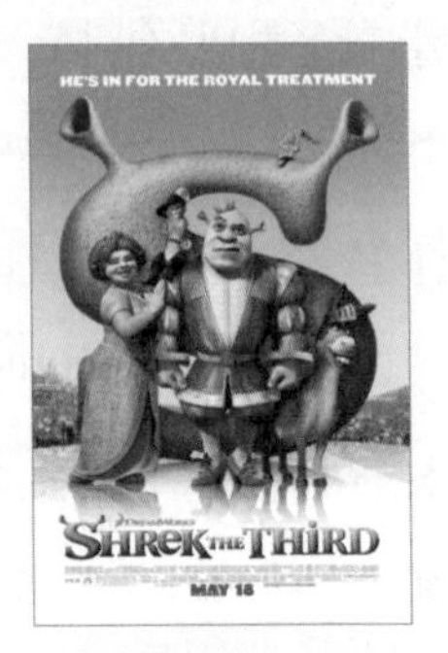
Hotel Transylvania	Zootopia	Shrek
 	 	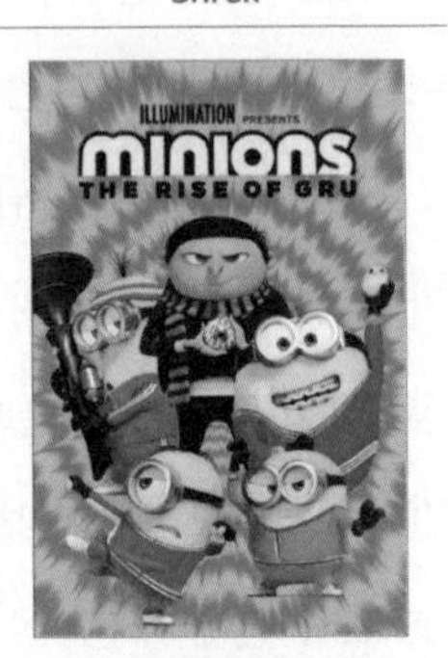
Puss in Boots	Red Shoes and the Seven Dwarfs	Minions The Rise of Gru
 	 	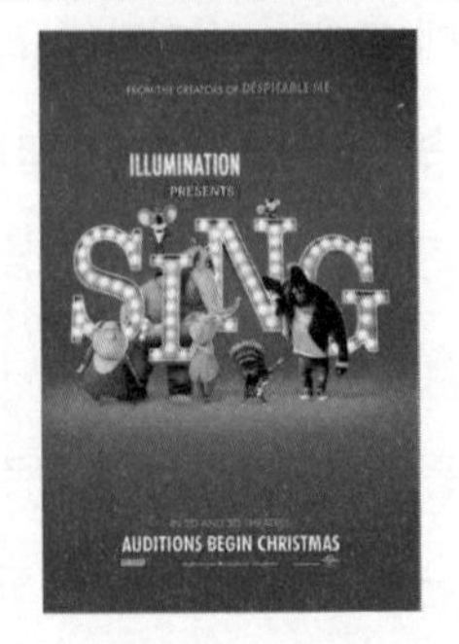
Boss Baby	Luca	Sing

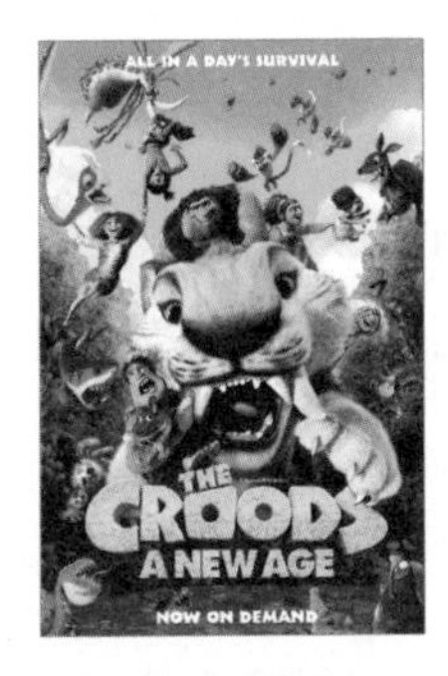

The croods

Over the Moon

Monsters vs. Aliens

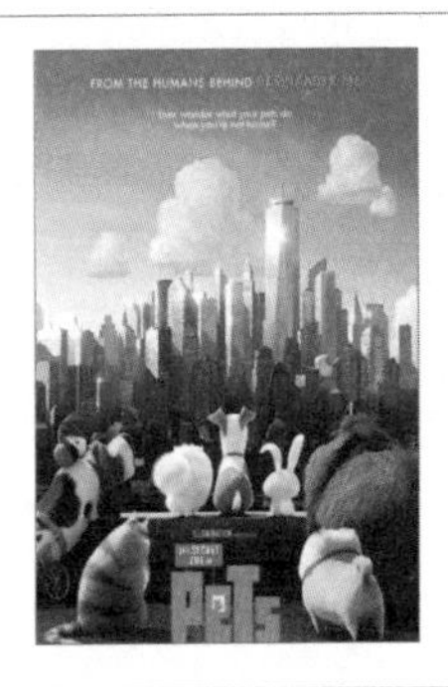

The Secret Life of Pets

The Stolen Princess

Mr. Peabody
&Sherman

Alvin and the Chipmunks

Smurfs the Lost Village

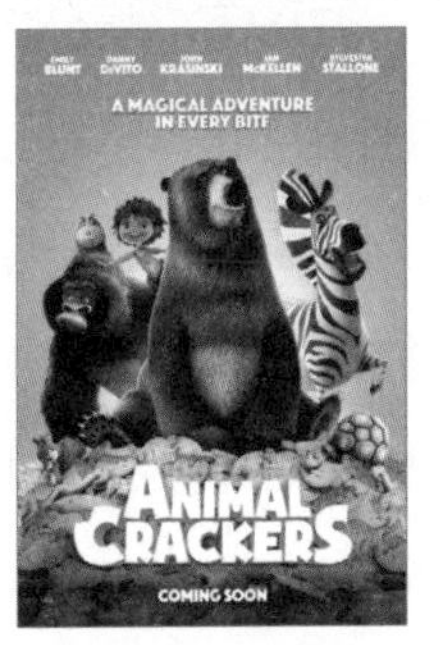

Animal Crackers

잠자리 영어 환경 만들기

잠자기 직전까지 영어 노출을 위한 환경을 마련하여 유의미한 인풋의 효과가 극대화되게 할 수 있어요. 낮에 놀면서 이야기를 들었다면 밤에는 이야기를 들으면서 잠들 준비를 하는 거예요. 하루 동안 받았던 인풋을 자기 전에 한 번 더 노출해 주는 거죠. 잠자리에 의도적으로 10분이나 20분 정도 일찍 누워서 이야기를 들을 수 있게 유도합니다.

짧게라도 매일 잠자리 독서를 하는 분이 많으실 거예요. 독서의 중요성은 아무리 강조해도 넘치지 않으니까요. 아이와 함께 독서를 할 때는 한글책과 영어책을 골고루 읽어주시기를 권해요. 한글책만 보던 아이는 영어책에 대한 두려움과 거부감이 있을 수 있어서 한글책 위주로 하되, 영어책의 비중을 조금씩 늘려가는 방법이 좋아요. 그렇다고 영어책 위주로만 읽으면 한글책 수준이 뒤처지는 문제가 생기므로 한글책과 영어책을 번갈아 가며 보는 방법이 제일 현명하답니다.

저는 잠자리 독서를 부지런히 실천하지는 못했어요. 자기 전에 한결같이 책을 읽어준다는 게 쉬운 일은 아니더군요. 아이들이 잠자리에 들 시간이면 엄마의 체력도 바닥이니까요. 잠자리 독서는 운동과도 같아서 한 번 하기 시작하면 꾸준히 할 수 있는데 어쩌다 며칠 안 하게 되면 쭉 쉬어버리게 되더라고요. 물론 노력한다고 하기는 했지만 실천하지 못했던 적이 많아서 반성하기도 했어요. 하지만 잠자리 듣기는 엄마가 적극적으로 해야 할 일이 없어서 피곤해도 꾸준히 지속할 수 있다는 게 가장 큰 장점이었어요. 게다가 낮에 읽고 본 책이나 영상의 이야기를 다시 듣는 과정이니 반복의 효과도 컸고요.

잠자리 듣기를 할 때는 작은 소리가 좋아요. 신나는 노래보다는 잔잔하고 조용한 분위기의 이야기를 듣는 편이 낫겠죠. 이야기가 잠을 달아나게 해서 오히려 수면에 방해가 되면 안 되니까요. 처음에는 자야 할 시간에 이야기를 튼다며 아이들이 어리둥절하기도 했지만, 그냥 꿋꿋하게 틀어주었습니다. 아이가 꺼달라고 할 때는 모른 척하고 껐다가 다음날에는 또 은근슬쩍 틀어두는 걸 반복했어요. 이런 일이 계속되자 아이들은 더 이상 신경 쓰지 않았고 누워서 뒹굴며 이야기를 듣다가 잠드는 것이 습관으로 자리 잡게 되었습니다.

처음에는 반복적인 노출을 위해 엄마가 편한 방법을 찾아 시작한 것이 잠자리 듣기였는데 나중에는 아이들이 먼저 누워서 이야기 듣기를 기다렸어요. 아이들의 입에서 '얼른 이야기 틀어주세요.'라는 말이 나왔을 때 얼마나 뿌듯하던지요. 어떤 때는 이야기 듣는 재미에 빠져 잠을 늦게 자려고 할 때도 있었습니다. 누울 때 타이머를 맞추어놓고 이야기가 꺼지도록 설정해 두면 이런 부작용은 막을 수 있어요. 잠자리에 영어 이야기를 배경음악으로 틀어 자장가가 되게 해 주세요. 저는 꾸준히 실천하지 못했지만 잠자리 듣기를 하기 전에 잠자리 독서까지 실천한다면 효과는 배가 될 거라고 확신해요.

서연이의 testimony

엄마 서연아, 잘 때 누워서 이야기 듣는 건 어땠어?

서연 엄마랑 같이 잘 때는 괜찮은데 혼자 잘 때는 공포 영화 장면 같은 게 생각나서 무서울 때가 있거든요. 근데 이야기를 들으면서 자면 괜찮아져서 좋아요.

서연 엄마, 근데 잠자리 이야기 듣기를 할 때 팁 하나 알려줄까요? 새로운 이야기보다는 아는 이야기를 듣는 게 나아요. 예전에 'Demon dentist'를 듣는데 뒷이야기가 너무 궁금해서 참을 수가 없는 거예요. 그래서 그거 다 듣고 자느라고 진짜 늦게 잔 적이 있어요. 그러니까 잘 때 이야기 듣는 거는 이미 다 알고 있는 이야기를 듣는 게 좋아요. 그러면 언제든지 멈추고 잘 수 있잖아요.

04
소리와 영상 노출을 위한 제안

미디어 활용의 원칙 세우기

학교에 근무하면서 스마트폰 과의존 학생들을 정말 많이 봅니다. 수업이 끝나기 무섭게 휴대전화를 켜고 손에서 내려놓지 못하는 아이들이 너무나 많아요. 복도, 계단, 운동장 등 장소를 가리지 않지요. 교사로서 이런 상황을 익히 경험한 탓에 미디어를 활용하는 데 있어서 누구보다 깊이 고민하지 않을 수 없었고 중요한 원칙 두 가지를 세워 실천하기로 했습니다.

첫 번째 원칙은 스마트폰으로 영상을 보는 시기를 최대한 늦추자는 것이었습니다. 요즘은 유모차에 앉아 있거나 식당에서 밥을 먹는 아기가 스마트폰을 뚫어져라 보는 모습은 흔한 광경이 되었지요. 저도 그 시기를 겪은 엄마이기에 육아가 얼마나 힘든지 상상하지 못하는 것은 아니지만, 아기의 손에 너무 쉽게 스마트폰을 쥐여주는 부모님들이 점점 더 많아지는 것 같아 참 안타까워요. 실제로 학교에서 만나는 스마트폰 과의존 학생들은 입학하기도 전부터 스마트폰을 소유했던 경우가 대부분이에요. 하지만 본인들의 문제를 잘 인식하지 못하고 자신이 얼마나 어린 나이부터 스마트폰을 사용하기 시작했는지에 대해 철없이 자랑하기에 바빠요. 스마트폰에 너무 일찍 노출된 탓에 자극적이지 않고 무난한 교육용 영상에는 별 감흥이 없고 불행히도 집중력이 길지 않다는 공통점을 가지고 있기도 해요.

스마트폰을 영원히 사용하지 않을 수는 없겠지만 그래도 그 시기를 최대한 늦춘다면 스마트폰이 미치는 부정적인 영향으로부터 우리 아이들을 지켜낼 수 있을 거예요. 스티브 잡스가 자신의 어린 자녀에게는 스마트폰을 엄격히 제한했다는 건 이미 유명한 일화잖아요. 전 세계가 사용하는 기술을 만든 주인공이지만 스스로도 그 기술을 과도하게 사용할 때의 위험을 알고 있었던 거죠. 스마트폰으로 영상 보는 시기를 최대한 늦추려는 노력 덕분에 저희 아이들은 초등학생이 된 지금도 스마트폰과 거리 두기를 잘 유지하고 있습니다.

두 번째 원칙은 유튜브에서 아이들이 원하는 영상을 자유롭게 시청하는 것을 제한하자는 것이었어요. 유튜브는 보고 있던 영상이 끝나면 관련 영상들이 자동으로 재생되기도 하고, 나이에 맞지 않거나 교육적이지 못한 콘텐츠들이 무분별하게 아이들의 눈을 자극하는 경우가 많아요. 프리미엄 기능을 써서 광고를 없애고 재생목록을 만들어 시청할 영상을 제한한다고 해도 아이들을 유혹에서 오래 붙잡아두기는 쉽지 않다고 생각해요. 태어나면서부터 디지털 기기에 둘러싸여 성장한 세대라는 의미에서 디지털 네이티브(Digital Native)라 불리는 요즘 아이들은 어른들이 정해 놓은 틀에서 벗어나는 방법을 귀신같이 알아내거든요. 시선을 사로잡는 유튜브 영상들에 노출돼 버리면 비교적 정적이고 단조로운 영어 영상에는 흥미를 느끼지 못할 게 당연하겠지요. 이런 이유로 아이들이 유튜브에서 콘텐츠를 직접 검색하는 것을 차단하였고 대신 유튜브에서 다운로드한 영상을 TV 화면으로 보게 했어요. 여과 없이 쏟아지는 영상에 노출되는 것을 막았던 이 원칙은 아이들이 영어 영상들을 재미있게 받아들이도록 하는 데 큰 도움이 되었습니다.

미디어 사용에 있어 이 두 가지의 확실한 원칙을 정해두고 실천하면서 아이들도 그것을 자연스럽게 따라가도록 습관을 잡으면 엄마표 영어가 훨씬 편해질 거예요. 영어 영상을 노출하겠다는 목적으로 자제력이 없는 아이에게 스마트폰과 유튜브의 자유를 허용해 버리면 얻는 것보다 잃는 것이 더 많다는 것을 명심하세요.

한 번에 하나씩 천천히

미디어가 넘쳐나고 정보가 범람한다고 해서 충분한 인풋이 주어지는 환경이라고 할 수 있을까요? 자극제가 너무 많으면 아이의 주의력은 오히려 갈피를 잡기 힘들어집니다. 선택지가 적을수록 주의력이 확장되고 아이가 원하는 인풋을 효과적으로 흡수할 수 있어요. 장난감이 많으면 더 잘 노는 것처럼 보이지만 한 가지 놀이에 집중해서 탐색하는 기회를 놓치게 되고 오히려 놀이의 질이 떨어진다는 연구 결과를 보고 저는 영어 영상을 노출하는 것과 아주 흡사하다는 생각이 들었어요.

제 경험상 영상을 보여줄 때도 새로운 걸 한꺼번에 많이 보여주는 것보다는 한 가지씩 순차적으로 오픈하는 편이 좋았어요. 뷔페에 가면 맛있는 음식이 너무 많아 무엇부터 먹어야 할지 혼란스러울 때도 있지요. 처음에는 이것저것 먹어봐야지 하다가도 좋아하는 음식 위주로 담다 보면 항상 먹던 것만 먹고 결국 새로운 음식은 시도해보지 못하는 문제가 생겨요. 비유가 좀 거창하긴 하지만 핵심은 새로운 영상을 보여줄 때 시간 간격을 두고 나누어서 주는 게 더 효과적이라는 거예요. 아이들은 생각보다 같은 영상을 지겨워하지 않고 잘 보거든요. 어릴수록 그런 경향은 더 강하고요. 저는 준비해둔 영상이 많아도 일부러 숨겨두고 하나씩 보여주었어요. 같은 시리즈의 영상이라도 많게는 수십 편이 있어서 몇 주 혹은 몇 달씩 지겨워하지 않고 잘 본답니다. 그러다 조금 시들하다 싶을 때 새로운 시리즈를 틀어주는 것이 적절한 타이밍이에요. 예를 들어 옥토넛에 푹 빠져있는 있는 아이에게 브레드 이발소를 새로 틀어주면 그때부터 아이는 옥토넛에 더 이상 관심을 두지 않아요. 아무리 재미있게 보고 있었다 하더라도 새로운 게 더 흥미로운 건 당연한 본능이니까요. 물론 나중에 다시 볼 수도 있겠지만, 당장은 옥토넛에 빠져들어 충분히 반복 노출될 수 있었던 기회를 놓치게 되는 거예요.

만약 처음부터 흥미를 보이지 않는 영상이라면 아이의 취향이 아닐 확률이 높으므로 다른 영상을 보여주는 것이 맞아요. 하지만 아이가 흥미를 느낀다면 같은 시리즈를 몇 달씩 보아도 상관없습니다. 오히려 인풋에는 더 긍정적인 효과를 주게 되지요. 습득이 이루어지려면 반복해서 봐야 하는데 한꺼번에 너무 많은 영상을 주면 이것 봤다가 저것 봤다가 하게 되어서 반복이 이루어지기 어렵습니다.

저는 USB에 영상을 담아 TV로 목록을 보여주면서 그중에서 아이들이 원하는 것을 골라서 볼 수 있게 했어요. 선택지를 최소화하되 고르는 재미는 남겨 준 거죠. 영상이 많을수록 선택의 폭이 넓어져서 좋을 것 같지만 같은 영상을 반복하기보다는 랜덤으로 골라서 보기 때문에 효과가 떨어질 뿐이에요. 이야기든, 책이든, 영상이든 효율적으로 입력되기 위해서 반복적 노출은 필수예요. 아이들이 자주 쓰는 표현을 먼저 습득하는 이유도 그것이 자주 반복되기 때문이에요. 그러니 영상을 처음 제시할 때는 너무 많은 선택지를 한꺼번에 주는 것에 대해 신중할 필요가 있습니다. 원하는 대로 골라서 볼 자유를 주는 것은 인풋이 충분히 더 이루어진 이후에 해도 늦지 않아요.

영상은 영어로만 보기

아이가 우리말로도 잘 보는 영상을 활용하면 익숙하고 거부감도 적을 것 같아 처음에는 우리말 영상과 영어 영상을 함께 보여주었어요. 똑같은 내용을 두 언어로 보면 내용 이해도 더 잘 될 거란 판단이 있었거든요. 처음에는 이 방법이 문제없어 보였는데 얼마간의 시간이 지나자 아이가 우리말 영상만 보여 달라고 요구하기 시작했습니다. 우리말이 어느 정도 완성된 상태에서 영어 노출을 시작한 이상 어쩌면 당연한 결과였을지도 모르지만, 영어 동요와 쉬운 영상으로 인풋을 쌓아온 상태였기에 아이가 거부할 거라고는 전혀 예상하지 못했어요. 영어 영상을 먼저 보면 우리말 영상도 꼭 보여주는 식으로 달래 보기도 했지만, 결국은 우리말 영상을 차단할 수밖에 없었습니다. 아이가 선택적으로 우리말 영상에만 집중하고 영어 영상이 나올 때는 딴짓을 했기 때문이에요. 아이들이 영상을 좋아하는 이유는 '재미'라는 요소 때문인데 영어 영상에도 일단 익숙해지면 그 안에서 충분히 재미를 찾을 것이라고 믿었던 제 생각을 잠시 굽히게 된 것이죠. '더' 재미있는 자극이 있으면 '덜' 재미있는 자극은 외면받을 수밖에 없어요. 더 쉽고 더 잘 이해되는 우리말 영상이 있는데 아이가 굳이 영어 영상을 볼 필요는 없었던 거예요.

영어로만 영상을 보게 하는 과정이 간단한 것 같지만 실제로는 세심한 주의가 필요해요. 지인들 대부분이 이 과정을 슬기롭게 넘기지 못하고 포기하고 말았거든요. 일방적인 강요로 우리말 영상을 차단하는 경우 아이들의 반발심은 생각보다 거셉니다. 특히 의사 표현이 확실한 5~6세 이후의 아이들은 짜증과 화를 표출하며 영어 영상을 거부하는 일도 많아요. 영어 영상을 꾸준히 잘 보면 우리말 영상을 보상으로 제공하는 방법, 요일을 정해 놓고 영어 영상과 우리말 영상을 번갈아보는 방법 등은 모두 그럴듯해 보이지만 주변에서 실패한 경우들이랍니다. 경험으로 비추어 볼 때, 영어 영상과 우리말 영상을 동시에 노출하는 건 거의 불가능에 가깝다고 생각해요. 어떻게 해서든 아이들은 더 익숙한 우리말 영상을 원할 테니까요.

제일 좋은 것은, 영어 영상만 보는 일을 당연하게 받아들이도록 처음부터 영어 영상만 계속 보여주는 거예요. 미디어에 노출된 적이 없는 아이에게 이렇게 시작하면 가장 쉽고 편한 방법이 될 수 있어요.

저는 아이들에게 영어 영상만 보여준다고 못 박으면 반발심을 키울 것 같아 TV가 고장이 나서 우리말이 안 나온다는 핑계를 댔습니다. 다행히 아이들이 어렸기 때문에 먹혔어요. 언제 고치냐고 하는 아이에게 여러 이유를 대면서 시간을 끌었지요. 그러는 사이 영어 영상에 익숙해지게 했어요. 만약 아이가 좀 커서 대화가 되는 수준이라면 영어 영상만 봐야 하는 이유를 잘 설명하고 설득하는 방향으로 가는 걸 권해요. 특히 우리말 영상에 자주 노출되어 이미 익숙해진 아이에게는 이 과정이 더 어려울 수 있겠지만 이 고비만 잘 넘기면 큰 산을 넘는다는 생각으로 더 노력해야 해요.

영상은 영어로만 본다는 결정으로 인해 가족 모두 강제로 우리말 TV와 안녕해야 했지만, 그때의 과감한 선택 덕분에 영어 영상 노출을 수월하게 끌고 갈 수 있었습니다. 몇 개월이 지나고 영어 영상에 길들여진 아이들이 할머니 댁에서 우리말 TV를 볼 일이 있었는데 영어로 보는 게 더 재미있다는 반응이었어요. 익숙함이라는 게 이렇게 쉽게 사람을 속일 수 있다는 사실에 황당하기도 하고 재미있기도 했습니다. 환경이 바뀌어도 어느새 적응하고 또 지난 환경을 금방 잊을 만큼 적응력이 좋은 존재가 아이들이란 걸 알게 되었어요.

영어 영상을 거부하는 아이를 납득시키기 위해 온 가족이 우리말 영상을 자제하기는 어려울 거예요. 하지만 적어도 어른들이 보고 싶은 TV는 아이들이 잠든 이후 시간에 시청하는 노력은 있어야 해요. 어른들은 우리말 영상을 보는데 아이들에게만 영어 영상을 강요하는 건 당연히 받아들이기 힘든 일일 테니까요. 아이들이 영어 영상과 친해지기까지 몇 개월만 참아보자며 버티던 우리 가족은 몇 년이 지난 지금까지도 TV 없이 잘 지내고 있답니다.

자막 없이 보기

영상에 한글 자막이 있으면 이미 한글을 익힌 아이들의 눈은 자연히 자막으로 향하게 되어 있어요. 영화를 볼 때 대사를 들으려고 노력하다가도 자막이 있으면 자기도 모르게 눈이 가는 건 어른들도 마찬가지예요. 내용의 이해도를 높여 더 재미있게 보려는 욕구 때문이지요. 하지만 자막을 보면서 영상을 보면 한글 읽기 연습밖에 되지 않아요. 영어 소리에 집중하기보다 한글을 읽고 의미를 파악하는 일이 우선이 되어버리니까요. 한글을 읽는 속도가 느린 경우라도 예외는 아니에요. 자막이 있든 없든 신경 쓰지 않고 영상을 보게 하려면 한글을 깨치기 이전부터 자막이 없는 영상에 익숙해지게 해야 합니다. 그러면 자막 없이 보는 게 당연해져서 나중에는 어쩌다 자막이 있어도 신경을 쓰지 않게 돼요. 오히려 자막이 영상을 가린다고 불편해할 거예요. 듣기가 잘 훈련되면 눈으로 읽는 속도보다 귀로 듣는 속도가 더 빨라서 굳이 자막을 볼 이유가 없어져요.

사람은 본능적으로 여러 자극이 동시에 주어지면 자신에게 더 유리한 자극에 집중하게 되어 있어서 한글을 읽는 것이 영어를 듣는 것보다 더 편한 아이라면 자막에 집중해서 영어 듣기에는 소홀할 가능성이 커집니다. 그렇게 영상을 보는 게 습관으로 굳어지면 내용을 듣는 것으로 습득하는 것보다 자막을 읽는 것으로 이해하는 양이 더 많아지고 영상 노출의 효과는 당연히 떨어질 수밖에 없어요. 처음부터 자막 없이 보는 것이 익숙해지면 소리를 의미 단위로 받아들이는 능력이 점점 향상되어서 못 알아듣는 단어나 표현 하나하나에 집착하지 않고도 영상을 편하게 즐길 수 있어요.

그러면 영어 자막은 어떨까요? 처음 문자를 습득하고 읽기에 익숙해지려고 하는 단계에서 영어 자막이 영상과 함께 있으면 귀로는 듣고, 눈으로는 텍스트에 무의식적으로 노출이 되는 효과를 기대할 수 있어요. 소리와 글자의 관계에 대한 감각을 자연스레 습득하게 되기도 하고요. 하지만 이것은 듣기의 수준이 어느 정도 따라와 준다는 전제가 있을 때 해당하는 말이며 듣기 능력은 부족한데 읽기 능력이 뛰어난 경우에는 도움이 되지 않아요. 듣기 능력에 비해 읽기 능력이 뛰어나다면 자신에게 익숙한 텍스트를 읽는 것에 치중하여 듣기를 오히려 방해받을 수도 있거든요. 엄마표 영어로 꾸준히 소리 노출이 되어온 아이라면 문자를 습득하기 전에 이미 귀가 뚫려있을 것이기 때문에 영어 자막은 언제 노출해도 상관없다는 이야기가 되지요. 호흡이 긴 영화나 반복적인 듣기를 좋아하지 않는 성향의 아이라면 익숙하지 않은 표현들이 잘 들리지 않을 때 영어 자막의 힘을 빌려 듣기의 효율을 높일 수 있어요.

귀가 쉬지 않게 하기

엄마표 영어를 진행하면서 제일 비중을 두고 신경 썼던 부분은 '듣기'입니다. 아침에 일어날 때부터 잠들 때까지 최대한 영어를 들을 수 있는 환경을 만들어주려고 노력했어요. 저희 아이들은 아침잠이 많아 일어날 때 시간이 오래 걸리는 편이라서 눈을 뜨고 잠에서 완전히 깰 때까지의 시간을 활용하기 위해 아이가 자는 방에 이야기를 틀어놓았어요. 한참을 지나도 인기척이 없어 들어가 보면 뒹굴면서 이야기를 듣고 있었지요. 물론 처음부터 이랬던 건 아니고 시행착오도 있었어요. 처음에는 아이들을 깨울 목적이었으니 잠이라도 달아나라는 마음으로 이야기를 크게 틀었거든요. 안 그래도 더 자고 싶어 예민한 아이들인데 그 마음을 헤아리지 못했으니 시끄럽다고 화를 내기도 했어요. 전략을 바꾸어 들릴 듯 말 듯 한 작은 볼륨으로 이야기를 틀었더니 어느새 듣고 있더라고요. 그러다가 소리를 좀 더 키워달라고 했던 날 속으로 기뻐했던 기억이 나요.

아침에 영어 이야기를 들으며 하루를 시작하고 자기 전까지 귀가 쉬지 않게 부지런히 영어 음원을 틀었습니다. 그림을 그리면서도 듣고 블록 놀이를 하다가도 듣고 혼자 장난감을 만지는 시간에도 끊임없이 듣게 했어요. 아이가 듣지 않는 것 같다 생각되면 껐다가 주의를 환기한 뒤 다시 틀기를 반복했습니다. 유의미한 인풋을 충분히 주어야 하는데 영상을 무제한 보게 할 수는 없으니 듣기로 많은 부분을 채워 준거죠. 영상 남용으로 미디어 중독이 생길 수는 있으나 너무 많이 들어서 듣기 중독이 생긴다는 말은 들어보지 못했으니까요. 유아기에 매일 영상에 노출하는 것에 대해 부정적이거나 걱정이 된다면 듣기 인풋을 극대화하여 아이의 귀가 쉬지 않게 해 주세요. 끊임없이 듣는 것이 반복되어 습관이 되면 아이들이 스스로 이야기를 찾아서 듣는 광경을 볼 수 있을 거예요.

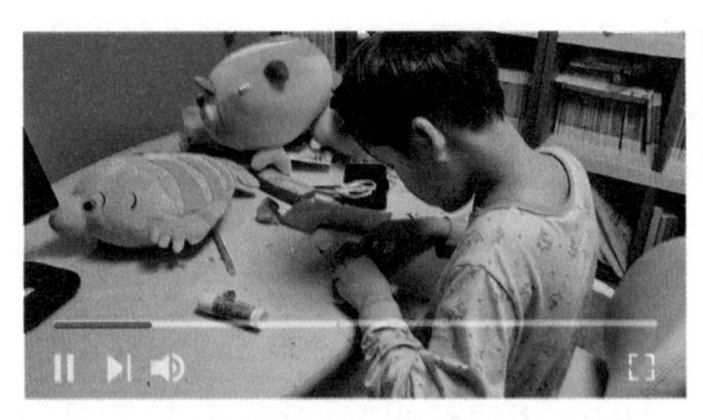

종이접기 하면서 이야기 듣는 서진이

그림 색칠하면서 이야기 듣는 서연이

영상 시청 시간과 방법

저희 아이들은 매일 1~2시간씩은 영상을 보았고 주말에 긴 영화를 볼 때는 3시간씩도 보는 날도 있었습니다. 매일 시간을 지켜 영상을 보는 게 힘들다고 생각할 수도 있지만 일정한 양의 노출을 위해 시간을 확보하는 것이 필요할 뿐, 1~2시간이 꼭 연속적일 필요는 없어요. 아침에 어린이집이나 유치원 갈 준비 하면서 30분, 오후에 집에 돌아와서 30분, 저녁 먹으면서 30분과 같이 시간을 나누어서 보아도 괜찮아요. 자투리 시간을 활용하면 장시간 영상에 빠져들지 않게 되니 오히려 좋을 수도 있어요. 만약 하루 1~2시간의 영상 노출이 과하다고 염려된다면 영상을 보는 시간을 줄이되 듣기의 양을 더 적극적으로 늘려주어 노출이 부족하지 않도록 해주어야 합니다.

듣기를 꾸준히 하다 보면 귀가 틔어서 영어를 이해하는 수준이 확 올라가는 시점이 있는데, 개인적으로 그 단계가 되기 전까지는 영상 노출이 꼭 필요하다고 생각해요. 듣기는 소리 자극이 전부여서 모르는 표현의 뜻을 알아낼 수 있는 힌트가 적다는 단점이 있지만 영상은 소리를 들으면서 눈으로 그림도 함께 보기 때문에 상황과 표현을 유추하기가 훨씬 쉽거든요. 그래서 거부감도 덜한 편이지요. 그리고 재미라는 아이들의 욕구 충족에도 더 가까워서 아이들이 영어 영상에 한 번 익숙해지면 그것이 딱히 외국어라는 인식을 갖지 못하고 빠져듭니다.

이때부터 인풋 노출은 걱정 없이 이루어지겠지만 영상 중독이라는 어두운 문제가 고개를 들게 돼요. 정해진 계획과 시간대로 보는 것이면 괜찮지만 엄마가 바쁘거나 힘들 때는 제한 없이 영상을 틀어줄 가능성이 커지거든요. 저도 예외는 아니었어요. 영어 영상을 보여줄 때는 적어도 우리말 영상을 보여주는 것보다는 죄책감이 덜해서 무분별하게 보여주게 되더라고요. 영상을 틀어주는 엄마의 심리에는 아이를 방치하는 것이 아니라 영어에 노출하는 것이라는 믿음이 깔려 있어서 더 위험한 것 같아요. 몇 번이야 괜찮겠지만 이런 일이 자주 반복되면 아이들은 제한 없이 영상을 보는 것에 익숙해지고 미디어가 주는 부작용을 겪을 수밖에 없을 거예요. 영상 노출도 좋지만 동시에 아이가 너무 빠져버리지 않도록 조심하는 것도 어른들이 신경 써야 할 일이라는 걸 반드시 명심하세요.

영상을 보기 전에 시간 약속을 하는 것은 좋은 방법이긴 하지만 잘 지켜지지 않을 때도 많지요. 소진한 시간을 아이들이 잘 받아들이지 못하기 때문이에요. 약속한 건 기억하는데 언제 그만큼의 시간이 갔는지 인정하고 싶어 하지 않는 거죠. 저희는 눈에 잘 띄는 큰 타이머를 화면 앞에 두는 방법으로 문제를 해결할 수 있었어요. 영상을 보면서도 시간이 흘러가는 걸 눈으로 계속 확인하니까 시간이 다 되었을 때 쉽게 수긍이 되는 것 같았어요.

영상을 볼 때는 스마트폰이나 태블릿을 이용하는 것보다는 TV 화면으로 연결하여 보여주는 걸 권합니다. 스마트폰과 태블릿으로 영상을 보는 일만 막아도 영상 중독으로부터 아이를 지킬 가능성이 커져요. TV를 볼 때도 닫힌 공간에서 혼자 보게 하지 않고 열린 공간에서 보게 하였더니 미디어 중독을 막을 수 있었어요. 태블릿은 전자책을 읽을 때만 사용하게 했고 특히 스마트폰으로 영상을 보는 것은 철저히 차단하였습니다. 시력이 나빠질 뿐만 아니라 정서적으로도 도움이 될 것이 없다고 어릴 때부터 교육하였더니 자연스럽게 세뇌가 되더군요. 어쩔 수 없이 스마트폰으로 영상을 봐야 한다면 부모님이 옆에 있어 주는 등 세심한 주의가 필요해요.

잠자기 직전에는 수면에 방해가 되지 않도록 영상을 자제하는 편이 좋습니다. 영상 노출 시간을 충분히 확보하는 것은 좋지만 잠자리에 들기 전에는 아이들의 뇌도 휴식 상태로 전환하기 위한 준비 시간이 필요해요. 뇌가 시각적으로 자극되면 깊은 잠에 빠지는 것이 힘들어질 수도 있으므로 아이의 성장에도 좋지 않은 영향을 줄 거예요. 되도록 영상을 보는 것은 낮이나 이른 저녁 시간에 할 수 있도록 생활 습관을 잡아주세요.

눈에 띄는 타이머 활용하기(화면 출처: 리틀팍스)

part 4

그림책 읽기

슬기로운 엄마표 영어 지침서

01
좋아서 하는 책 읽기

책을 좋아하는 아이로 키우기

영어책 읽기도 한글책 읽기와 비슷해서 어릴 때 습관을 잘 잡아 놓지 못하면 나이가 들수록 더 힘들어지는 영역 중 하나예요. 열풍처럼 번진 책 육아를 따라 한다고 시작했다가 포기한 엄마, 아빠들을 주변에서 많이 보게 됩니다. 아이들이 책 읽기보다 노는 걸 오히려 더 좋아한다는 이유에서죠. 겉으로는 '책 육아'라 하지만 '독서 공부'라 생각하고 밀어붙였기 때문은 아니었을까 추측해 봅니다. 아이가 책에 관심을 붙이기도 전에 너무 책 읽기를 강요한 건 아닌지 한 발 뒤로 물러서서 생각해 볼 필요가 있어요. 이루려는 마음이 너무 크면 기다리기가 힘든 법이잖아요. 엄마가 손을 잡고 끌고 가기 전에 아이가 먼저 손을 내밀도록 서서히 노력을 기울여야 해요. 재미있는 다른 놀잇감이 너무 많은 게 이유가 될 수도 있을 거예요. 책보다 더 흥미로운 장난감이 많으면 책 읽기가 뒷전이 되는 것은 당연하지요. 특히 동적인 성향이 강한 아이들에게는 독서가 지루하고 정적인 활동일 수밖에 없어서 책을 거부하는 일이 생기기도 하더라고요. 이럴 때 책의 내용과 연계된 활동을 강화해 주면서 독서에 조금씩 흥미를 붙일 수 있도록 도와주세요.

남들이 한다고 영어 그림책 100권 읽기, 1000권 읽기 같은 포부를 가지고 시작하면 엄마의 의지는 불타오르는데 아이는 오히려 책이 싫어질지도 몰라요. 특히 완벽주의 성향이 강한 엄마들은 주변 여건에 아랑곳하지 않고 목표를 밀어붙이는 경우가 많아서 아이의 흥미나 관심사에 소홀할 가능성이 커요. 그러면 아이는 책과 점점 더 멀어질 수밖에 없겠죠.

공이 나오는 책을 읽었다면 실제로 공놀이도 해보고 로봇이 나오는 책을 보았다면 로봇 놀이도 함께 하며 아이의 마음을 먼저 만져주는 시간을 가지는 건 어떨까요. 긴 시간 앉아서 책을 보는 일 자체를 힘들어하는 아이에게는 짧은 시간으로 나누어 조금씩 자주 읽어주는 것도 좋은 방법이겠죠. 아이가 책 읽기를 싫어하는 데는 나름의 이유가 있을 것이므로 거기에 관한 아이의 심리를 헤아리는 일이 제일 우선이 되어야 해요. 아이의 일상과 생각을 면밀하게 관찰하여 책에 대한 아이의 마음이 밝고 따뜻한 이미지로 채워질 수 있게 해 주세요. 기본적으로 한글책을 싫어하는 아이가 영어책을 좋아하기는 힘들어요. 시켜서 억지로 하는 게 아니라 스스로 책 읽기를 좋아하기 시작했다면 영어책 읽기도 이미 성공한 것이나 다름없습니다. '영어를 잘하는 아이'도 좋지만, 그보다 '영어를 즐기고 좋아하는 아이'로 기르는 것이 더 궁극적인 지향점이 되어야 한다는 걸 잊어서는 안 돼요.

엄마표 영어는 독서와 떼려고 해야 뗄 수 없는 관계라서 어린 시절부터 긍정적인 독서의 경험을 하는 일은 무척이나 중요합니다. 그러기 위해서는 엄마와의 책 읽기 시간이 즐거워야겠지요. 즐겁게 책을 보는 경험이 반복되면 아이의 마음 잔고에 독서에 대한 좋은 감정이 쌓이고, 그 감정은 책을 가까이하는 습관을 만들어주며, 그 습관은 책을 좋아하는 아이로 자라게 할 거예요.

책 읽어주기의 핵심은 상호작용

어릴 때 책을 열심히 읽어주었더니 나중에는 아이가 설거지하는 엄마를 끌고 가서 책을 보자고 졸랐어요. 그렇다고 하루에 몇 시간씩 읽어줄 체력은 안 되고 짧게는 10분에서 길게는 30분씩이라도 매일 읽어주려고 노력했어요. 안 되는 날도 많았지만요. 유아기 아이들은 보통 엄마와 함께 책 읽는 것을 아주 좋아해요. 물론 집중력이 길지 않을 때라 오랜 시간 앉아서 책을 보는 것을 의미하는 건 아니에요. 자극이 되는 다른 놀이를 더 좋아할 수는 있겠지만 엄마와 함께하는 경험을 싫어하는 아이는 없을 것입니다. 엄마와 함께하는 그 경험이 '책 읽는 시간'이 되도록 이끌어주면 더 좋겠죠. 아이들은 사실 책이 좋아서가 아니라 엄마, 아빠와 함께하는 것 자체를 좋아하는 것이니까요. 물론 어른의 도움 없이 스스로 읽기를 즐겨하는 아이가 있다면 참 기특하고 대견한 일이겠지만, 그런 일은 이상하게도 내 아이가 아니라 옆집 아이에게만 일어나는 것 같아요.

아이들이 엄마, 아빠와 함께 책 읽는 시간을 좋아하는 이유는 간단합니다. 그 시간만큼은 엄마, 아빠가 온전히 자기의 것이 되기 때문이에요. 엄마, 아빠가 나를 위해 책을 읽어주는 동안은 그들의 온 정성과 시간을 나에게 쏟고 있다는 걸 아이들은 느낍니다. 그렇기에 아이에게 책을 많이 읽어주는 부모님이라면 그것이 결코 쉬운 일이 아님을 잘 이해하실 거예요.

엄마가 책을 읽어준다고 해서 아이가 가만히 듣고만 있으면 의미가 없어요. 아이 혼자 읽는 것도 지루한 건 마찬가지고요. 함께 읽기에서 중요한 것은 부모와의 '상호작용(interaction)'입니다. 읽으면서 끊임없이 질문하고 대화하면서 놀이하듯이 하는 게 중요해요. 끊임없이 질문하라는 것은 독서에 집중하고 있는지 확인하라는 뜻이 아닙니다. "이 캐릭터가 뭐라고 했지? 주인공이 어디로 갔지?"와 같은 내용 이해에 관한 것보다는 "너무 슬퍼서 울고 싶어." 같은 감정 표현이나 "엄마라면 이랬을 텐데, 서연이라면 어땠을 것 같아?"와 같은 질문으로 대화를 만들어가는 거예요. 아이들에게 책의 내용보다 중요한 건 엄마와의 정서적 교감임을 기억해야 해요.

남편에게 책을 읽어주라고 부탁했더니 아이가 아빠랑 읽으면 재미없어서 싫다고 한 적이 있었어요. 이유를 살펴보니 남편은 한 손에는 책을 쥐고 읽어주고 있었지만 다른 손으로는 핸드폰을 만지고 있더라고요. 책을 '읽어주는 것'이 아니라 '읽어주는 척'을 했던 거지요. 아이들은 아무리 어려도 양육자가 자신과의 시간에 몰입하고 있지 않다는 것을 금방 알아차립니다. 아빠가 자신과의 시간에 온전히 집중하지 않는 것에 대한 아이의 반응이 '아빠랑 읽으면 재미없어요.'로 나타났던 거예요.

책을 읽어줄 때 아이와의 상호작용은 부모의 중요한 역할이자 책임입니다. 충분한 상호작용을 하면서 책을 읽으면 생각보다 책 읽기에 시간이 아주 많이 걸려요. 어떨 때는 책 한 장을 넘기지 못하고 몇 분을 대화할 때도 있습니다. 글씨는 기껏해야 한두 줄 뿐인데 말이에요. 하지만 그 시간을 절대 낭비라고 생각하지 마세요. 책의 내용에 집중하지 않고 왜 자꾸 쓸데없는 얘기를 하냐고 채근해서도 안 돼요. 책 읽기는 더디더라도 엄마와 상호작용하는 경험들은 독서가 '즐거운 일'이라는 기억으로 자리 잡게 도와준다는 것을 잊지 마세요.

02
그림책 읽기의 시작

아이들이 4살 때 어린이집에서 한 달에 한 번씩 영어 교재와 CD를 받아왔는데 짧은 이야기가 있는 그림책이었어요. 한 달 동안 책 한 권을 반복하며 노래도 부르고 율동이나 게임을 하는 형식으로 수업이 진행되는 것 같았어요. 그 책을 집에서도 함께 읽고 CD도 반복하여 들었더니 나중에는 아이가 내용을 외워서 말할 수 있게 되었어요. 글씨가 아닌 그림을 보고 책을 읽는 거지요. 읽기(그림책 말하기)의 첫 시작이었습니다.

한 페이지에 간단한 문장이 한두 개 정도 있는 짧은 그림책이었지만 아이들은 스스로 책을 읽는다는 사실에 많이 뿌듯해했어요. 이런 성공 경험들이 쌓여서 영어에 대한 긍정적인 태도가 형성되는 것이기에 그림책을 읽을 때마다(외워서 말할 때마다) 칭찬을 아낌없이 쏟아 주었습니다. 뭔가 새롭고 멋진 교재나 그림책을 찾아 헤매지 말고 당장 어린이집에서 들고 오는 영어 그림책으로 시작해 보세요. 아이가 친구들과 배운 내용을 엄마 앞에서 뽐낼 수도 있고, 반대로 엄마랑 집에서 보던 책을 어린이집에서 또 접하면 익숙하고 반가워서 더 신날지도 모르니까요. 이 즐거움이 이어져 영어책 보는 일을 스스로 즐기기 시작한다면 엄마표 영어는 이미 성공 궤도에 진입한 것이나 다름없어요.

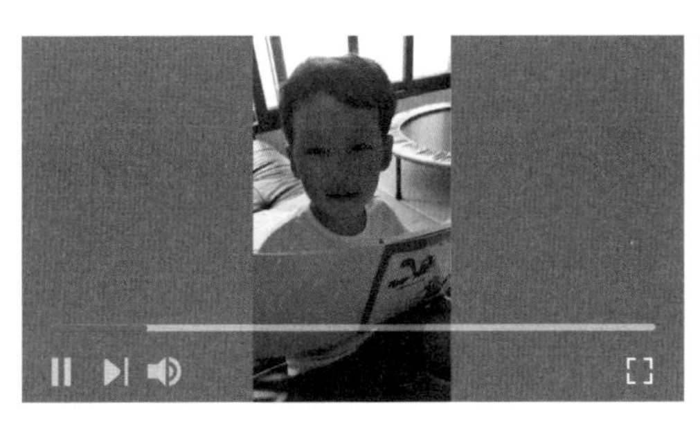

My Toys 서진이(4살)

Can you? 서진이(4살)

노부영으로 그림책 입문하기

가장 보편적으로 추천하는 입문용 그림책은 노부영 시리즈입니다. '노래 부르는 영어동화'의 줄임말로 해외에서 출간된 그림책에 멜로디를 붙여서 따라 하기 쉬운 노래로 만들어 우리나라에서 다시 출판한 책이에요. 책의 내용을 노래로 표현한 덕분에 인풋이 아웃풋으로 나타나는 순간이 정말 많을 만큼 효과가 좋은 책이었어요. 인기만큼이나 책 권수도 많아서 개중에는 너무 어렵거나 입에 감기지 않는 멜로디도 있어 저는 세트로 전부 사지는 않았어요. 유튜브 공식 채널에서 샘플 듣기가 제공되니 먼저 노래를 들어본 뒤 반복되는 표현이 많고 멜로디가 쉬워 따라 부르기 좋은 책들로 골라서 사는 게 좋아요. 이 노래들을 계속 틀어놓고 함께 책도 읽으면서 자연스럽게 따라 부르게 했어요.

그림책 말하기가 가능해지려면 반복을 많이 해야 하는데, 아이가 반복하는 걸 싫어할 수도 있고 충분히 책을 읽어줄 여유가 없을 수도 있어요. 그림책을 보면서 오디오북 음원 듣기를 함께 해주면 책을 보는 시간에 비해 인풋의 효과를 높일 수 있어요. 또 노부영 책 중에서 페이지를 넘기면서 노래가 함께 재생되는 영상이 유튜브에 있는 것도 있고, 책의 일부만 움직이는 그림에 노래가 입혀진 영상(animated book)도 있어요. 저희 아이들은 그 영상을 TV로 보면서 춤도 추고 따라 부르면서 놀았어요. 조작북도 포함되어 있어서 아이들이 호기심을 갖고 책을 볼 수 있게 도와주니 살펴보고 구매하는 것을 추천해요. 몇 년이 지난 지금까지도 아이들이 노부영 책의 멜로디를 기억하고 흥얼거릴 때가 있는 걸 보면 확실히 이 책과 노래들의 효과는 의심할 여지가 없어 보입니다.

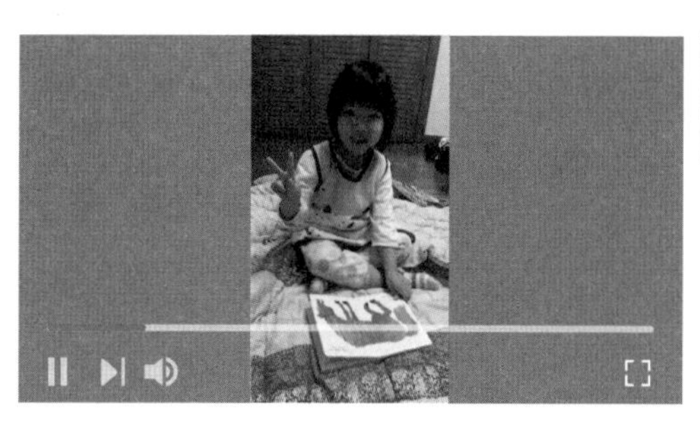

Brown bear, brown bear, what do you see? 서연이(4살)

Monster, monster 서진이(5살)

초등학교 영어 수업 시간에 관련된 표현이 나오는 단원에서 노부영 책과 노래들을 활용하는 선생님들이 많아요. 저도 필요할 때 종종 사용하거든요. 아이들 책장 한편에 너덜너덜하게 꽂혀 있지만 아직도 처분하지 않는 이유도 이 때문입니다. 영어 표현을 노래로 부르면서 익히는 게 재미있고 또 생각보다 유치하지 않아서 초등학생들에게도 반응이 좋아요. 수업 중에 "어? 이 노래 예전에 들어봤는데." 하며 반가워하는 친구들도 더러 있어요. 얼마 전에도 학교 수업 때 쓰려고 책장에서 노부영 책들을 들춰 보고 있었는데 서진이가 다가와 "아, 그 책 생각난다. 엄청 재밌었는데. 엄마 그거 한 번만 읽어주면 안 돼요?" 했어요. 이제는 혼자서 읽을 수도 있는 수준이지만 선뜻 "그러마" 하고 읽어주었더니 옛날 생각이 절로 났어요. 불과 몇 년 전인데도 시간이 참 빠르다는 걸 새삼 느끼게 됐지요. 서진이도 집중해서 듣고는 만족해하는 표정이었어요. 말로 표현하진 않았지만 '엄마 무릎에 앉아서 같이 책 보던 때가 생각나서 행복해요.'라는 말이 아이가 전하고 싶었던 메시지는 아니었을까요. 아이들이 어릴 때 엄마와 함께 영어 그림책을 읽었던 시간을 좋은 추억으로 간직해 준다면 더할 나위 없이 감사한 일이 될 거예요.

멜로디가 좋은 노부영 책

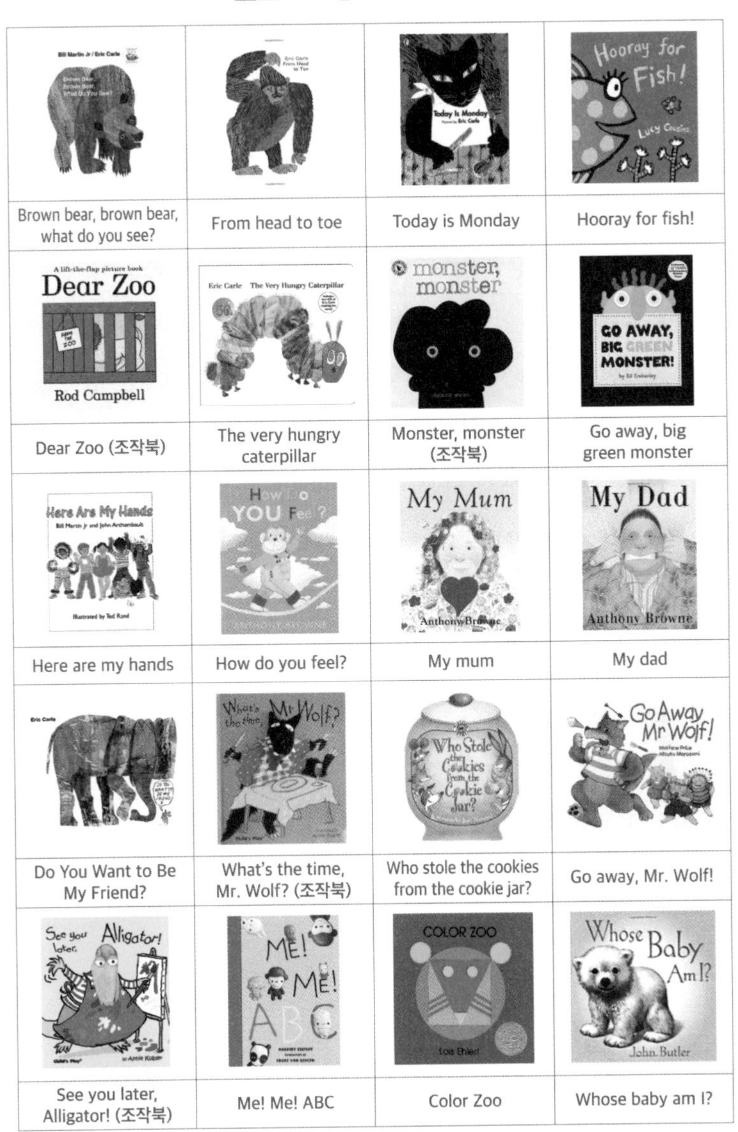

Brown bear, brown bear, what do you see?	From head to toe	Today is Monday	Hooray for fish!
Dear Zoo (조작북)	The very hungry caterpillar	Monster, monster (조작북)	Go away, big green monster
Here are my hands	How do you feel?	My mum	My dad
Do You Want to Be My Friend?	What's the time, Mr. Wolf? (조작북)	Who stole the cookies from the cookie jar?	Go away, Mr. Wolf!
See you later, Alligator! (조작북)	Me! Me! ABC	Color Zoo	Whose baby am I?

비슷한 그림책 함께 보기

그림책을 고를 때는 아이가 좋아하는 책을 골라서 '읽기'에 흥미를 붙이도록 도와주는 게 가장 중요해요. 아무 책이나 구별 없이 잘 보는 아이라면 걱정 없겠지만 보통은 아이들마다 자신만의 기준이라는 걸 가지는데 그걸 취향이라고 부르지요. 서연이는 그림체나 글씨체를 중요시해서 아무리 내용이 좋은 책이라도 그림체가 마음에 들지 않으면 별로 좋아하지 않았어요. 서진이는 그림체는 상관없이 내용이 웃기거나 재미있는 포인트가 있는 책이라면 무조건 좋아했고요. 같은 엄마 배에서 나온 아이들인데도 취향이 확고한 걸 보면 참 신기하지요. 그림책을 고를 때 아이가 좋아하는 걸 유심히 살폈다가 아이가 선호하는 그림이 있으면 같은 삽화가의 작품을 찾아서 보는 것도 흥미를 끌기에 효과적입니다. 그림책의 소재나 주제 구성이 마음에 들어서 아이가 좋아하는 거라면 같은 작가가 쓴 다른 시리즈나 비슷한 느낌의 책을 찾아서 보면 좋아요. 같은 작가가 쓴 책은 비슷한 느낌을 풍기는 경우가 많아서 하나를 좋아하면 연결해서 재미있게 볼 가능성이 크거든요.

함께 보면 좋은 그림책

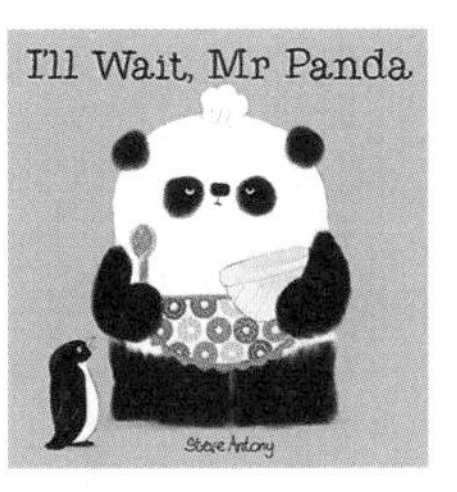

Please, Mr. Panda | Thank you, Mr. Panda | I'll wait, Mr. Panda

- Steve Anthony의 Mr. Panda 시리즈로 따뜻하고 귀여운 그림체가 특징
- 반복되는 대화로 상황에 맞는 표현을 자연스럽게 익히며 친구 간의 예절, 배려, 존중을 배움

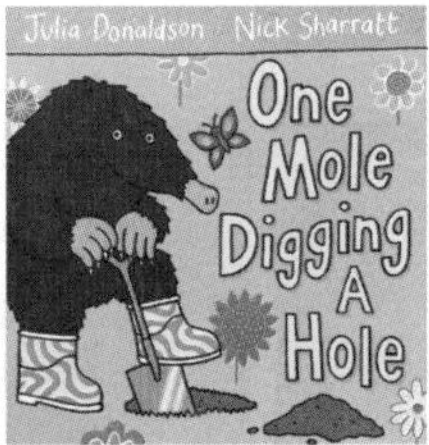

Hippo Has A Hat | One Mole Digging A Hole | Chocolate Mousse For Greedy Goose

- Julia Donaldson과 Nick Sharratt의 시리즈로 그림과 이야기 속에 유머가 숨어있음
- 옷, 소품, 숫자 등의 어휘를 주제 안에 녹여 재미있게 익힐 수 있도록 구성됨

No, David!

David Goes to School

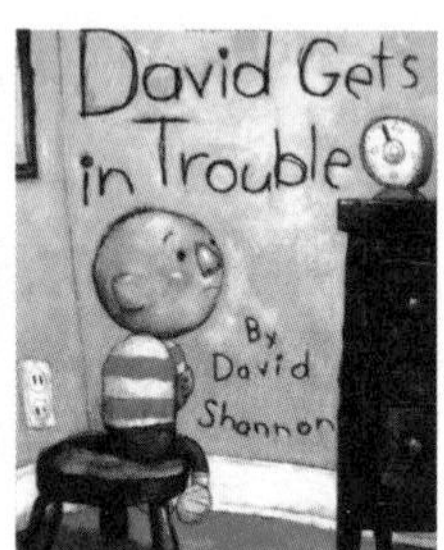

David Gets in Trouble

- David Shannon의 작품으로 장난기 많은 아이의 이야기를 그려 친근감을 느낄 수 있음
- 단체 생활에서 지켜야 할 규칙을 영어로 익히기 좋음

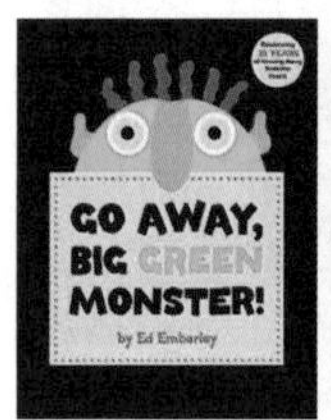

Go Away, Big Green Monster

Glad Monster, Sad Monster

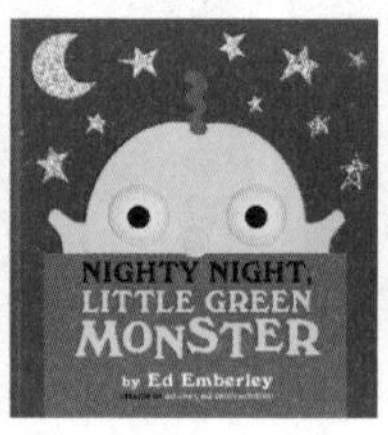

Nighty Night, Little Green Monster

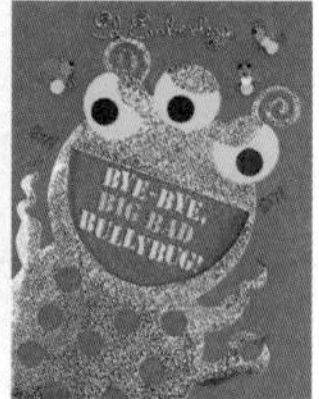

Bye-bye, Big Bad Bully Bug

- Ed Emberley의 시리즈로 괴물을 좋아하는 아이에게 추천
- 페이지를 넘길 때마다 뚫린 구멍이 확장되면서 괴물의 형태가 완성되어 가는 형식으로 구성되어 아이들의 호기심을 자극함

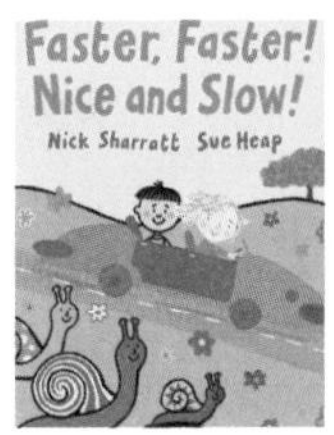

Faster, Faster! Nice and Slow!

Alphabet Ice Cream

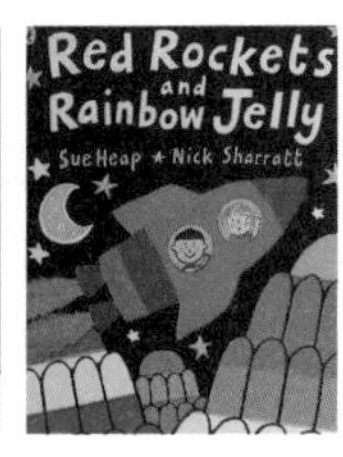

Red Rockets and Rainbow Jelly

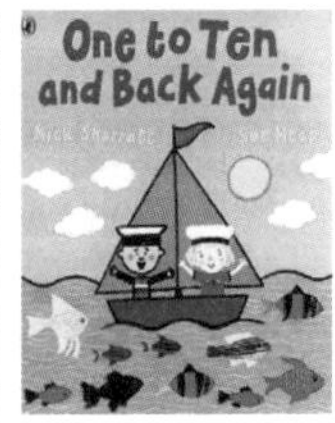

One to Ten and Back Again

- Sue Heap과 Nick Sharratt의 시리즈
- 반복되는 캐릭터로 친근하며 선명하고 직관적인 그림으로 어휘와 표현을 습득하기 좋음

Alphabet Ice Cream 읽는 서진이(6살)

Bear Hunt

A Bear-y Tale

Bear's Magic Pencil

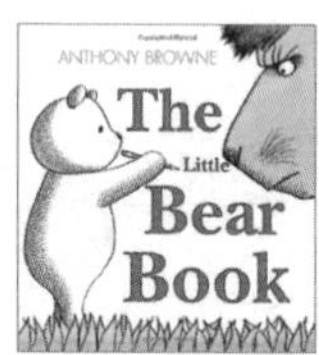

The Little Bear Book

- Anthony Brown의 Bear 시리즈
- 곰 한 마리가 이끌어가는 이야기를 시각적으로 따라가며 몰입하기 좋음

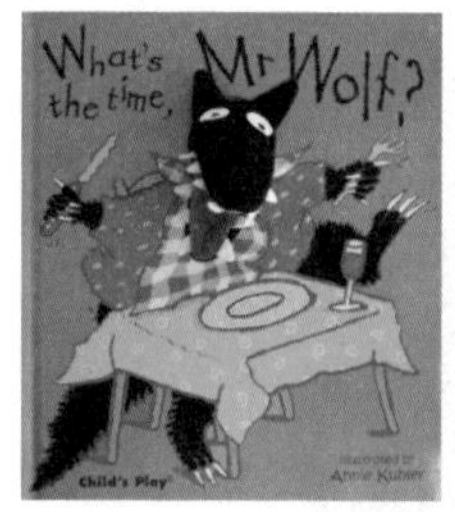

What's the time, Mr. Wolf?

See you later, Alligator!

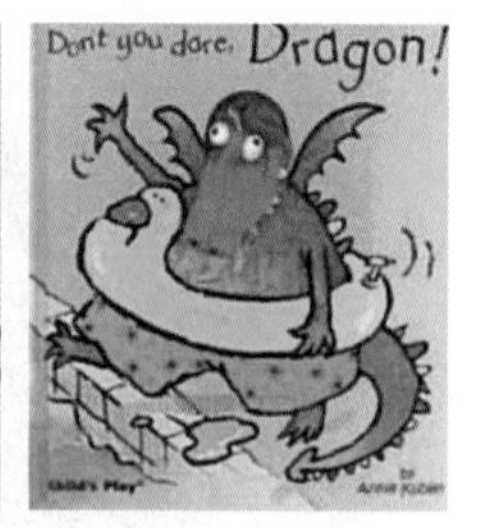

Don't you dare, Dragon!

- Annie Kubler의 동물 손가락 책 시리즈
- 헝겊으로 된 동물 얼굴에 손가락을 끼워 넣을 수 있어서 아이들의 재미를 유발함

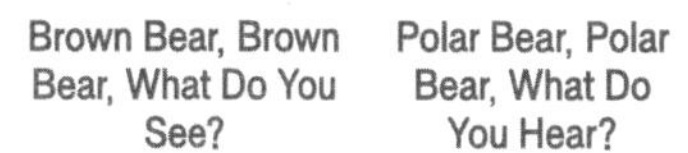

Brown Bear, Brown Bear, What Do You See?

Polar Bear, Polar Bear, What Do You Hear?

Panda Bear, Panda Bear, What Do You See?

Baby Bear, Baby Bear, What Do You See?

- Bill Martin Jr.와 Eric Carle의 시리즈
- 반복되면서도 변형되는 문장으로 다양한 어휘를 습득할 수 있음

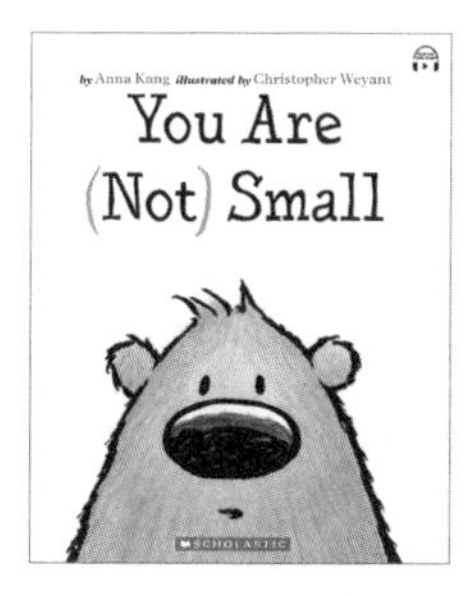

We Are Growing!

I Like Me

You Are Not Small

- 스스로에 대해 생각해보게 하며 자존감을 높여주는 책
- 동물들이 자신이 특별함을 인정하고 알아가는 과정을 아이와 이야기하며 읽기 좋음

Not a Stick

Not a Box

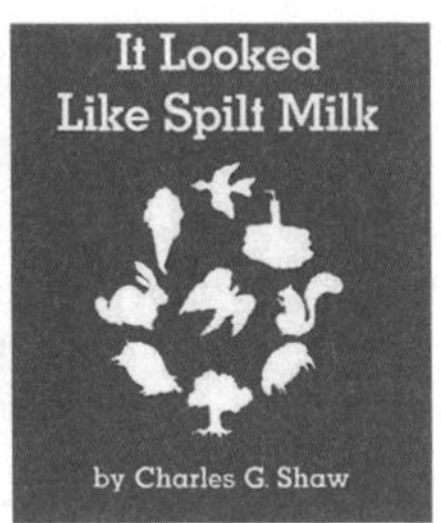

It Looked Like Spilt Milk

- 단순한 그림 속에서 상상력을 펼치면서 볼 수 있는 그림책
- 반복해서 읽을 때는 다음 내용을 연상할 수 있어서 아이들의 참여를 유도하기 쉬움

I Love You Through and Through

Mama, Do You Love Me?

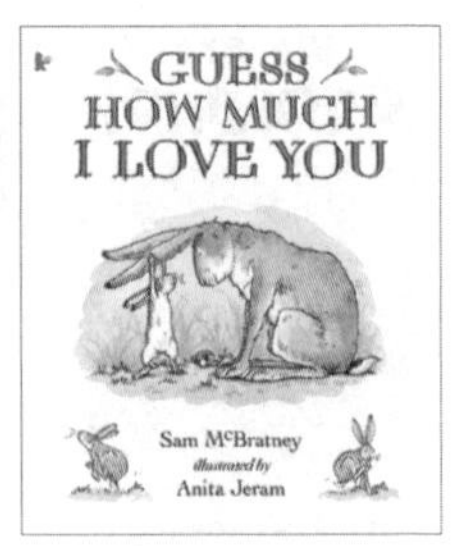

Guess How Much I Love You

- 엄마가 아이에게 사랑을 표현해 주는 주제의 책
- 아이와 충분히 교감하며 읽으면서 사랑한다고 말해주기 좋음

Willy the Dreamer

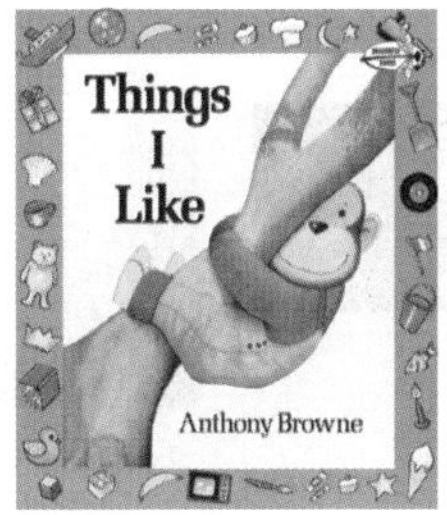

Things I Like

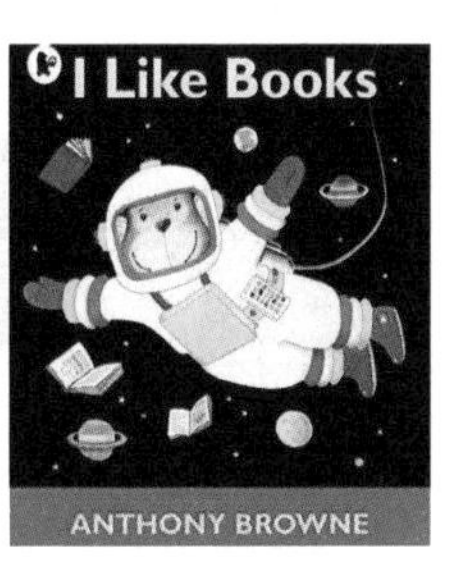

I Like Books

- 윌리의 이야기를 보고 자신에 대한 이야기로 바꾸어 말하는 활동을 해보기 좋은 책
- 서로 다른 책에서 연결된 그림이나 비슷한 그림을 찾아보는 재미를 느낄 수 있음

Willy the dreamer 읽는 서연이(10살)

I Want My Hat Back

This Is Not My Hat

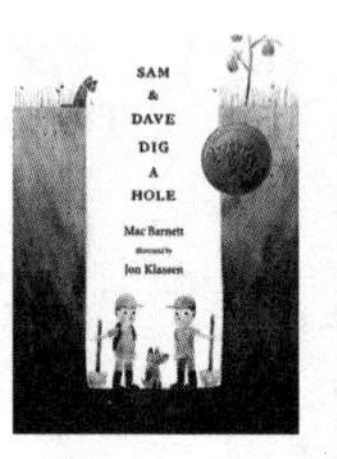

Sam & Dave Dig a Hole

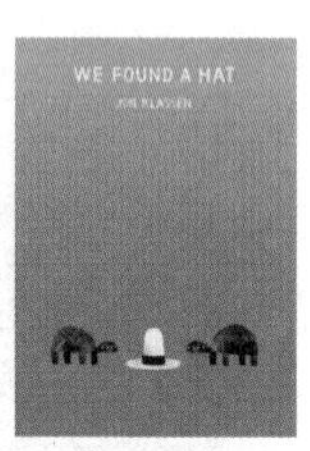

We Found a Hat

- Jon Klassen의 그림책 시리즈로 화려하지 않은 은은한 색감과 차분한 그림체가 특징
- 쉬운 이야기지만 읽은 후 아이와 다양하게 이야기를 나눠볼 수 있어서 좋음

Little Blue and Little Yellow

Mix It Up

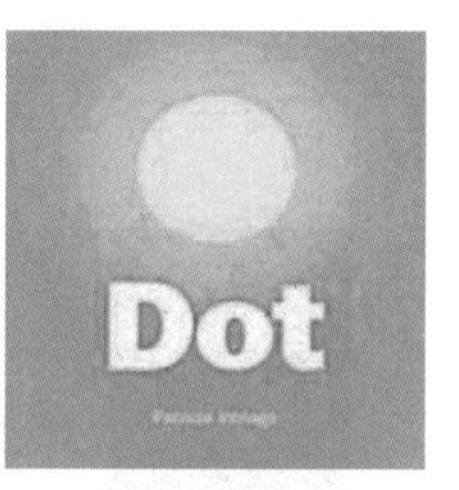

Dot

- 색깔, 모양 등 감각 추구를 즐길 수 있게 도와주는 책
- 단순한 그림과 스토리로 구성되어 있지만 천천히 관찰하고 탐색하며 읽으면서 아이의 집중력을 끌어내기에 좋음

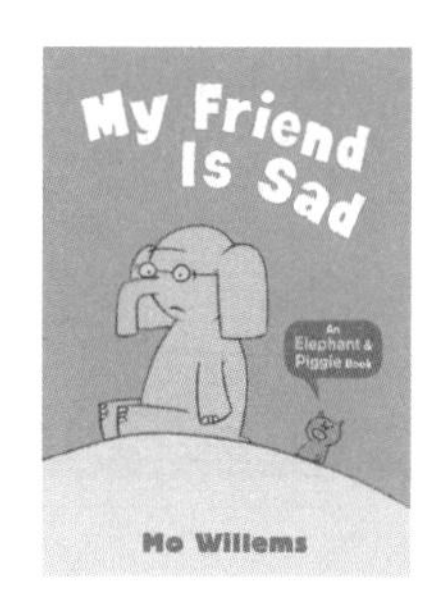

Elephant & Piggie 시리즈

- 단순한 그림체로 집중하기에 좋고 내용이 쉬워 첫 입문용 그림책으로 강력 추천
- 캐릭터의 표정과 몸짓이 웃기게 묘사되어 아이들의 흥미를 끌기에 좋음

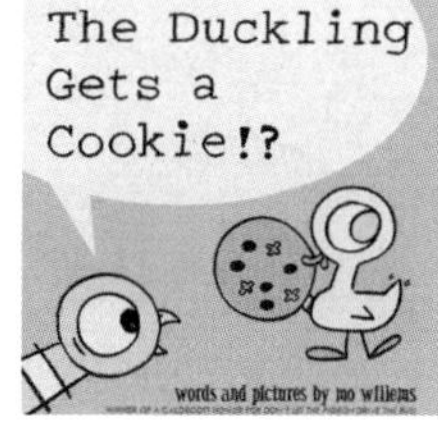

Pigeon 시리즈

- Elephant & Piggie와 같은 작가인 Mo Willems의 작품으로 연결해서 읽기 좋음
- 짧지만 위트가 있고 재미있는 내용들로 구성됨

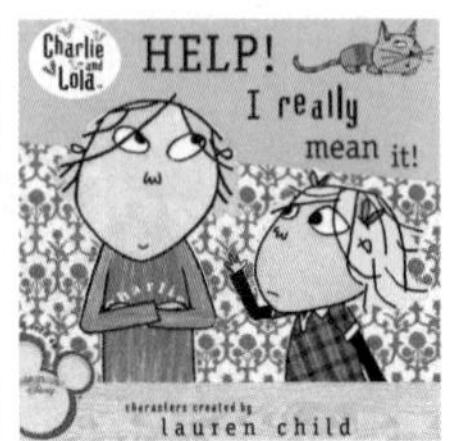

Charlie and Lola 시리즈

- 동생을 위하는 자상한 오빠 찰리와 장난꾸러기 여동생 롤라의 이야기를 담은 책
- 현실적인 남매의 일상을 공감하며 읽기에 좋고 DVD와 같이 연계해서 보기 좋음

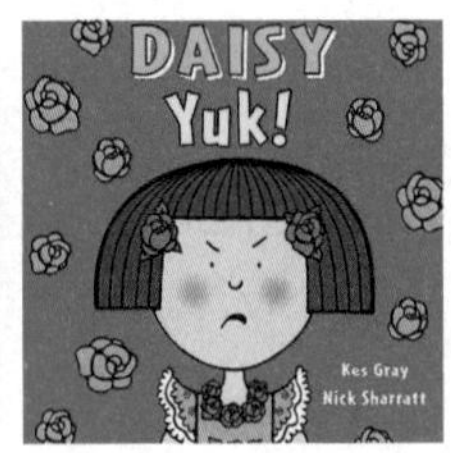

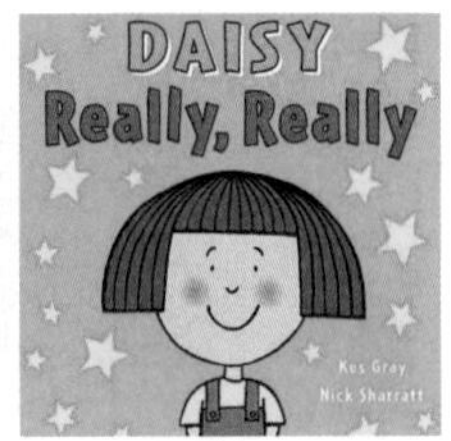

Daisy 시리즈

- Nick Sharratt의 화려한 색감과 깔끔한 그림체를 좋아한다면 흥미를 느끼고 볼 수 있음
- 여자아이라면 공감할 만한 내용이 많고 유머러스한 장면들이 많아 재미있음
- 글밥이 많은 편이라 입문용 책들에 익숙해진 뒤 접하는 것을 추천함

그 외 추천하는 그림책

	Leo the Late Bloomer		A Splendid Friend, Indeed
	Can You Keep a Secret?		Where Is the Green Sheep?
	Papa, please get the moon for me		We're All Wonders
	Don't push the button!		We're going on a Bear Hunt
	When Sophie Gets Angry-Really, really Angry		The Mixed-Up Chameleon

03
반복 읽기의 힘

반복 읽기로 주도권 넘기기

한 권의 책을 반복해서 읽으면 표현을 익히는 데는 좋겠지만 몰입도가 떨어진다는 문제가 생겨요. 지겹기 때문이죠. 하지만 몇 권의 책을 번갈아 가며 반복적으로 읽는 것이 수십 권의 책을 한꺼번에 보는 것보다 집중력과 표현력 습득에 더 좋습니다. 특히 읽기의 입문 단계에서는 더 그렇고요. 학교에서 보면 책을 좋아하는 아이들은 읽었던 책을 다시 읽는 경우가 많지만, 독서 습관이 형성되지 않은 아이들은 한 번 읽은 책은 절대로 다시 보지 않아요. 반복을 위해 다시 읽기를 권하면 내용을 다 아는데 왜 또 읽어야 하냐고 반문하는 일이 많지요.

하지만 같은 책을 다시 읽으면 한번 봤을 때 알아채지 못했던 의미를 깨닫게 되거나 처음과는 다른 관점에서 책을 보게 되는 일이 많습니다. 우리가 같은 영화를 반복해서 보더라도 매번 새로운 감흥을 얻는 것과 같아요. 영어 습득에 있어서 반복 읽기는 의미를 쉽게 이해하는 데 도움을 주고 표현을 기억에 남게 하여 스스로 읽기가 가능하게 해 주기 때문에 인풋과 아웃풋에 모두 효과적이에요.

Billy the bully 함께 읽기 하는 서진이(4살)

처음에 엄마가 책을 전부 읽어주다가, 여러 번 반복하다 보면 아이에게 점점 주도권을 넘기기가 쉬워집니다. 'Billy the bully'를 읽는 서진이의 영상에서 처음에는 엄마가 혼자 읽어주지만 아이가 엄마 목소리에 맞춰 쉐도잉(듣고 동시에 따라 말하는 것) 하듯이 함께 읽기 시작해요. 엄마가 읽기를 서서히 멈추자 아이는 혼자 하는 듯하다가 "엄마 같이 해줘."라고 도움을 청해요. 그러면 엄마는 다시 함께 읽어주기 시작해요. 이런 과정을 반복하면서 엄마가 읽는 양을 줄이고 아이가 읽는 양을 점차 늘려주며 혼자 읽을 수 있도록 유도하면 읽기의 주도권이 자연스럽게 아이에게 넘어갑니다. 길이가 짧은 책은 이 과정이 금방 되지만, 내용이 길어지면 아이가 말하기 위해 필요로 하는 어휘가 늘어나므로 시간이 오래 걸려요. 이때 조급해하지 말고 천천히 반복 읽기를 하며 아이를 기다려주세요.

함께 책을 읽을 때 아이의 반응을 확인하면서 서서히 주도권이 넘어가도록 도와주는 것이 반복 읽기의 포인트라고 할 수 있습니다. 이 과정이 잘 이루어지면 "이제부터 엄마는 듣기만 할 테니까 너 혼자 읽어보자."와 같은 말 없이도 아이가 어느 순간 혼자서 읽어내는 것을 볼 수 있어요.

The best in the land 함께 읽는 서진이(4살), 서연이(7살)

'The best in the land'를 읽는 아이들의 영상에서 서진이는 자기 수준에 비해 어렵지만 누나가 보는 책을 좋아해서 같이 보며 따라 하는 중입니다. 서연이가 읽기의 주도권을 가지고 읽고 있으며 서진이는 도움을 받아 함께 읽기를 하는 거죠. 처음에 서진이는 "누나가 해봐." 하며 자신 없어하다가 서연이가 먼저 시작하자 금세 함께 읽는 모습이에요. 서진이가 누나를 곧잘 따라 하다 보니 남매가 이렇게 함께 읽을 때가 참 많았어요. 원래 동생들은 언니나 오빠 따라쟁이인 경우가 많잖아요. 서연이가 함께 읽기를 해주면 고맙고 기특하다며 서진이 몰래 보상을 많이 해주었어요. 서연이는 신나서 동생의 책 읽기를 적극적으로 도와주려고 했죠. 누나는 읽기 연습하면서 칭찬받고 동생은 함께 읽어주는 짝꿍이 생겨 든든하니 일거양득이었지요. 영상 속의 책은 튼튼영어 리딩루키 시리즈로, 문자 학습 이후의 아이들이 읽기를 연습하는 목적의 책이지만 전래동화, 외국 창작 동화, 과학 등 여러 분야의 이야기가 골고루 섞여 있고 재미있게 볼 수 있어서 아이들이 어릴 때부터 잘 활용했습니다. 흥미 있는 이야깃거리로 구성된 것도 좋았지만 특히 오디오북 음원이 너무 좋아서 반복해서 많이 들었어요. 나온 지 꽤 오래된 책이라 책과 CD를 중고로 저렴하게 구할 수 있어요.

Billy the bully 서연이(7살)

The best in the land 서연이(7살)

반복 읽기로 아웃풋 끌어내기

반복 읽기로 아웃풋을 끌어내는 과정의 읽기는 엄밀히 따지면 '책을 외워 말하기' 또는 '그림 보고 이야기 만들어 말하기'라고 할 수 있습니다. 문자를 습득하기 전이니 반복적으로 듣고 외운 표현에 머릿속에 이미 저장되어 있던 언어로 살을 붙여 이야기를 만드는 것이지요. 엄마가 읽어주는 소리를 듣기만 하는 수동적인 책 읽기가 아니라 아이가 능동적으로 책 읽기를 하는 경험이 시작되는 거예요. 이 연습을 꾸준히 해주면 책에서 가져온 표현과 원래 내가 알던 표현이 서로 결합하는 과정을 거치게 돼요. 책 속의 말을 그대로 외워서 말하는 부분도 있지만 이미 축적되어 있던 인풋이 활성화되어 아웃풋으로 내보내지면서 말을 할 때마다 표현이 조금씩 달라지기도 해요. 이 점 때문에 문자를 인식하여 책을 읽는 것보다 아웃풋 향상에 훨씬 많은 도움이 된다고 볼 수 있지요. 결과적으로 책을 보고 말하는 과정을 꾸준히 연습하면 표현 능력이 업그레이드되는 걸 경험할 수 있어요.

그림책 읽기를 오래 유지하려면 동기 유발이 지속되어야 하는데 그 핵심은 '하고 싶은 마음이 들게 하는 것'입니다. "어제 서연이가 읽어주는 책이 너무 재미있어서 또 듣고 싶네." 또는 "서연이만큼 책을 잘 읽어주는 사람이 없네."와 같은 칭찬을 하며 반복해서 읽을 수 있도록 응원해 주세요. 똑같이 하기 싫은 일을 하더라도 '억지로 하는 것'과 '엄마를 위해 참고 읽어주는 것'은 전혀 다른 문제니까요. 제가 하도 연기를 해서 저희 아이들은 지금까지도 엄마가 영어책 듣기를 아주 좋아한다고 믿고 있을 정도랍니다. 엄마가 아프거나 피곤해할 때면 "엄마, 선물로 영어책 읽어줄까요?" 하는 아이들이지요.

아이들은 엄마가 건성으로 듣는 척만 하는지, 진짜 듣고 있는지 귀신같이 알아차리니 읽어달라고 부탁했으면 성의 있게 들어주고 진정성 있는 칭찬을 해주는 것도 잊어서는 안 됩니다. 영어 울렁증이 있는 남편은 아이가 책을 읽을 때 "이걸 혼자 어떻게 읽었어? 아빠보다 낫네. 진짜 대단해." 등의 칭찬으로 아이의 어깨를 으쓱하게 만들어주는가 하면, "이제 영어책 읽기 금지! 이러다가 아빠 실력을 뛰어넘겠어."라며 아이들의 도전 의식을 자극해 주기도 했어요.

읽기의 주도권이 완전히 아이에게 넘어갔을 때도 칭찬을 멈춰서는 안 돼요. 엄마가 아이의 입장이 되어 책을 읽어달라고 졸라 보세요. "그 책 이야기 듣고 싶은데, 누가 읽어 줄 사람 없나?" 하면 아이는 더욱 우쭐해서 책을 읽어주려고 할 것입니다. 아이가 스스로 해냈다는 만족감과 성취감을 얻었을 때 그 즐거움이 오래 지속될 수 있도록 엄마는 전력을 다해야 합니다.

04
그림책 읽기의 확장

명작과 전래동화

많은 그림책을 접하면서 이해 가능한 입력(i+1)의 수준이 어느 정도 높아진 단계에 왔어요. 받아들일 수 있는 어휘의 범위가 넓어지면서 더 재미있는 그림책을 고민하게 되었지요. 서연이가 명작이나 전래동화 같은 고전 이야기를 아주 좋아한다는 사실에 착안해 영어책으로도 읽으면 좋겠다는 생각이 들었고 자료를 찾았어요. 결과적으로 서연이는 자신이 좋아하는 명작과 전래동화를 영어로 반복해서 보면서 아웃풋이 엄청나게 향상되었습니다. 디즈니에 빠진 아이는 디즈니만 보고 영어를 완성한다는 이야기처럼 아이가 좋아하는 주제나 장르를 파고들면 영어에 더 흥미를 붙이기가 쉽다는 걸 경험할 수 있었어요.

'삼성 세계명작 영어동화'는 의성어와 대화 표현이 풍부해서 재미있게 읽을 수 있고 문장의 어미를 현재형으로 처리하여 동사를 좀 더 편하게 익힐 수 있다는 장점이 있어요. '핑크퐁 영어동화'라는 제목으로 책의 내용을 그대로 옮긴 애니메이션을 유튜브로 제공하고 있어서 함께 활용하기에도 정말 좋았습니다. 책 내용을 영상으로도 보면 그냥 책으로만 읽는 것보다는 확실히 효과가 좋으니까요. 명작동화는 영어로 출간된 책이 시중에 다양하니 그림체나 분위기를 살펴보고 아이 취향에 맞는 것으로 골라서 활용하세요.

'아람 ABC 클래식 스토리'는 아람 요술램프 세계명작 전집에 딸려 나오는 영어판 명작인데 글밥이 조금 더 많아요. 이 책뿐 아니라 한글판 명작동화 전집에 영어책이 같이 발행되는 경우가 종종 있는데 그 책들을 활용하면 쉽게 풀어놓은 영어 명작보다는 수준이 높고 내용도 자세해서 좀 더 개연성 있게 표현된 영어 이야기를 접할 수 있어요. 전래동화는 아쉽게도 명작동화에 비해 시중에 유통되는 책 자체가 별로 없어요. '이지룩 잉글리시 전래동화'라는 책을 도서관에서 빌려 보았는데 아이가 너무 좋아해서 직접 구매해서 봤어요. 일단 책이 커서 그림과 글씨가 보기 편했고 긴 내용을 축약해서 나타내다 보니 흐름이 매끄럽지 못한 부분도 보이긴 했지만, 아이가 좋아했고 전체적으로는 만족스러웠어요. 전래동화의 특성상 영어에서는 잘 쓰이지 않는 낱말이 어떻게 표현되었는지도 알 수 있어서 도움이 많이 되었어요.

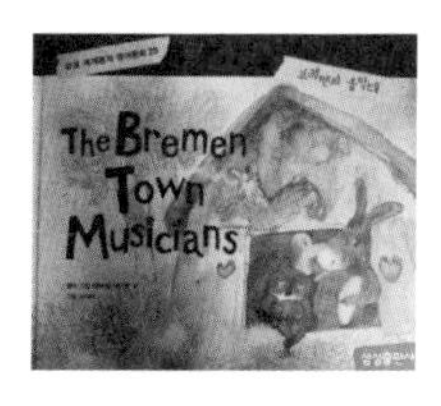 삼성 세계명작 영어동화	• 동사를 현재형으로 표기하였으며 글밥이 적당하고 부드러운 그림체가 특징 • 잔인한 결말을 부드럽게 순화하여 명작동화를 일찍 접하는 데 부담이 덜함 (예를 들어 '빨간 모자' 마지막 장면에서 늑대를 죽이는 대신 빗자루로 때리며 내쫓음) • 유튜브에 '핑크퐁 영어동화'로 같은 내용의 영상을 제공함

서울쥐와 시골쥐 서연이(5살)

백설공주 서연이(6살)

도서	특징
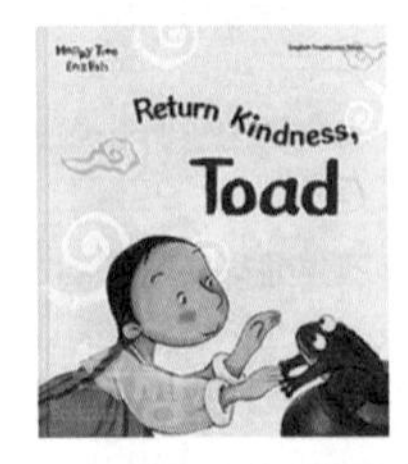 **이지룩 잉글리시 전래동화**	• 책 사이즈가 크고 글씨도 큼 • 우리나라 전래동화를 골고루 다루고 있어 아이들의 흥미를 끌기에 좋음 • 과장된 그림으로 웃음을 유발함 • CD가 있어 음원을 이용할 수 있음 • 같은 전집이지만 책마다 글밥의 차이가 많이 나는 단점이 있음 • 해피트리 잉글리시 전래와 내용 같음

토끼의 간 서연이(5살)

호랑이를 이긴 토끼 서연이(5살)

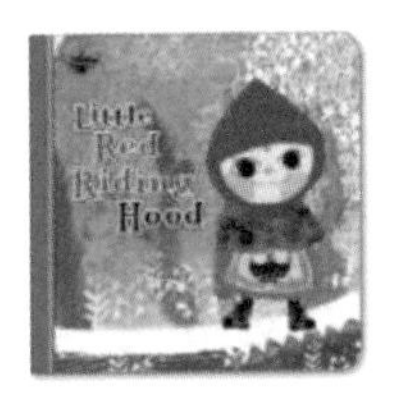 아람 ABC 클래식 스토리	• 아람 세계명작 요술램프(한글판)의 구판에 함께 나왔던 영어 버전이 권수가 더 많음 • 그림책 수상 작가가 참여하여 그림체가 다양하고 세련되어 시선을 사로잡음 • 글밥이 많은 만큼 내용이 자세하고 흐름이 개연성 있게 진행됨 • 삼성 세계명작 영어동화에 비해 내용이 자세하고 난이도가 높아 5~6세보다는 7세 이후에 추천

북풍이 준 선물 서연이(8살)

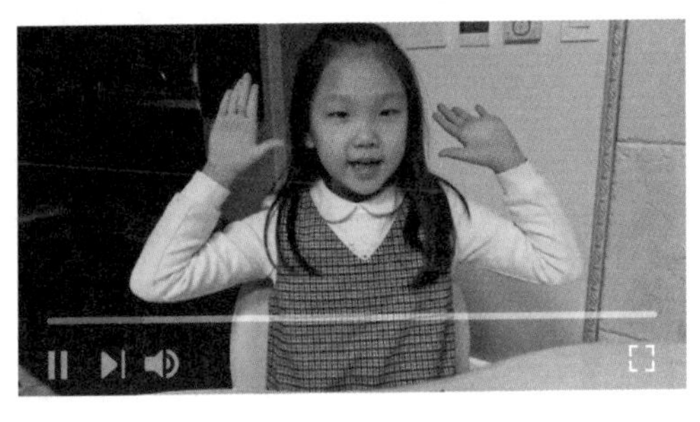

탐팃톳 서연이(8살)

이 단계에서 그림을 보며 읽었던 이 그림책들은 문자를 인식하여 읽는 단계에서 다시 활용할 수 있어요. 그러니 그림책 말하기에서 진짜 그림책 읽기로 넘어가기 전까지는 성급하게 책을 처분하지 마세요. 예전에 그림으로만 보고 말할 수 있었던 책을 문자로 다시 읽는 경험은 아이가 스스로 성장했음을 느낄 수 있게 되는 특별한 기회랍니다. 단계를 거칠 때마다 아이가 성취감을 최대한 만끽하도록 칭찬과 격려를 아끼지 않는다면 하고자 하는 의지를 더 키워줄 수 있어요.

쌍둥이 그림책 활용하기

알려진 영어 그림책들은 한글 번역판이 나와 있는 것들이 많이 있어요. 쌍둥이 그림책을 잘 활용하면 두 언어로 이해하고 사고하는 능력을 골고루 키울 수 있어 이로운 점이 많아요. 똑같은 책이 두 언어로 표현된 것 자체를 아이들이 흥미롭게 받아들이기도 하고요. 다만 우리말 영상과 영어 영상을 섞어볼 때 영어 영상을 거부하는 문제가 생길 수 있듯이 쌍둥이 그림책을 함께 읽었을 때 어느 한 가지 언어의 책만 좋아할 수도 있으므로 두 가지 책을 균형 있게 읽는 습관을 기를 필요가 있어요. 한글책과 영어책의 균형을 맞추어 독서를 하는 거죠.

개인적인 경험으로는 먼저 영어책을 몇 번 보고 조금은 익숙해진 상태에서 시간적 여유를 두고 한글책을 보는 게 효과가 좋았던 것 같아요. 영어책을 읽고 나서 바로 한글책을 보면 영어책의 표현을 유추할 여유가 부족하기도 하고 내용에 대해 충분히 생각해 볼 기회를 빼앗기게 되기도 해요. 어차피 내용을 한글책에서 보게 되니 영어책에는 집중하지 않을 수도 있어요. 단순히 생각하면 영어책을 먼저 읽고 나서 번역본으로 바로 해석해 주는 것이나 다름없으니까요. 이런 문제만 지혜롭게 피할 수 있다면 두 언어로 된 하나의 책은 큰 효과를 발휘해요. 언어 민감성이 높은 아이라면 같은 내용을 표현한 책 사이에서 우리말과 영어라는 서로 다른 두 언어의 미묘한 표현 차이를 느끼게 될 수도 있겠지요. 아무리 똑같이 번역되었다고 해도 느낌과 정서는 분명히 다를 수밖에 없어요. 뉘앙스는 같더라도 정확히 같은 뜻은 아닌 표현들도 많은데 쌍둥이 그림책을 읽으면서 그런 언어 감각을 키울 좋은 기회도 얻을 수 있어요.

한글 영어 쌍둥이 그림책

THE Gardener
Sarah Stewart Pictures by David Small
리디아의 정원
The gardener
리디아의 정원
LITTLE MISS LATE
by Roger Hargreaves
늦어양
Little Miss 시리즈
EQ의 천재들
Cloud Bread
구름빵
Cloud Bread
구름빵

The Fox Who Ate Books	책 먹는 여우
Frog and Toad Are Friends	개구리와 두꺼비는 친구
John Patrick Norman McHennessy	지각대장 존

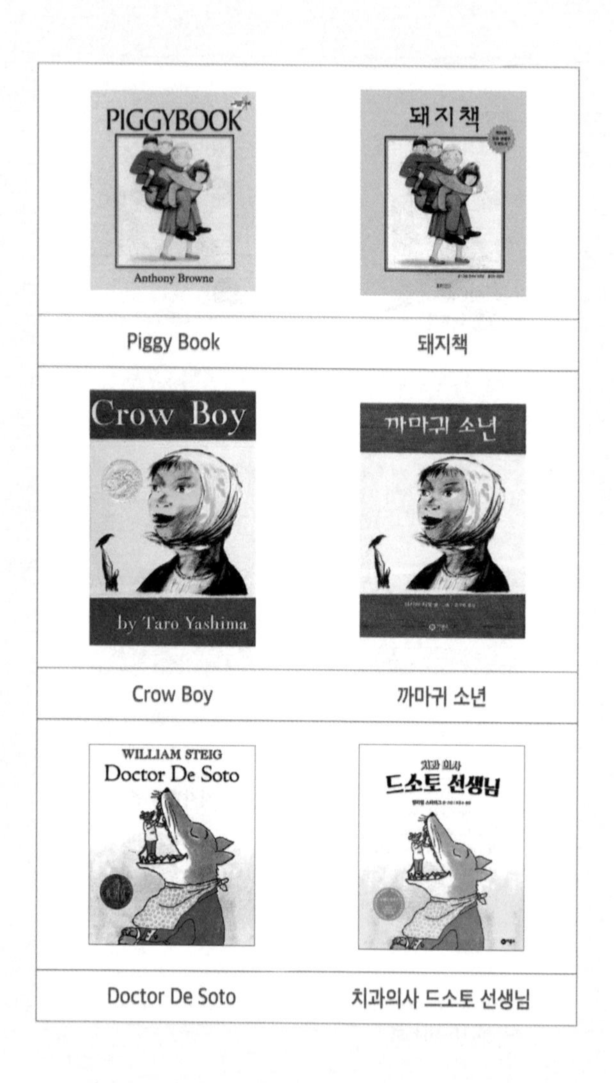

Piggy Book	돼지책
Crow Boy	까마귀 소년
Doctor De Soto	치과의사 드소토 선생님

05
영어 그림책 읽어주는 방법

감정을 담아서 읽어주기

영어책을 읽는 목적을 단순히 문자를 습득하는 수단으로 여기지 말고 넓은 의미에서의 관계 형성이라는 점을 늘 염두에 두고 읽어주세요. 아이들은 엄마 목소리의 높낮이, 힘의 강약, 엄마의 웃음소리까지 다 느끼면서 듣고 있어요. 이걸 확신하게 된 계기가 있는데, 엄마가 읽어주던 책을 아이 스스로 읽고 있는 장면을 봤을 때였어요. 제가 읽어주면서 중요하다고 생각되어 강조했던 부분이나 감정을 담아 표현했던 부분을 기억해서 그대로 따라서 읽는 경우가 많더라고요. 엄마의 표정이나 말투를 따라 읽는 게 웃기기도 했지만 생각지 못했던 디테일한 부분까지 알아차린 것에 놀란 적도 있어요. 매일 동화구연 하듯이 정성을 쏟을 수는 없겠지만 건성으로 시간 때

우기보다 이왕이면 노력해서 읽어주는 엄마가 되어주세요. 그러면 아이가 책 읽기에 더 흥미를 느끼고 오랫동안 읽을 수 있을 거예요.

읽기 과정에 아이를 참여시키기

앞에서 언급한 대로 독서 과정에서 아이와 상호작용이 있어야 한다는 것과 같은 맥락의 이야기입니다. 아이를 읽기에 참여시키려면 책을 고르는 일부터 아이의 의사를 존중하면 좋아요. 아이들은 책을 읽자고 하면 같은 책을 가지고 오는 경우가 많은데 이미 알고 있는 이야기에서 안정감을 느끼기 때문이라고 해요. 같은 책만 보는 게 나쁜 건 아니지만 그 책에만 빠져 다른 책을 보지 않는 것은 문제가 될 수도 있어요. 아이가 좋아하는 책과 그렇지 않은 책을 같이 볼 수 있도록 조심스레 유도해 주세요. 아이에게만 선택권을 주다 보면 다른 책을 볼 기회를 놓치게 되니 엄마가 고른 책도 골고루 섞어서 보는 것이 좋아요. 고르는 책의 폭이 넓어지면 더 다양한 어휘와 표현에 노출된다는 뜻이기도 해서 좋아하는 책만 보는 것보다는 다양한 책을 보는 과정이 꼭 필요합니다.

골고루 책을 읽되, 엄마 혼자 신나서 연기에 심취하기보다는 아이의 반응을 잘 살펴서 읽기 과정에 아이를 끌어들여 주어야 해요. 쉬운 부분은 아이가 읽도록 유도해 주고 기쁨이나 슬픔 등 감정이 나타난 장면에서는 아이도 함께 감정을 표현하도록 참여시켜 주세요. 함께 읽는 과정에서 아이가 참여하는 것이 잘 정착되면 아이는 책에 더 몰입하게 되고 주도적으로 책을 읽어내는 힘을 키울 수 있어요.

전자펜 활용하는 팁

한글책은 얼마든지 읽어줄 자신이 있는데 영어책은 망설여진다면 전자펜을 활용할 것을 추천해요. 저는 원래 한글책을 읽어줄 목적으로 전자펜을 이용했는데 체력 싸움인 육아의 세계에서 혁명이라고 느낄 정도로 편했어요. 엄마표 영어를 시작하면서도 많은 도움을 받았지요. 엄마가 아무리 영어를 구사할 수 있다고 해도 원어민의 발음과 같을 수는 없잖아요. 아이가 전자펜에 거부가 없다면 전자펜은 아주 유용한 도구가 될 수 있어요. 하지만 서툰 발음이더라도 엄마 목소리로 듣는 걸 더 좋아하는 아이들도 있고 정서적으로 엄마의 육성이 기계음보다 훨씬 좋다는 연구도 많이 있기에 조심스럽긴 합니다.

여건만 된다면 직접 읽어주고 싶지 않은 엄마가 어디 있을까요. 엄마가 모든 순간 모든 책을 사랑을 담아 따뜻한 목소리로 읽어주면 제일 좋겠지만, 엄마도 사람인지라 그렇게 할 수 없을 때가 많아요. 엄마가 힘들지 않고 행복해야 그 영향이 아이들에게 가는 거니까요. 몸이 힘든 날에는 전자펜의 힘을 빌리기도 했고 그렇지 않을 때는 또 열심히 읽어주기도 했습니다. 엄마 목소리가 최고라든가, 전자펜이 낫다든가 하는 정답은 없으니 둘을 균형 있게 잘 활용하면 엄마도 편하고 아이도 행복한 읽기가 될 수 있을 거예요.

전자펜으로 읽을 수 없는 책은 음원 스티커를 이용하세요. 음원 파일을 오디오렉 스티커에 저장시켜 붙여두면 전자펜으로 읽을 수 있는 유용한 기능이 있어요. 저는 거의 모든 영어책에 음원 스티커 작업을 해서 전자펜을 활용할 수 있게 했어요. 이 과정이 귀찮다고 생각될 수도 있지만 책을 볼 때마다 음원을 찾는 수고로움을 덜 수 있어서 결과적으로는 오히려 편했다고 생각해요.

전자펜의 도움을 많이 받았기에 지인들에게도 전자펜을 활용하라고 많이 조언했어요. 영어에 자신 없는 엄마들을 위한 최고의 무기라고 생각했거든요. 하지만 '우리 아이는 전자펜으로 책을 보지 않더라, 전자펜을 싫어하더라'라는 피드백을 많이 받았어요. 전자펜을 던져주고 혼자 읽으라고 했던 경우가 대부분이었기 때문이에요. 엄마와 함께하는 독서의 즐거움을 놓치는 실수를 했던 거지요.

언어가 다를 뿐 영어책도 한글책과 같은 '책'이라는 걸 잊어서는 안 됩니다. 독서 습관이 잡히기도 전의 아이가 혼자서 책을 보지 않는 것은 지극히 당연한 일이에요. 아이가 책을 읽는 경험 속에 엄마가 함께하지 않는데 전자펜이 그 역할을 대신해 줄 수는 없어요. 아이를 무릎에 앉히고 책을 같이 펼쳐보며 전자펜이 읽어주는 걸 함께 들으세요. 영어를 읽어주는 엄마의 목소리만 빌린다고 생각하고 원래 책을 함께 읽을 때처럼 상호작용도 함께 해주어야 해요. 전자펜은 독서를 이끌어가는 주체가 아니라 거들어주는 도구일 뿐입니다. 아이들이 원하는 건 책을 대신 읽어주는 목소리가 아니라 엄마와의 시간이에요. 엄마와의 즐거운 책 읽기의 경험이 쌓여야 나중에 혼자서도 '좋아서 하는 책 읽기'가 가능해진다는 것을 꼭 기억하세요.

발음에 자신이 없는 엄마라면

아이의 영어 실력이 자라면서 원어민의 발음과 엄마의 발음이 다르다는 것을 인지하는 순간은 오고 말아요. 그러면 엄마들은 당황스러워하고 자신의 실력이 들켜버린 것 같아 창피하다고 느낄 수도 있어요. 그러나 뒤집어 생각해 보세요. 우리 아이의 영어 실력이 이만큼이나 성장해 엄마의 틀린 발음을 교정해 주는 수준이라니, 대견하고 기특하게 여길 일 아닌가요? 저는 아이가 제 발음을 고쳐줄 때마다 그 미묘한 차이를 어떻게 찾아낼 수 있냐며 계속 칭찬했어요.

잘못된 발음에 대해 엄마가 자신 없어하고 감추려고 한다면 아이는 영어 발음에 대해 그릇된 개념을 가질 가능성이 커져요. 부정확한 발음으로 영어를 말하는 것은 부끄러운 일이며, 정확한 발음으로 해야만 제대로 된 발화라는 인식을 무의식적으로 갖게 되는 거죠. 사실 이건 한국인 영어 학습자들이 흔하게 가지는 고정관념이라 더 위험해요. 자기보다 발음이 좋은 사람 앞에서 영어로 말하는 게 선뜻 내키는 한국인이 얼마나 될까요? 어릴 때 형성되는 사고가 평생을 따라다닐 만큼 중요하다는 것을 알 수 있는 부분이지요.

엄마에게도 영어는 외국어이기 때문에 원어민과 발음이 같을 수 없음은 당연하며 발음이 좋지 않아도 당당하게 말하는 것이 부끄러운 일이 아님을 부모가 가르쳐주어야 해요. 아이의 발음 교정을 자랑스럽게 생각하고 기꺼이 받아들일 마음의 준비만 하면 됩니다. "우리 서연이 덕분에 발음 교정도 공짜로 받을 수 있고 정말 고맙네. 앞으로 선생님으로 모시겠습니다." 저는 딸아이를 선생님으로 치켜세우며 일부러 발음 교정을 부탁하기도 했어요. 아이가 발음을 교정해 주는 빈도가 높아질수록 자신감이 커지는 것도 눈에 보였어요. 엄마에게 인정받는다는 행위 자체만으로도 엄청난 내적 동기가 부여되었을 테니까요. 엄마를 가르쳐줄 수 있다는 사실에 아이가 느꼈을 기쁨과 성취는 표현하기 힘들 만큼 큰 경험이었을 거예요. 아이가 정확한 표현이나 발음을 알려줄 때마다 부끄러워하기보다는 무한 칭찬하는 것 잊지 마세요. 그러면 아이의 자신감 향상은 물론 영어에 대한 긍정적인 정서도 함께 축적될 수 있어요.

그림책의 해석

영어책의 우리말 해석에 대해서는 5장 챕터북 부분에서 더 다루겠지만 아이에게 그림책을 읽어주는 과정에서도 해석을 따로 해주어야 할지 고민되는 순간이 있습니다. 저는 그림책의 시작 단계에서 책에 대한 아이의 반응이 갸우뚱하거나 전혀 이해하지 못한다는 느낌이 들 때 그림을 가리키며 꼭 필요한 표현은 알 수 있게 도와주었어요. 이것은 우리말로 해석해 줘도 좋다는 뜻이 아니라 무슨 말인지 모르겠다며 자꾸 뜻을 물어보는 아이에게 영어만 강요하는 건 고문일 수 있다는 생각 때문이었어요. 저는 아이가 먼저 낱말의 뜻을 물어볼 때는 그냥 뜻을 알려주거나 같이 찾아보기도 했어요. 우리말로 뜻을 알려주는 대신 그림을 가리키거나 동작으로 표현하는 등의 방법으로 아이가 이해할 수 있게 힌트를 주는 것도 좋은 방법이에요. 영어책에 익숙하지 않은 단계에서는 아이가 뜻을 계속 물어볼 수 있지만 책을 많이 읽어갈수록 그런 일은 현저히 줄어들게 되어 있어요. 영어에 점점 더 익숙해지기도 하고 완벽하게 이해되지 않는 표현을 그냥 넘겨도 불편해하지 않는 시기가 오기 때문이지요. 모르는 표현이 나와도 해석하지 않고 넘어갈 수 있는 습관을 길러주기 위해 아는 단어를 묻더라도 모른 척 연기하는 엄마의 지혜도 가끔은 필요합니다.

아이가 묻지도 않는데 제대로 이해하고 있는지 걱정하는 마음으로 굳이 먼저 해석해 줄 필요는 절대 없어요. 그림책을 보다가 어려운 단어나 표현이 등장할 때마다 해석하려 들면 어느 틈엔가 딴짓하고 있는 아이를 보게 될지도 몰라요. 문장을 읽을 때마다 우리말로 해석해 주면 아이는 곧 엄마가 우리말로 뜻을 알려줄 거라는 예상 심리가 생겨 영어에는 더 이상 귀 기울이지 않으려고 할 거예요. 영어책을 많이 읽다 보면 듣는 표현과 그림을 서로 매칭시켜 뜻을 유추하고 그 내용을 이해해 가는 능력이 길러지게 되는데 해석이 뒤따르는 일이 반복되면 그런 과정이 결여되는 것이지요. 해석을 해주지 않으면 아이가 답답할지도 모른다고 생각할 수 있지만 그건 엄마의 착각일 수 있어요. 아이는 괜찮은데 엄마가 괜찮지 못해서 자꾸 우리말로 이해시키려 하는 경우가 많거든요. 우리말 동화책을 읽어줄 때도 아이가 처음에는 그 뜻을 정확히 이해하지 못하지만 반복해 가면서 의미를 자기 것으로 만들어가듯이 영어 그림책도 해석을 해주지 않아도 아이는 어느새 차근차근 의미를 쌓아간답니다.

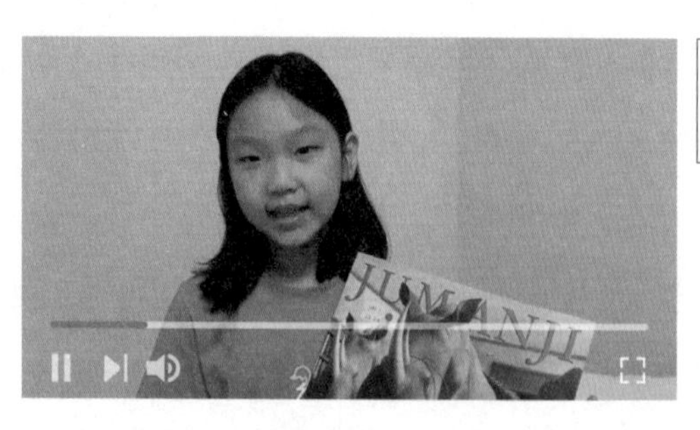

영국 발음으로 쥬만지 읽는 서연이(10살)

part 5

리더스북과 챕터북 읽기

슬기로운 엄마표 영어 지침서

01
문자 읽기의 준비

충분한 인풋이 먼저 필요한 이유

듣기나 말하기가 조금 된다고 서둘러 문자 언어로 진입하는 것은 자제해야 해요. 아이가 우리말을 조금씩 알아듣거나 우리말을 하기 시작했다고 해서 바로 한글을 가르치지는 않으니까요. 읽기 전에 충분한 듣기 인풋이 선행되지 않으면 글자를 읽어낸다고 해도 내용을 이해하지 못하는 상황에 부딪히게 되어 읽기에 속도를 내기 힘들어요. 음성 언어와 문자 언어를 동시에 습득시키거나, 문자 언어를 무리해서 빨리 익히게 하려는 노력은 모국어의 발달 단계를 고려하지 못해서 저지르게 되는 흔한 시행착오입니다. 너무 일찍 글자 떼기에 집중하면 당장은 파닉스나 쉬운 단어로 글자를 빨리 읽어내는 것처럼 보일지 몰라도 익숙하지 않은 어휘와 표현들로 인해 다시 씨름해야 하는 상황이 생기고 말아요. 작은 화분에 심은 나무가 뿌리를 깊이 뻗을 수 없는 것처럼 인풋이 제대로 뒷받침되지 못한 채 문자를 습득하면 물과 햇빛이 충분하더라도 애초에 큰 화분에 심은 나무와 같은 성장을 기대할 수는 없어요.

충분한 인풋이 선행되었다는 건 충분한 듣기를 통해 많은 어휘와 표현들에 익숙해진 상태라는 뜻입니다. 설령 그것이 아직 발화로 연결되지 않았다고 해도 말이에요. 적절한 인풋에 충분히 노출된 아이는 입으로 말할 수 있는 것보다 훨씬 더 많은 것을 듣고 이해할 수 있어요. 내면에 담긴 것이 많은 상태에서 문자 인식이 시작되면 소리 내어 읽음과 동시에 의미는 저절로 따라오겠지요. 즉 읽어내는 어휘나 문장을 받아들일 수 있는 그릇이 깊어서 굳이 해석의 과정을 거칠 필요가 없고 그로 인해 읽기가 훨씬 원활하게 진행될 수 있는 것입니다. 문자 습득 이전에 충분한 인풋이 있어야 하는 이유가 여기에 있어요. 선행된 인풋으로 인해 읽기에 가속도가 붙으면 시간이 지날수록 효과는 더 커집니다. 화분의 크기는 이미 충분해서 뿌리를 뻗으며 크게 자랄 일만 남았으니까요.

영어책의 종류와 목적

영어책은 크게 3종류가 있는데 단계별로 그림책(picture book), 리더스북(reader's book), 챕터북(chapter book)으로 나뉩니다. 그림책은 일반적으로 그림이 주가 되어 이야기를 이끌어가는 책이라 아주 쉬운 것부터 심오한 내용을 다루는 것까지 난이도가 따로 정해져 있지는 않아요. 어른들을 위한 그림책도 있으니까요. 다만 글보다는 그림의 비중이 높아서 전반적으로 글의 양이 많지 않고 또 작가가 전하고자 하는 메시지가 이야기에 숨어있는 경우가 많아요. 그래서 보고 느끼며 성장하는 데 도움이 되지요. 그림책으로 육아하는 엄마들이 많은 이유도 이 때문일 거예요.

그림책 단계를 지나 리더스북 단계에 들어서면 같은 읽기라도 읽기의 목적은 완전히 달라집니다. 그림책을 보는 이유가 인풋을 제공하기 위한 목적이었다면 리더스북은 문자를 익히며 수준에 따른 읽기 연습을 위한 책이라고 할 수 있어요. 그래서 표지에 레벨이 표시된 경우가 많아요. 일반적으로 의사소통의 영역을 나눌 때 '듣기와 읽기'를 인풋 영역, '말하기와 쓰기'를 아웃풋 영역으로 구분 짓곤 합니다. 하지만 문자를 인식하며 읽는 연습을 하는 리더스북 단계는 읽기 활동임에도 인풋보다는 아웃풋의 목적이 크다고 보아야 해요. 리더스북을 볼 때 소리 내어 읽기를 해야 하는 이유도 이것이지요.

읽기의 종류와 단계

영어책을 읽는 방법은 크게 정독(intensive reading)과 다독(extensive reading)으로 나눌 수 있어요. 정독이 좋은가, 다독이 좋은가의 문제를 놓고 이분법적으로 접근하는 경우를 흔히 마주하게 되는데 책 읽기의 단계에 따라 필요한 읽기 방법이 다르기에 이런 논의는 사실 별 의미가 없습니다. 언어학자 Krashen(크라센)이 '다독은 언어를 습득하는 최고의 방법이 아니라 유일한 방법이다.'라는 말로 다독의 중요성을 강조했다는 건 널리 알려진 사실이에요. 하지만 이 말을 근거로 정독의 필요성이 간과되어서는 안 돼요. 잘 이해하지도 못한 채 대충 많이 읽기만 한다고 효과가 있는 것은 아닐 테니까요. 크라센이 강조한 다독은 학습자가 이해하는 수준에서의 읽기 자료를 최대한 많이 읽었을 때의 효과를 이야기한 것입니다. 리더스북 단계에 진입하여 문자를 인식해서 본격적으로 글을 읽는 연습을 할 때는 정독과 다독을 병행해 줄 필요가 있어요. 챕터북으로 넘어갔을 때 스스로 다독할 수 있는 체력을 기르기 위함이지요. 리더스북 초기에는 정독에 초점을 맞추어 읽다가 차츰 다독으로 비중을 옮겨가면 정독과 다독의 균형을 이루며 리딩 실력을 향상할 수 있어요. 다른 사람의 도움 없이 혼자서 읽고 충분히 이해하고 즐길 수 있을 정도의 독서력이 갖추어지면 크라센이 강조한 다독이 더 빛을 발하게 됩니다.

엄마가 처음 그림책을 읽어주는 것을 소리 내어 읽기(read aloud)라고 하는데 그것이 여러 번 반복되면 아이가 엄마의 읽기 과정에 조금씩 참여하는 함께 읽기(shared reading) 단계로 넘어가요. 읽기의 주도권이 엄마에게서 아이에게로 서서히 넘어가는 과정이지요. 함께 읽기 단계가 더 발전된 유도적 읽기(guided reading) 단계에서는 아이가 주도권을 가지고 엄마의 도움을 받으며 읽을 수 있는 상태가 돼요. 이 과정이 진행되다가 타인이 도움 없이 혼자서 읽게 되는 독립적 읽기(independent reading) 단계로 도달하는 것이 읽기의 최종 목표가 됩니다. 아이가 문자를 습득하기 전부터 읽기의 이런 과정들이 차근히 잘 이루어진다면 문자를 습득하면서 더 수월하게 읽기 독립이 이루어질 수 있어요. 함께 읽기나 유도적 읽기 단계에서 단어를 손으로 짚어주거나 짚어보게 하면서 읽으면 문자 습득에 도움이 돼요. 영어 단어를 통문자를 익히는 것과는 별개로 자기도 모르는 사이에 소리와 문자의 관계를 조금이나마 깨우치는 과정을 겪게 되기 때문이에요. 이 연습이 잘 이루어지면 파닉스를 배우고 단어와 문장을 읽을 때 리딩 속도가 놀라울 정도로 발전할 수 있어요.

영어책 읽기의 단계

Read aloud 소리 내어 읽기 ⬇	- 책의 내용보다 아이와의 교감이 가장 왕성해야 하는 단계 - 아이가 읽기에 흥미를 느낄 수 있도록 그림과 내용을 충분히 탐색하고 상호작용해야 함 - 감정을 담아 반복하여 읽어주는 것이 포인트
Shared reading 함께 읽기 ⬇	- 충분히 책에 익숙해졌다면 아이가 조금씩 참여할 수 있도록 유도함 - 아이가 참여하는 과정에서 부담을 갖지 않고 자연스러운 과정이 되도록 하는 것이 중요함
Guided reading 유도적 읽기 ⬇	- 읽기의 주체가 아이가 되는 단계이므로 아이가 자신감을 가지고 읽기를 이끌어 나갈 수 있도록 독려하는 것이 중요 - 문자 습득을 통해 스스로 읽을 수 있는 힘을 기르는 단계
Independent reading 독립적 읽기	- 아이의 성취감을 고취해 주는 칭찬 등으로 스스로 읽기에 가속도가 붙을 수 있도록 격려해 줌 - 픽션과 논픽션 등 다양한 분야의 책을 다독할 수 있게 환경을 마련해 주는 것이 필요함

02

읽기의 땅 고르기

문자 읽기의 시작

파닉스의 의미와 시작 시기

책을 많이 읽다 보면 어느 순간 문자와 소리의 관계를 저절로 터득하거나 통문자로 단어를 인식해서 읽기 시작하는 아이들도 있지만 그렇지 못하는 아이들도 많아요. 아이가 스스로 깨치면 다행이지만 그렇지 못하다면 문자 습득을 일부러 서두를 필요는 없어요. '글자를 빨리 깨치는 것'과 '독서 능력'은 큰 상관이 없기도 하고 늦게 시작해도 인풋만 잘 누적되었다면 언제든지 비약적인 도약이 가능한 영역이 읽기이기 때문입니다. 파닉스(phonics)는 소리와 글자를 조합하여 단어를 읽는 방법을 말하는데, 한글로 치면 자음과 모음을 합쳐 소리 내는 법을 배우는 거예요. 이 시기에 "파닉스는 굳이 안 배워도 된다. 책을 많이 읽어주니까 문자는 저절로 떼더라." 하는 옆집 엄마의 이야기에 마음 흔들릴 필요는 없어요. 음성 인풋이 아무리 충분해도 소리와 문자를 연결하는 과정에서 어려움을 겪는 아이들이 많이 있으니까요. 한글책을 아무리 많이 읽어주어도 통문자 인식이 되지 않으면 자음, 모음부터 배워야 하는 것과 같아요. 저희는 큰아이, 작은아이 둘 다 파닉스로 읽는 법을 배웠어요. 문자를 습득하는 방법의 차이일 뿐이므로 통문자를 인식하지 못한다고 해서 언어적 감각이 부족하다고 좌절할 필요는 없어요. 다만 글자를 저절로 익힌 아이들에 비해 문자를 받아들이는 시간은 더 걸릴 것이므로 인내심을 가지고 응원해 주어야 해요.

아이가 한글을 읽고 쓸 수 있다는 것은 글자 체계의 원리를 이해할 능력을 갖추었다는 뜻이기 때문에 파닉스를 시작해도 무리가 없어요. 그러나 영어책을 빨리 읽히고 싶은 욕심에 때로는 한글도 제대로 되지 않은 아이에게 파닉스를 익히게 하는 일은 지양해야 합니다. 우리 문자를 제대로 익히기도 전에 영어 문자를 먼저 가르치면 아이에게 벅찰 수밖에 없을 거예요. 엉덩이가 가볍고 집중하는 시간이 길지 않은 아이라면 더 많은 시간을 확보해서 서두르지 않게 가는 것이 중요합니다. 문자 언어를 습득하는 과정은 아무래도 '학습'이라는 느낌이 강하게 작용해서 영어에 대한 거부감도 쉽게 생길 수 있기 때문이에요. 영어를 보고 듣고는 재미있게 잘하던 아이들이 읽고 쓰기에 들어가서는 급격하게 흥미를 잃어버리는 일이 많은 것도 이런 이유일 거예요. 그러니 더 신중하게 접근해야겠지요.

파닉스는 단계별로 익힐 수 있는 교재가 시중에 많이 나와 있어서 아이의 습득 속도에 맞추어 진행하면 됩니다. 소리와 문자의 관계를 인식하는 과정이니만큼 CD를 꼭 활용하는 게 좋아요. 파닉스를 익히는 중에도 그림책 읽기를 계속 병행해 주면 그림책에서 파닉스 규칙에 따라 읽어지는 단어를 찾아내는 재미가 있어서 파닉스를 더 즐겁게 배울 수 있습니다.

파닉스 교재

스마트 파닉스

기적의 파닉스

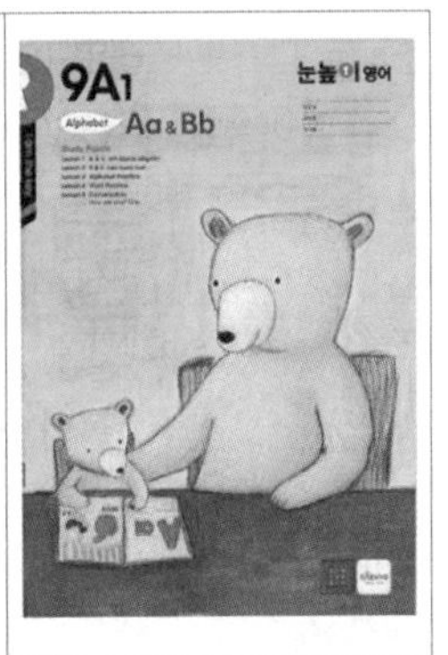

눈높이 영어 파닉스

- 기본적으로 모두 CD, 플래시카드가 포함되어 활용도가 좋음
- 스마트 파닉스는 전 5권 구성으로 파닉스를 천천히 익히기에 좋음
- 기적의 파닉스는 전 3권 구성으로 습득 속도가 빠른 아이에게 추천
- 눈높이는 방문 학습지이지만 파닉스 부분인 8A 과정을 본사를 통해 교재만 사서 엄마표로 활용할 수 있음

사이트 워드 익히기

파닉스 규칙만 배우면 영어책을 술술 읽을 수 있다고 생각하는 사람들이 많지만 실제로는 그렇지 않아요. 영어가 표음문자(말소리를 기호로 나타낸 문자)이긴 해도 표음성(실제 소리와 철자와의 관계)이 그다지 높지 않기 때문에 파닉스 규칙만으로 모든 단어를 읽기는 불가능하기 때문입니다. 글자와 실제 소리가 일치하지 않는 부분이 많다는 뜻이지요. 이 부분은 파닉스를 학습할 때 사이트 워드를 함께 익혀주면 어느 정도 보완이 가능해요. 사이트 워드(sight words)는 눈으로 보면서 바로 읽어야 하는 단어를 말하는데 소리 체계와 상관없이 발음되는 단어들이 많고 글자 모양을 보고 식별해야 해서 통문자와 비슷한 개념으로도 볼 수 있어요. 사이트 워드는 사용 빈도가 굉장히 높은 어휘들이라서 리더스북을 단계별로 진행해 나갈 때 많은 도움이 됩니다. 파닉스와 사이트 워드가 제대로 자리 잡혀 있지 않으면 리더스북 단계는 밑 빠진 독에 물 붓기가 될 확률이 높아져요.

사이트 워드는 목록이 따로 정해진 건 아니지만 가장 잘 알려진 건 돌치(Dolch) 박사님의 돌치 리스트와 프라이(Fry)박사님의 프라이 리스트예요. 사이트 워드는 말 그대로 눈에 익혀야 하는 단어들이니만큼 이 리스트들을 뽑아서 플래시카드로 만들어 활용하면 반복해서 익히기 좋아요. 시중에 나와 있는 사이트 워드 교재들은 '사이트 워드를 보고 읽고 의미'까지 학습하는 형식으로 구성되어 있는데 인풋이 충분한 아이라면 의미를 따로 배울 필요가 없으니 플래시카드로만 익혀도 충분해요. 장난감처럼 바닥에 뿌려놓고 먼저 찾기 놀이를 하는 것도 사이트 워드를 재미있게 익힐 수 있는 좋은 방법이에요. 사이트 워드는 눈에 익어서 자연스럽게 외우게 하는 것이 목적이기 때문에 다양한 놀이를 같이 활용해 주면 재미를 가지고 반복할 수 있어요.

파닉스 · 사이트 워드 관련 자료

sightwords.com	- 사이트 워드 목록 2종류(돌치, 프라이)와 플래시카드를 다운로드할 수 있고 사이트 워드 빙고 게임 자료를 제공함(printable bingo cards) - 반복 사용이 가능하도록 두꺼운 종이에 인쇄하여 활용할 것을 추천
quiz-tree.com	- 레벨별로 사이트 워드가 정리되어 있고 화면을 클릭하면 발음도 들어볼 수 있음 - 돌치 사이트 워드 리스트 다운로드 가능
kizclub.com	- 알파벳부터 파닉스까지 오려서 만들거나 색칠할 수 있는 다양한 활동 자료를 다운로드할 수 있음

파닉스 · 사이트 워드를 익히기 좋은 보드게임

 My First Bananagrams	• 초록 바나나그램스 소문자 - 소문자 타일과 콤보 타일(이중 모음 등)을 조합하여 파닉스 규칙에 맞게 단어를 만들고 읽기 활동을 할 수 있음 - 소리에 맞는 철자 찾기, 단어 만들기, 크로스 퍼즐로 단어 교차시켜 연결하기 등 다양한 놀이로 단어 확장 활동이 가능함
 Sight Words Popcorn Game	• 러닝리소스 팝콘 게임 - 팝콘 통에서 POP이라는 글자를 뽑으면 모았던 사이트 워드 팝콘을 통에 다시 넣는 과정을 통해 반복 읽기가 가능함 - 사이트 워드를 두꺼운 종이 위에 쓰거나 프린트해서 직접 만들어 쓸 수도 있음
 Sight Words SWAT Game	• 러닝리소스 파리채 게임 - 한 사람이 읽으면 다른 사람들이 파리채로 해당 단어를 빨리 찾는 게임으로 아이들과 직접 만들거나 사이트 워드 플래시카드로도 활용할 수 있음 - 파리채 대신 자석에 실을 연결하여 낚시 놀이로도 변형이 가능함
 Zingo Sight Words Zingo Game	• 씽크펀 징고 사이트 워드 - 사이트 워드 조각을 읽고 각자의 보드판에 매칭되는 조각을 먼저 가져오는 형식의 게임이라 빨리 보고 읽어야 해서 사이트 워드의 학습 목적에 충실함 - 사이트 워드 읽기뿐 아니라 그림과 연결도 해야 하므로 의미 인지가 가능함

Murray and Melvin을 읽는 서연이(7살)

The Pie를 읽는 서연이(7살)

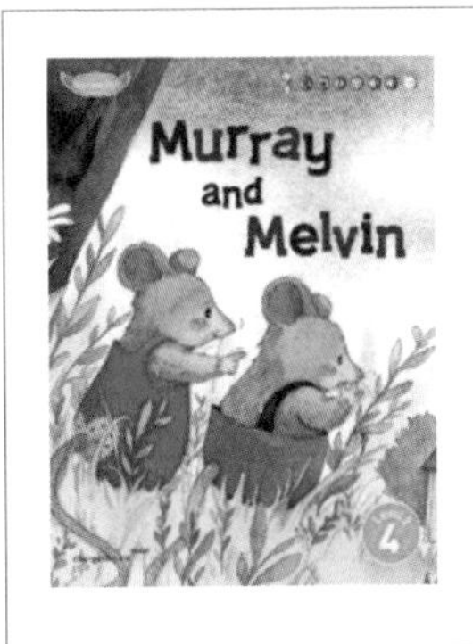

- 어린이집에서 교재로 썼던 '청담 Let me fly'로 파닉스를 익히며 처음 읽기를 시작할 때 활용하기 좋았음
- 3단계로 구성되어 30여 권 정도의 얇은 책과 CD가 함께 구성됨
- 토킹베어펜이 적용되지만 전자펜 음원스티커를 작업하여 기존 펜으로 활용하였음
- 기관용 책이라 개별 구매는 불가하며 중고로 구매하여 활용할 수 있음

03
읽기의 밑돌 놓기

리더스 북

리더스북의 종류와 특징

파닉스와 사이트 워드로 기초를 잡았으면 리더스북을 시작할 차례입니다. 유도적 읽기를 통해 스스로 읽어내는 힘을 기르는 단계이지요. 첫째 아이는 리더스북을 수월하게 읽었지만 둘째 아이는 읽기 속도가 느린 편이었어요. 파닉스를 익힐 때도 그랬고요. 문자 습득이 느리다는 것은 더듬더듬 읽다가 막힘없이 술술 읽어나갈 때까지 걸리는 시간이 길다는 것을 말해요. 문자와 소리와의 관계를 생각해 연결 짓는 과정이 원활하지 않다는 의미이기도 해요. 두 아이를 보면서 똑같은 인풋 환경에 노출되더라도 문자 습득에 있어서는 속도의 차이가 분명히 존재한다는 걸 알게 되었어요. 그렇지만 느린 아이라도 인풋을 꾸준히 해주고 있다면 걱정할 필요는 없어요. 속도에 차이가 있다는 걸 인정하고 천천히 반복하며 읽어가는 연습을 하는 게 중요해요.

리더스북도 종류가 워낙 다양해서 그림책처럼 골라볼 수 있어요. 어느 것이 더 좋고 나쁘다기보다는 장단점이 다를 뿐이므로 아이의 흥미와 취향을 고려해서 고르는 게 좋아요. 특히 책을 볼 때 글씨체나 그림 스타일에 민감한 아이라면 리더스북에서도 선호도가 극명하게 나타날 수 있으니 도서관에 가서 같이 살펴보고 고르는 것도 좋은 방법일 될 수 있어요.

가장 보편적으로 많이 보는 ORT는 리더스북임에도 불구하고 같은 주인공들을 배경으로 한 짤막한 이야기로 구성되어 재미가 보장됩니다. 책이 얇긴 하지만 단계별로 권수가 정말 많아요. 제한된 양과 난이도의 어휘로 짜임새 있는 이야기를 그렇게 많이 구성할 수 있다는 사실에 감탄할 정도였어요. 어떤 리더스북은 이야기라고 하기에는 애매한 문장들이 그냥 나열된 경우도 많아서 반복하기에는 좋지만 지루하다는 단점도 있거든요. 그런 점을 고려한다면 ORT는 다양한 에피소드가 있고 짧은 이야기라도 마지막엔 항상 웃음을 주는 반전 요소가 있어서 재미있게 읽을 수 있는 시리즈임은 틀림없어요. 하지만 리더스북의 종류가 많은 만큼 다른 좋은 시리즈들도 많으니 꼭 ORT만 고집할 필요는 없어요. 같은 주인공들로 이루어지는 일관성 있는 내용 전개를 별로 좋아하지 않는 아이들도 있으니까요. 아이들의 성향에 따라 선호하는 리더스북도 달라서 디즈니를 좋아했던 첫째 아이는 펀투리드를 정말 잘 보았지만 둘째 아이는 창작 동화가 많은 RIY를 참 재미있게 읽었습니다. 영상으로 접해 익숙했던 페파피그 이야기도 여러 권 나와서 더 반가워하며 읽었고요.

리더스북의 종류와 특징 비교

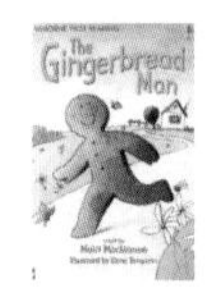 어스본 리딩 Usborne Reading	• very first reading, first reading(1~4단계), young reading(1~3단계)으로 시리즈가 세분화되어 수준별로 레벨업해서 읽기 좋음 • 책 크기가 작고 권수가 많은 편임 • 주로 전래나 명작을 다룬 내용이 많음
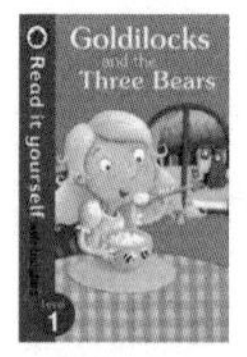 RIY (Read it yourself)	• 이야기 안에 반복되는 문장을 확장하여 읽기 좋게 구성됨 • 그림의 색감이 밝고 선명함 • 페파피그, 피터래빗, 찰리 앤 롤라 같이 인기 있는 애니메이션이 많이 포함되어 있어 영상과 연계해서 볼 수 있음 • 재미있는 창작 동화가 많고 윗 단계에서는 논픽션도 많음
 스텝인투리딩 Step into Reading	• 글씨 크기가 큼 • 픽션(전래, 명작)과 논픽션(과학, 역사, 인물)이 골고루 섞임 • 역사적 비화 등 아이들이 흥미를 느낄 만한 다양한 주제가 많음 • 같은 단계 내에서 책의 난이도가 균일하고 디즈니도 많이 섞여 있어 골라 보기 좋음 • 3단계에서 논픽션 책의 비중이 높음

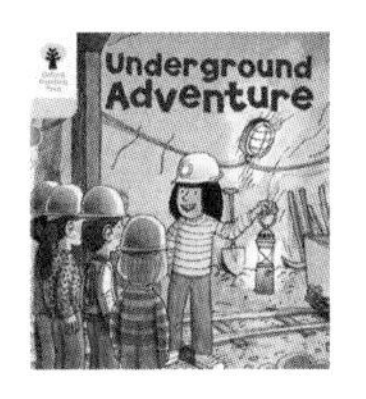 ORT (Oxford Reading Tree)	• 영국식 단어 표기 (mom→mum, color→colour, trash→rubbish) • 짧은 스토리 안에 유머, 재미, 갈등 요소를 자연스럽게 다룸 • 세분화된 단계 구분으로 충실한 연습과 점진적 레벨업이 가능 • 전자펜이 되는 리더스북이라는 게 큰 장점이지만 가격이 비싸다는 게 단점
 **펀투리드** Fun to Read	• 이야기마다 서로 다른 캐릭터 이름이 많이 나와서 읽기에 어려움으로 작용함 • 디즈니 영화와 동일한 그림으로 되어있어 색감이 선명하고 종이 질이 좋음 • 단계별로 책의 난이도 차이가 큰 것이 단점 • 디즈니 덕후라면 믿고 볼만하나 잘 모르는 이야기도 많으므로 좋아하는 편만 골라서 보는 것도 방법임

리더스북을 읽는 방법

리더스북을 읽을 때는 정독으로 소리 내어 읽는 방법을 추천해요. 소리를 내어 읽으면 발음을 몰랐던 단어를 확인할 수도 있고 눈, 입, 귀가 동시에 자극되어 습득에 훨씬 효과적이기 때문이에요. 문자를 습득한 뒤 읽기가 불안정한 상태에서 눈으로만 읽으면 무의식적으로 지나치는 낱말들이 생길 수 있지만 소리를 내어 읽으면 정독할 수밖에 없어서 읽기의 집중력도 크게 높아집니다. 또 습득한 단어와 표현을 입 밖으로 내뱉는 연습을 하면서 아웃풋으로 연결되는 과정을 의도적으로 유도할 수 있어요. 리더스북이 충분히 정착된 단계가 되면 읽기의 집중력이 강화되어 묵독(소리를 내지 않고 읽음)만으로도 습득의 효과를 얻을 수 있어요.

리더스북은 읽기 연습을 위한 목적의 책인 만큼 한 가지 종류를 마르고 닳도록 보기보다는 다양한 시리즈를 접해보는 것이 좋아요. 종류도 많고 책마다 다루는 내용과 어휘도 다르니까요. 이 단계를 탄탄히 다지지 않고 스스로 읽어내는 힘을 제대로 갖추지 않은 채 챕터북에 진입하면 다시 리더스북으로 돌아가는 일이 생기기도 해요. 그러면 아이의 심리가 위축될 가능성이 크기 때문에 리더스북을 단계별로 충분히 다지면서 읽는 연습을 해야 해요.

리더스북이 읽기를 위한 연습용 책이라고는 하지만 그림책과 분명히 구별 지을 필요는 없어요. 리더스북으로 읽기를 연습하는 단계에서 이전에 소리와 그림의 도움을 받아 읽던 그림책을 다시 꺼내 읽어보는 것도 효과가 좋았어요. 외워서 읽거나 그림을 보며 말하던 책이었는데 이제는 문자를 인식해서 읽는다면 아이에게는 또 다른 성취 경험이 될 테니까요. 그림책의 시작 단계에서 보았던 노부영 책부터 시작해 보면 더 쉽고 재미있을 거예요. 엄마 무릎에 앉아서 듣던 책을 이제 스스로 읽을 수 있게 되었다는 성취감은 아이가 읽기를 지속하게 해 줄 힘이 될지도 모릅니다.

ORT 6단계(The laughing princess) 서진이(7살)

Fun to read 3단계(Beyond the tower) 서연이(7살)

Fun to read 3단계(Cinderella) 서연이(7살)

듣기와 항상 함께하는 읽기

아이에게 그림책을 읽어줄 때부터 오디오북 음원을 많이 활용하라고 했는데 리더스북 단계에서도 음원 활용은 절대적으로 필요해요. 아이가 한글을 익혀 읽기 독립이 되었다고 해서 무조건 혼자 읽으라고 하는 것보다 엄마가 책을 읽어주는 것을 저학년 때까지는 적절히 유지해 주면 독서력을 끌어올리는 데 훨씬 도움이 된다고 알려져 있어요. 책의 내용에 대한 이해력이 더 높아지기도 하고 책과 친해지는 기회가 더 생기는 시간이기도 하니까요. 내가 소리 내어 읽을 수 있는 것과 자연스러운 흐름으로 읽어주는 소리를 드는 것은 달라요. 아이가 눈높이에 맞는 쉬운 단계의 리더스북부터 천천히 읽어나가야 하는 이유는 결국 읽기 능력을 키우기 위함인데, 이때 듣는 것과 읽는 것을 분리하지 않고 통합하면 읽기 능력을 더 효율적으로 끌어올릴 수 있어요. 큰아이가 리딩 실력을 단기간에 끌어올릴 수 있었던 비결도 항상 오디오북 음원을 활용한 덕분이거든요. 읽고 듣고, 듣고 읽고를 반복하는 사이 읽기 실력은 꾸준히 상승할 수밖에 없어요. 듣기와 읽기를 따로따로 생각할 것이 아니라 눈으로 보는 텍스트를 오디오북으로 듣고, 들은 내용을 눈으로도 확인하여 읽어보는 과정을 통해 읽기와 듣기가 항상 함께 이루어질 수 있도록 해주세요.

온라인 영어 독서 프로그램

수준에 맞는 다양한 책을 매번 빌리는 일은 쉬운 일이 아니에요. 상황에 따라 도서관에 가지 못할 때도 있고요. 그럴 때 온라인 영어 독서 프로그램을 이용하면 집에서도 손쉽게 책을 볼 수 있어요. 책을 고르고 빌리고 사야 하는 수고로움을 한 방에 해결해 주는 획기적인 방법이지요. 온라인으로 전자책을 볼 수 있는 영어도서관이라고 생각하면 되는데 아이에게 맞는 수준에서 좋아하는 주제를 마음대로 골라 읽을 수 있어서 다양한 원서를 다독할 수 있다는 게 가장 큰 장점이에요. 취향에 따라 종이책을 더 선호하는 아이도 있으니 무턱대고 신청하기보다는 무료 체험 기간을 이용해 보는 것을 추천해요.

리더스북 단계의 책은 전자펜이 적용되지 않는 경우가 많은데 이런 프로그램을 이용하면 읽어주는 소리를 먼저 듣고 따라 할 수도 있어서 더 낮은 수준의 단계에서부터 읽기를 시작할 수 있습니다. 읽지 못하는 단어를 클릭하면 바로 들을 수 있어서 아이가 부담을 덜 느끼며 책을 볼 수 있어요. 파닉스와 사이트 워드를 배웠더라도 문자 언어 인식이 더딘 아이는 읽지 못하는 낱말이 많아 난관에 부딪히게 되는데 전자책의 이 기능으로 도움을 받을 수 있어요. 내용을 먼저 듣고 따라 읽는 방식으로 책을 보면 아주 유용하거든요. 그러다가 소리의 도움을 조금씩 줄여가며 읽기 독립을 할 수 있게 되는 거죠.

대표적인 온라인 영어도서관 두 곳은 리딩게이트와 라즈키즈입니다. 두 곳 모두 알파벳과 파닉스 단계에서부터 높은 수준의 책까지 다루고 있어서 수준이 다른 두 아이가 함께 이용할 수 있었고 책 내용에 대한 이해도를 퀴즈로 풀 수 있어서 리딩 단계를 결정하는데도 도움이 되었어요. 정답률이 높으면 읽던 단계 그대로 계속 진행하고 낮으면 더 쉬운 단계로 내려가는 식의 지표로 활용하는 것이지요.

리딩게이트는 학교에서 기관 회원으로 가입하여 무료로 이용할 수 있었는데 아이가 평소에 보던 영어책도 꽤 많이 포함되어 있어서 반가워하며 잘 보았어요. 한글책으로 읽었던 창작 동화가 영어로 번역되어 실려 있기도 할 만큼 수록된 도서의 양이 방대하다는 것이 리딩게이트의 가장 큰 장점이라고 생각해요. 실제로 아이가 리딩게이트에서 읽었던 책과 똑같은 한글책을 학교 도서관에서 찾았다며 빌려온 적도 있었어요.

라즈키즈는 시중에 출판된 책을 포함하고 있지는 않았어요. 그림은 별로 없고 대부분이 사진으로 되어 있긴 하나 선명하고 사실적이어서 글의 내용을 직관적으로 파악하기 쉬웠어요. 그림책이나 리더스북은 보통 이야기 글이 많지만 라즈키즈에서는 논픽션 책을 많이 볼 수 있는 게 장점이었어요.

꼭 리더스북 단계가 아니라도 이 프로그램들을 활용할 수 있어요. 작은아이는 문자를 인식하기 전에 그림책을 보던 단계에서 논픽션 분야의 읽기를 접해줄 목적으로 라즈키즈를 쓰기도 했습니다. 자동으로 읽어주는 기능을 듣고 그림을 보면서 말하는 방식으로 읽었지요. 아주 쉬운 단계의 짧은 이야기부터 어려운 단계까지 글을 제공하고 있어서 단계에 맞게 활용하기 좋았어요.

문자 습득 이전 전자책을 보는 서진이(4살)

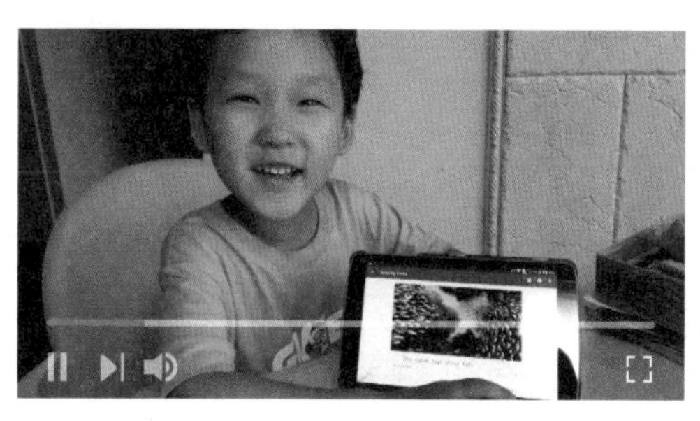

문자 습득 이전 전자책을 보는 서진이(5살)

온라인 영어 독서 프로그램을 이용하면 도서관에 가는 수고를 줄일 수 있어서 편한 점도 있지만 개인적으로 전자책만 보는 것보다는 종이책을 병행해서 보는 것이 더 바람직하다고 생각해요. 화면에만 집중하는 것보다는 종이책을 넘기면서 보는 습관도 아이들에게는 필요할 테니까요. 스마트폰만큼 강한 자극은 아니지만 그래도 스마트기기에 너무 익숙해지면 종이책을 멀리하게 될 수도 있으니 주의가 필요해요. 각각의 장단점을 살펴보고 종이책과 전자책을 상호 보완적으로 활용하는 것이 제일 바람직한 방법일 거예요.

온라인 영어 독서 프로그램 비교

 리딩게이트	• 한글로 번역된 책의 원서도 많아서 발견하는 재미가 있음 • 유명한 챕터북이 많아서 독후활동만 이용할 수도 있음 (온·오프라인 책 읽기 연계 가능) • 애니메이션 형태의 movie book도 있음 • 영어독서왕 선발대회 같은 자체 이벤트가 있어서 성취 동기를 고취하기 좋음 • 라즈키즈에 비해 비싼 가격이 단점
 라즈키즈	• 연간 3만 원대로 부담 없는 가격이 큰 장점 • 기존에 출판된 도서가 아닌 자체 원서를 이북(e-book)으로 제공함 • 이야기의 내용이 단조로운 편임 • 그림보다는 대부분 사진으로 구성되어 있고 사진의 퀄리티가 좋음 • 논픽션 책이 많아서 균형 있는 독서에 도움이 됨

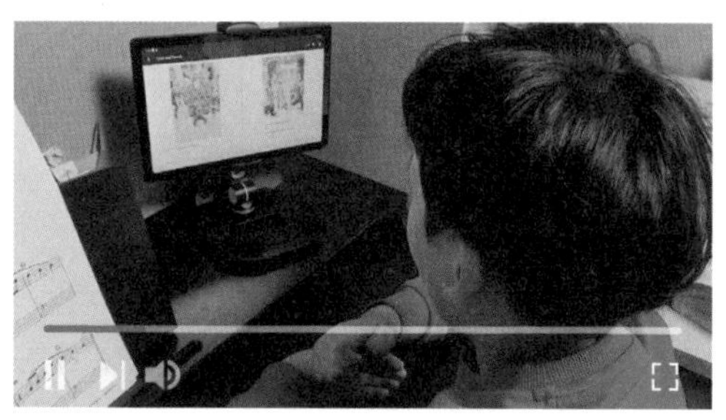

문자 습득 이후 전자책을 읽는 서진이(8살)

문자 습득 이후 전자책을 읽는 서진이(8살)

서연, 서진이의 testimony

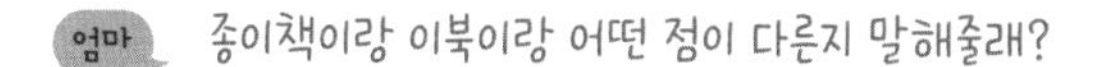

엄마 종이책이랑 이북이랑 어떤 점이 다른지 말해줄래?

서진 라즈키즈는 모르는 단어가 나오면 눌러서 바로 발음을 들을 수 있는 게 좋아요. 그리고 하다가 너무 어려우면 밑에 단계로 다시 내려가서 하면 되는 것도 좋아요. 그리고 여기 사진이 obvious(눈으로 보거나 이해하기에 분명한)라서 알아보기 쉬워요.

엄마 그럼 이북이 안 좋았던 점은 뭐야?

서연 한번 듣고 나서 읽으니까 서진이가 자꾸 외워서 말하는 적도 있어요. 글자를 안 보고 내용을 외워서 말하게 되는 건 이북의 단점인 것 같아요. 저는 종이책이 더 좋아요. 화장실 갈 때도 들고 갈 수 있고 가벼워서 어디든지 들고 다니면서 볼 수 있잖아요.

04
읽기의 기둥 세우기

챕터북

AR 지수와 챕터북 고르기

챕터북을 고를 때 영어 읽기 능력 레벨을 판단하는 잣대로 가장 널리 쓰이는 것은 AR 지수입니다. AR 지수는 미국의 르네상스 러닝이라는 회사에서 개발한 독서 학습 관리 프로그램인 AR(Accelerated Reader)에서 제공하는 북 레벨로 K부터 13까지 총 14단계로 나누어져 있어요. K는 유치원(kindergarten), 1은 초등 1학년, 2는 초등 2학년의 수준을 의미하는데 더 자세히 보면 AR 3.4를 초등학교 3학년 4개월 차의 학생이 읽을 수 있는 레벨이라는 뜻으로 해석할 수 있어요. 도서의 난이도를 미국 원어민 기준 학년으로 표시한 방식이라 상당히 직관적이지요. 미국의 전체 학교 절반 이상이 사용하는 프로그램이라고 하니 믿을 수 있기도 하고요. 영어도서관에 가면 주제별로 분류된 책들도 많지만, 챕터북은 거의 AR 지수별로 분류되어 있어 수준에 따라 골라보기 편리하답니다.

AR 테스트를 무료로 받을 수 있는 영어도서관이 많아요. 근처에 공립 영어도서관이 없다면 영어도서관이라고 적힌 사설 학원에서 유료로 이용할 수도 있어요. 결과지에서 G.E.라고 적힌 부분을 AR 지수로 생각하면 되는데 이걸 너무 맹신할 필요는 없다고 생각해요. 큰아이가 2학년 때 영어도서관에서 받았던 결과지를 보면 G.E. 5.6으로 나와 있지만 실제로는 3점대의 책을 재미있게 읽는 수준이었거든요. 아마 글을 읽고 의미를 파악하는 퀴즈를 잘 풀어서 결과가 높게 나왔던 것 같은데 그렇다고 5점대의 책을 잘 이해하고 읽을 수준은 절대 아니었어요. AR 테스트 결과는 하나의 참고자료라고 생각하고 아이가 흥미에 맞는 책을 골라 읽도록 하는 것이 제일 좋은 방법이에요.

AR 테스트 결과와 마찬가지로 추천 도서 목록도 힌트만 받는다고 생각하는 게 좋아요. 아이가 좋아하고 관심 가지는 책을 찾는 게 제일 어려운 숙제거든요. 아이의 성향에 맞아떨어져 푹 빠져 읽을 수 있는 챕터북 몇 세트만 만나도 이 단계는 성공입니다. 읽기만이 아니라 모든 일

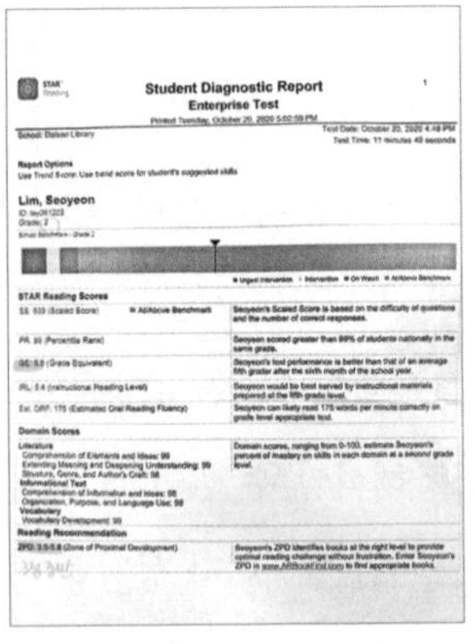
STAR Reading

Student Diagnostic Report
Enterprise Test

Test Time: 11 minutes 49 seconds

Report Options

Lim, Seoyeon

Grade: 2

STAR Reading Scores

At/Above Benchmark	Seoyeon's Scaled Score is based on the difficulty of questions and the number of correct responses.
PR: 99 (Percentile Rank)	Seoyeon scored greater than 99% of students nationally in the same grade.
GE: 5.6 (Grade Equivalent)	Seoyeon's test performance is better than that of an average fifth grader after the sixth month of the school year.
IRL: 5.4 (Instructional Reading Level)	Seoyeon would be best served by instructional materials prepared at the fifth grade level.
Est. ORF: 175 (Estimated Oral Reading Fluency)	Seoyeon can likely read 175 words per minute correctly on grade level appropriate text.

Domain Scores

Literature
Comprehension of Elements and Ideas: 99
Extending Meaning and Deepening Understanding: 99
Structure, Genre, and Author's Craft: 98
Informational Text
Comprehension of Information and Ideas: 98
Organization, Purpose, and Language Use: 98
Vocabulary
Vocabulary Development: 99

Domain scores, ranging from 0-100, estimate Seoyeon's percent of mastery on skills in each domain at a second grade level.

Reading Recommendation

ZPD: 3.5-5.6 (Zone of Proximal Development) — Seoyeon's ZPD identifies books at the right level to provide optimal reading challenge without frustration. Enter Seoyeon's ZPD in www.ARBookFind.com to find appropriate books.

서연이의 AR 테스트 결과지

에서 '좋아서 하는 것'이 중요한 이유는 자기 주도가 되기 때문일 거예요. 아무리 강요한들 자기 주도로 하는 일보다 잘할 수 있을까요? 좋아서 보는 챕터북이라면 실력 상승은 시간문제입니다. 계속 강조하지만, 첫 번째가 흥미이고 난이도는 그다음이에요. 난이도를 무시해도 상관없다는 말이 아니라 흥미에 더 무게를 두어야 한다는 의미예요. 책에 아이를 맞추려 하지 말고 아이에게 책을 맞추려는 노력이 필요해요.

그러면 아이가 좋아하는 책을 어떻게 찾아야 할까요? 저는 영어도서관에 혼자도 많이 갔지만 아이들도 자주 데리고 다녔어요. 책을 둘러볼 기회를 주기 위해서였어요. 사실 서점에서는 챕터북을 찾기 힘들어서 오프라인으로 책을 볼 수 있는 곳은 도서관밖에 없더라고요. 영어도서관은 AR 지수에 맞게 책을 골라볼 수 있는 장점이 있지만 인기가 있는 책들은 대출 중인 때가 많아 불편함이 있긴 해요. 그래서 아이가 좋아하고 자주 볼 책은 사서 두고 보는 게 편하지만 무턱대고 살 수는 없으니 도서관에서 맛보기용 책을 빌려 본다고 생각하고 데리고 다녔어요. 챕터북은 같은 등장인물과 배경에서 이루어지는 이야기지만 각각의 내용이 연결되는 건 아니라서 1권부터 차례대로 읽을 필요는 없어요. 시리즈의 아무 책이나 빌려 봐도 상관이 없는 거죠.

원서를 구매할 때는 대형 서점보다는 원서만 전문으로 취급하는 온라인 서점을 이용하는 편이 더 저렴하고 책의 종류도 더 많아요.

웬디북, 동방북스, 키즈북세종 등의 사이트에 들어가면 난이도별 추천 도서를 참고할 수 있고 창고정리 등으로 할인하는 기간을 이용해 책을 싸게 살 수도 있습니다. 처음 온라인 원서 서점에 접속하면 방대한 양의 책과 추천 목록에 놀라고 압도될 거예요. 저도 그랬거든요. 하지만 차근차근 단계를 밟아가다 보면 어느새 익숙한 책들이 눈에 들어오기 시작하고 내 아이에게 맞는 책을 고르는 요령도 생기는 시기가 와요. 시간이 날 때마다 한 번씩 훑어보면 인기 있는 원서의 종류나 특징을 파악하는 데도 도움이 됩니다.

오디오북 음원으로 챕터북 시작하기

챕터북을 읽을 때는 소리 내어 음독(oral reading)했던 리더스북과는 달리 묵독(silent reading)을 하는 것이 좋아요. 리더스북을 소리 내어서 글자 단위로 읽었다면 묵독은 문장 단위 또는 의미 위주의 읽기라고 할 수 있어요. 눈으로만 글을 읽기 때문에 집중하는 게 훈련되면 읽는 속도를 붙이기도 쉽고 더욱 많은 책, 다양한 책을 읽을 수 있다는 장점이 있어요. 내용을 생각하며 읽을 수 있어서 글을 읽는 재미가 더 커지기도 하고요. 아웃풋이 잘 나오지 않는 아이라면 들으면서 동시에 따라 읽기(쉐도잉)를 연습하면 효과를 볼 수 있어요. 쉐도잉이 책을 읽기 위해 꼭 필요한 과정인 것은 아니지만 쉐도잉을 하면서 듣기를 하면 좀 더 능동적인 듣기가 가능해지고 원어민의 발음과 억양을 익힐 수 있다는 장점도 있거든요. 듣기와 읽기 실력은 아주 높은데 아웃풋이 부족하다고 판단되는 아이라면 쉐도잉을 시도해 볼 것을 추천해요.

챕터북 읽기를 처음 시작하는 방법은 크게 세 가지로 볼 수 있는데 오디오북 음원으로 전체를 먼저 다 들은 후에 읽기, 음원을 챕터별로 나누어 들으면서 중간중간 읽기, 음원 없이 그냥 읽고 필요할 때 선택적으로 음원을 활용하는 방법이에요.

첫 번째로 전체 음원을 다 듣고 책을 읽는 경우라면 음원을 들으면서 눈은 책을 따라가는 연습을 하기도 하는데 이런 걸 '집중 듣기'라고 해요. 소리와 문자를 동시에 연결하는 연습을 하는 것이죠. 사람에 따라 집중 듣기를 여러 번 연습하는 게 효과적인 경우도 있어요. 처음에는 눈이 문자를 따라가는 속도보다 음원의 속도가 빨라서 읽기가 버겁기도 하지만 이 과정이 익숙해질수록 눈이 문자를 따라가는 속도가 점점 빨라지면서 어느 순간 음원이 읽어주는 속도를 넘어서게 될 때가 와요. 그러면 음원의 속도를 기다리기가 힘들고 그냥 눈으로 읽는 게 더 편해지면서 자연스럽게 실력 상승을 경험하게 되지요.

두 번째로 음원을 챕터별로 나누어 들으면서 중간중간 눈으로 책을 읽는 방법은 집중 듣기와 읽기를 동시에 진행하는 것입니다. 챕터북에 대한 부담감이 높거나 호흡이 긴 책을 힘들어하는 엉덩이가 가벼운 아이들에게 잘 맞아요. 혼자서 해낼 자신이 없어하거나 영어책 읽기를 주저하는 경우 한 챕터씩 듣고 나서 읽는 방식은 아이의 심리적 부담감을 크게 덜어줄 수 있어요. 시간을 두고 서서히 읽는 양을 늘려가면 아이도 힘들지 않게 따라올 수 있을 거예요. 무조건 듣고 읽는 순서를 반복하기보다는, 어떨 때는 음원을 듣지 않고 한 번 읽어보는 식으로 융통성 있게 진행하다 보면 실력 향상에 도움이 될 거예요.

세 번째 방법은 음원을 선택적으로 활용하는 것입니다. 챕터북 읽기에 두려움이나 거부감이 없고 문자 인식 속도가 빠른 아이들이 그냥 읽다가 필요한 경우에만 음원의 도움을 받는 것이지요. 챕터북을 읽을 때 어떤 방법을 택하든지 간에 아이가 부담감 없이 꾸준히 읽을 수 있도록 세심하게 살펴주어야 해요.

개인적으로 챕터북을 읽을 때는 오디오북 음원을 꼭 활용할 것을 추천합니다. 음원 덕분에 책에 대한 흥미도 훨씬 높아지기도 하고 영상으로는 접하기 힘든 좋은 문장들을 많이 들을 수 있기도 해요. 전문 성우들이 읽어주는 것이니 정확한 발음과 억양을 습득할 수 있는 것은 두말하면 잔소리겠죠. 엄마표 영어로 꾸준히 귀가 훈련된 아이들은 음원의 영향을 많이 받을 수밖에 없는 것 같아요. 아이들이 챕터북을 읽는 과정을 보면서 오디오북 음원의 질이 좋은 책일수록 흡인력도 더 크다는 걸 많이 느꼈습니다. 읽기를 마무리했던 책이라도 음원이 재미있고 좋으면 책을 반복해서 집어 드는 경우가 많았거든요. 반대로 따분하고 지루한 음원은 책에 대한 흥미도를 떨어뜨릴 확률이 높아요. 음원을 다시 들으려고 하지 않으니 책을 다시 읽을 일도 잘 없겠죠. 오디오북 음원이 실감 나는 챕터북들의 공통점은 성우의 목소리가 주인공의 성격과 분위기를 찰떡같이 표현해 주어 이야기에 빠져들게 도와준다는 점이에요. 호흡이 긴 챕터북의 특징을 생각하면 음원의 퀄리티가 이야기의 몰입도에 영향을 미치는 건 당연해요. 음원이 별로라면 이야기를 듣다가도 책을 읽고 싶은 마음이 달아나 버리기도 하니까요.

오디오북 음원이 좋은 챕터북

Nate the Great	비록 꼬마 탐정이지만 네이트의 결연한 의지를 나타내주는 목소리가 귀엽고 웃기면서도 진지해서 몰입도를 높여줘요.
Junie B. Jones	어린 주니비의 엉뚱하고 밝은 성격이 목소리에 잘 나타나며 리듬감과 속도감이 살아있어서 이야기에 빠져들게 하는 일등 공신 역할을 해요.
My Weird School	장난꾸러기 주인공 A.J.의 성격이 음원에 잘 녹아 있어 유쾌하게 들을 수 있고 아이 입장에서 학교생활을 바라보게 돼요.
Judy Moody	감정을 솔직하게 표현하는 주디의 톡톡 튀는 성격이 생동감 있게 표현되며 실감 나는 목소리 때문에 주디가 더 친근하게 느껴져요.
Horrid Henry	호기심쟁이에다 장난기 많고 사고뭉치인 헨리의 성격과 감정이 목소리에 잘 표현되어 있고 영국식 발음을 접하기에도 좋아요.
Dork Diary	사춘기 소녀의 까칠하면서도 감성적인 정서가 음원에 잘 나타나 이야기 몰입도를 높여줘요.
Diary of Wimpy Kid	실생활에서 쓰는 좋은 표현들이 많고 하는 일마다 꼬이는 사춘기 소년의 감정 흐름이 목소리에 잘 배어있어요.
Storey Treehouse	일에 대한 자세한 상황 설명과 효과음까지 있어 흥미진진하며 드라마틱한 음원으로 아이들이 지루할 틈 없이 좋아해요.
Geronimo Stilton	유머러스하면서도 열정을 지닌 제로니모의 성격이 음원에 잘 드러나며 소리의 높낮이, 속도 등으로 에피소드의 클라이맥스를 잘 살려줘요.

챕터북 빌드업하기

챕터북 단계가 어느 정도 진행되면 완전히 독립적인 의미의 읽기가 시작되었다는 뜻이므로 아이의 입맛에 맞는 책을 고르는 일이 더욱 중요해집니다. 리더스북의 높은 단계 책을 잘 읽어낸 아이라도 일단 챕터북을 만나면 당황하기 쉬워요. 챕터북은 그림책이나 리더스북처럼 시각적인 힌트가 없어서 아이의 시선에서는 부담스럽게 느껴질 수 있어요. 그래서 시작할 때 진입 장벽도 더 높답니다.

누가 봐도 호감이 가지 않는 종이의 질과 글밥, 그림도 거의 없는 책을 읽어낸다는 건 아이에게 큰 도전일 거예요. 그러니 조바심 내지 않고 차근히 빌드업하는 전략이 필요해요. '하루에 한 챕터씩 읽기'처럼 목표를 작게 정해서 실천하면 아이에게 성취감을 느끼게 할 수 있고 부담도 줄일 수 있어요. 한 챕터가 힘들면 반 챕터 혹은 그보다 더 작게 목표를 정하세요. 아이가 부담을 느끼지 않고 읽을 수 있을 정도로요. 다만 매일 조금씩이라도 꾸준하게 이어 나가는 원칙은 지키는 것이 좋아요. 제가 느끼기에 챕터북은 첫 장(chapter)의 장벽을 잘 넘기고, 그다음엔 첫 권(volume)의 장벽을 무사히 넘기면 이후부터는 점점 수월해지는 것 같아요. 매일 조금씩이라도 읽는 습관을 키워가다 보면 굳이 양을 늘리지 않아도 아이가 먼저 더 읽겠다고 하는 날이 자연스럽게 올 거예요.

챕터북도 그림책이나 리더스북과 마찬가지로 아이의 취향을 잘 고려해서 좋아할 만한 책을 추천하는 것이 기본입니다. 인기 있는 책들은 비슷한 시리즈로 나오는 경우도 많아서 아이가 재미있게 읽었다면 연결된 다른 시리즈들을 공략하는 방법도 좋아요. 예를 들어 Judy Moody 시리즈를 재미있게 읽었다면 주인공의 남동생 이야기 Stink 시리즈를 권하는 거예요. 이야기의 기본 배경이 같아서 내용 파악에도 도움이 되고 더 쉽게 읽힌다는 장점이 있어요. A to Z Mysteries를 흥미롭게 읽은 아이라면 같은 작가의 탐정물인 Calendar Mysteries나 Capital Mysteries도 잘 볼 확률이 높아요. 주제를 연결 짓거나 비슷한 느낌의 책으로 챕터북의 성공 가능성을 높여주세요.

아서 시리즈

		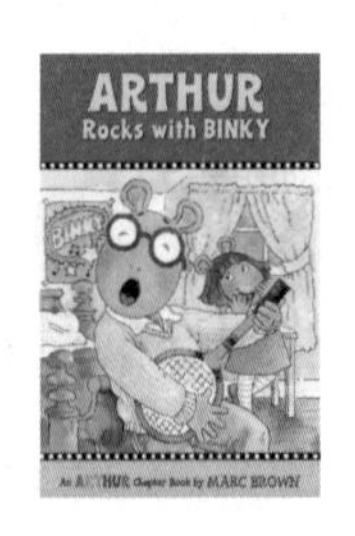
Arthur starter(그림책)	Arthur adventure(그림책)	Arthur chapter book

▶ 북미권 초등학생들의 일상과 문화를 엿볼 수 있는 책으로 영상도 같이 볼 수 있어요. 친구들과 함께 문제를 해결해 가는 과정, 가족 간의 사랑 등 다양한 소재를 다루어서 아이들이 정말 좋아했어요.

Arthur adventure(Arthur's eyes) 서연이(8살)

Arthur adventure(Arthur's chicken pox) 서연이(7살)

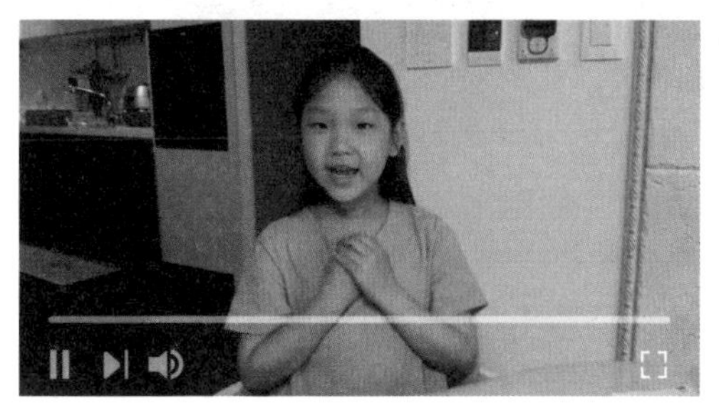

Arthur and the mystery of the stolen bike(**챕터북**) 서연이(8살)

매직 트리 하우스 시리즈

<table>
<tr>
<td>
</td>
<td>
</td>
<td>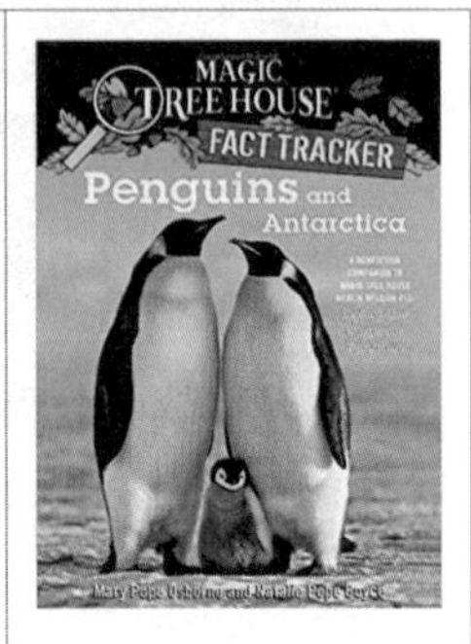
</td>
</tr>
<tr>
<td>Magic Tree House</td>
<td>Magic Tree House Merlin Mission</td>
<td>Magic Tree House Fact Tracker(논픽션)</td>
</tr>
<tr>
<td colspan="3">▶ 시공간을 넘나드는 판타지이기도 하면서 역사, 과학, 상식 등 다양한 장르를 아우르는 최고의 책이에요. 픽션임에도 논픽션 소재들이 숨어있어서 주인공들의 여행을 따라다니며 세계의 역사와 문화 등 알게 되는 것이 많아지고 교육적으로 매우 유익해요. 초등 저, 중학년 학생들에게 '마법의 시간 여행'이라는 번역판이 인기가 많아요.</td>
</tr>
</table>

Magic tree house Sunset of the Sabertooth 서진이(8살)

주디무디 시리즈

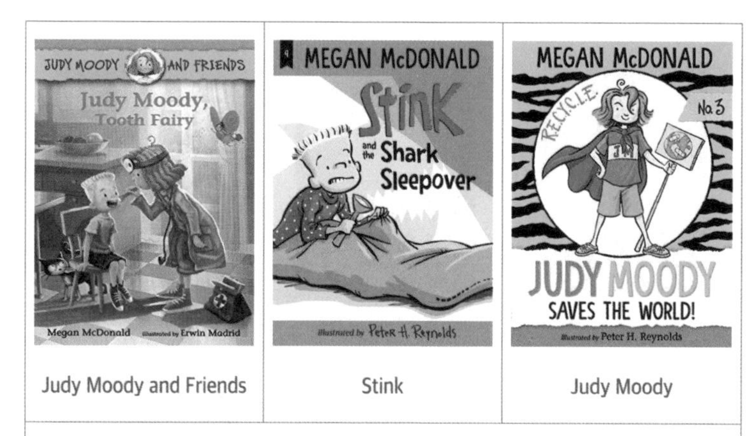

Judy Moody and Friends	Stink	Judy Moody
▶ 천방지축이고 엉뚱하기도 하지만 마음은 따뜻한 주디가 성장해 가는 과정이 재미있게 그려져 있어요. 누나와 남동생이라는 주인공들의 가정환경이 저희 아이들과 비슷해서 특히 공감하며 봤어요. 이 책을 읽고 주인공들에게 전하는 이야기를 영어 말하기 대회에서 발표하고 수상하기도 했어요.		

Judy Moody 서연이(8살)

마이 위어드 스쿨 시리즈

My weird School

My Weirder School

My weirdest School

My Weirder-est School

My weird School Daze

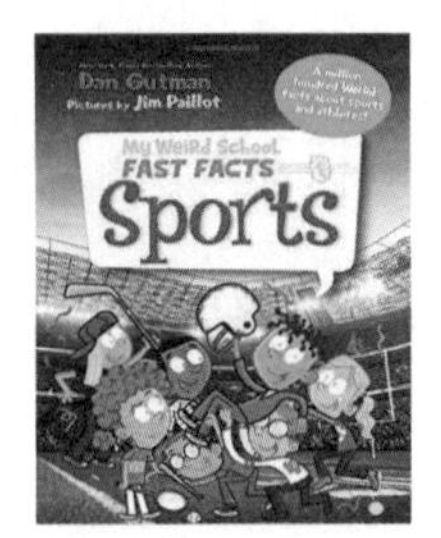

My Weird School Fast Facts(논픽션)

Ron Roy 작가의 미스터리 시리즈

Calendar Mysteries

A to Z Mysteries

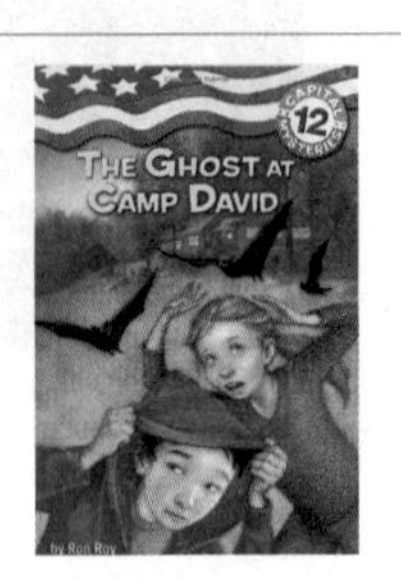

Capital Mysteries

아이가 좋아하는 장르나 주제를 파악하여 접근하는 것도 좋은 방법이에요. 성별, 장르, 캐릭터 구성, 이야기의 분위기에 따라 선호하는 책의 종류가 달라지는 경향은 그림책이나 리더스북보다 챕터북에서 더 두드러지게 나타나요. 아이가 흥미를 느낄만한 요소를 파악하여 즐길 수 있는 책을 고도록 도와주는 노력이 필요한 이유이지요. 웃기고 재미있는 스토리를 좋아하는 성향이라면 코믹 장르의 책, 공주에 푹 빠져있는 아이라면 공주 캐릭터가 등장하는 책, 판타지나 모험을 좋아한다면 신나는 이야기가 담긴 책을 도전해 보세요. 제일 좋은 방법은 아이가 도서관에서 자신이 읽을 책을 직접 고르는 거예요. 하지만 그림이 없는 책을 훑어보고 표지만으로 내용을 짐작하여 판단하는 게 쉬운 일이 아니기 때문에 엄마가 정보를 가지고 함께 해주면 성공 확률을 높일 수 있어요.

모험, 판타지

The Zack Files

Katie Kazoo

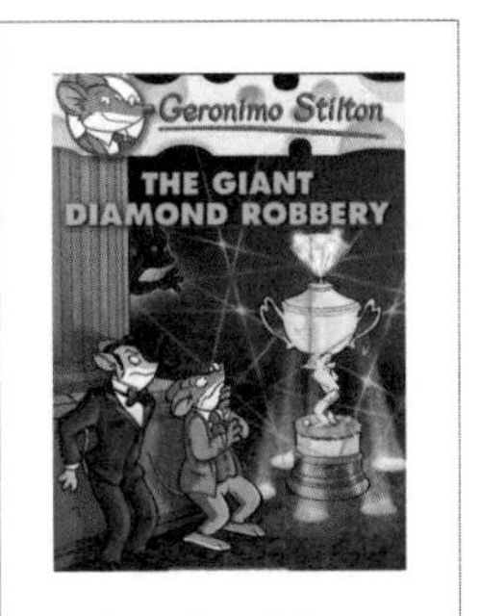

Geronimo Stilton

추리, 탐정

			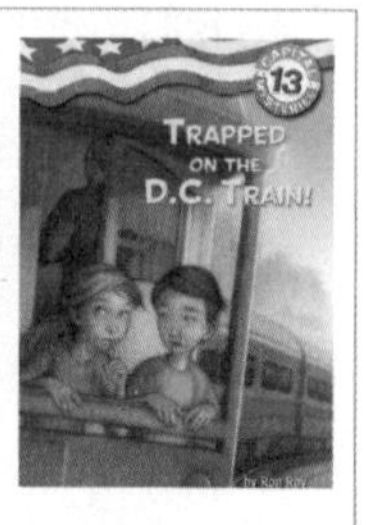
Nate the great	A to Z Mysteries	Calendar Mysteries	Capital Mysteries

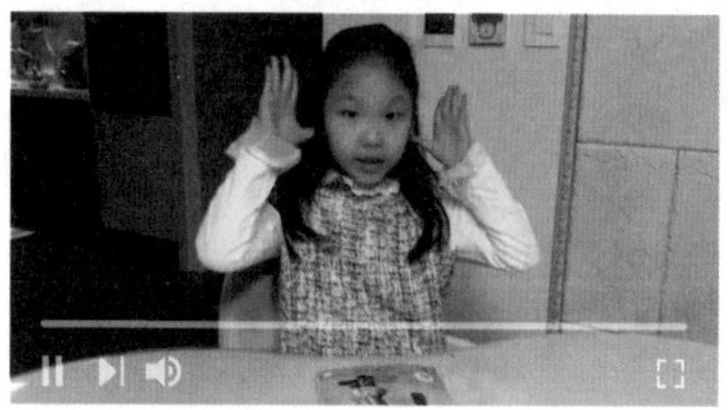

Nate the Great 서연이(8살)

코믹, 유머

			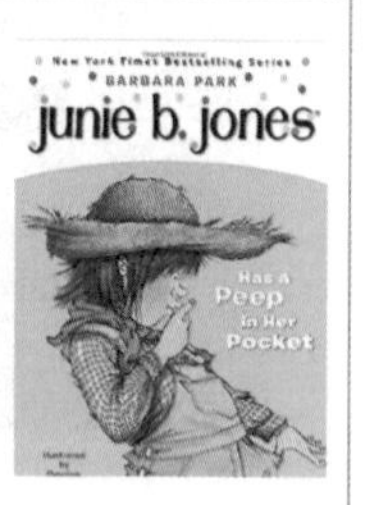
Wayside School	Horrid Henry	weird School	Junie B. Jones

Wayside School Chapter1 Mrs. Gorf 서연이(8살)

Horrid Henry and the mega-mean time machine 서연이(8살)

Junie B. Jones one-man band 서연이(8살)

여학생, 남학생의 일상과 학교생활

Dork Diary

Ivy and Bean

The Tiara Club

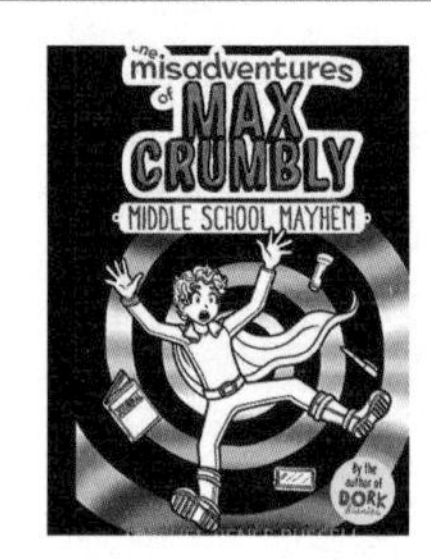

Max Crumbly

Marvin Redpost

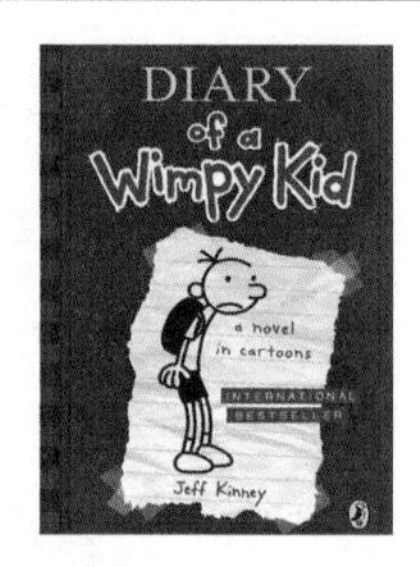

Diary of Wimpy Kid

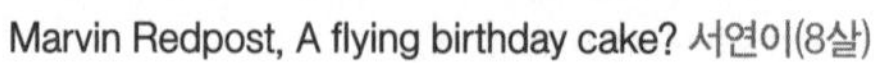

Marvin Redpost, A flying birthday cake? 서연이(8살)

챕터북과 친해지는 방법

책을 읽다 보면 아이의 취향이 점점 뚜렷하게 나타나요. 그런데 취향에 맞춘 책이라고 늘 성공하는 것은 아니에요. 그래서 새로운 챕터북을 준비할 때는 늘 선물을 준비하는 사람의 마음이 되었어요. 신경 써서 골랐는데 받는 사람이 과연 마음에 들어 할까를 기대하기도 하고 걱정되기도 하는 것처럼 말이죠. 맛보기로 보여준 책의 반응이 괜찮다 싶으면 성공이지만 마음에 들어 하지 않는다면 일단 후퇴하고 기다리는 인내심이 필요해요. 시간이 좀 지나고 잊을만하다 싶을 때 다시 슬쩍 시도해 보는 거죠. 처음에 실패하더라도 두 번째, 세 번째 시도에서 성공할 수도 있어요. 저희 아이들도 처음에는 거절했다가 몇 개월이 지난 뒤에 좋아했던 책들이 꽤 있거든요. 한번 실패했더라도 티 내지 않으면서 독서 욕구를 끌어내는 엄마의 지혜와 끈기가 필요합니다.

아이에게는 읽을 권리와 읽지 않을 자유가 있어요. 누가 강요해서 읽는 것이 아니라 재미가 있어서 읽어야 제대로 된 독서 습관으로 이어지기가 쉬워요. 그 과정에서 엄마가 좋은 책을 권하기도 하고 본인이 스스로 고르기도 해야 더 많은 책을 탐색할 기회를 얻을 수 있습니다. 그러니 싫다고 하는 책을 무턱대고 강요하는 일은 없어야 해요. 아이가 책을 거절하는 이유는 자기의 수준보다 너무 높아서 어렵거나 관심이 없는 내용이기 때문일 확률이 높거든요. 첫 번째 이유라면 당연히 더 쉬운 책이 필요하고 두 번째 이유라면 재미를 붙일만한 책이 필요합니다. 같은 AR 지수라도 실제 체감 난이도 차이가 제법 나는 책들도 많아서 아이의 반응을 잘 살피는 것이 중요해요. 니즈를 분석해서 고객 만족도를 높이는 거죠. AR 지수 3점대인데 2점대인 책 보다 더 수월하게 읽히는 책도 있고, 2점대인데 3점대의 책 보다 어렵게 느껴지는 경우도 드물지 않게 보았습니다. 이런 일이 비단 저희 아이들만의 경험은 아닌 걸 보면 아이마다 익숙한 어휘나 표현의 범위가 다르기 때문이 아닐까 해요. 자라면서 습득한 인풋이 모두 같을 수는 없으니까요. 책의 주제에 대한 흥미와 관심도, 배경지식의 차이도 체감 난이도를 다르게 만드는 이유 중의 하나일 거예요.

숨어있던 독서 욕구 끌어내는 팁

"그냥 한 번 듣기만 해 봐."
(딱 몇 챕터만 틀어주고 끝)

듣다 보니 뒷 내용이 궁금하다며 계속 듣겠다고 한다.

"어쩌지, 이 책은 음원이 딱 여기까지 밖에 없는데."
(미리 음원을 숨겨두는 치밀함 필요)

"그러면 그냥 책이라도 주세요."
성공 ☺

아이 근처에서 책을 훑어보며 읽는 척한다.

"이 그림 웃기네. 이건 뭐지?" (아이한테 들리게 혼잣말)

아이가 관심을 보이며 슬쩍 다가온다. (이제 반은 넘어온 것)

"이 캐릭터가 누굴까? 얘가 주인공인가? 아닌가?"
(궁금해하면서 계속 혼잣말)

"엄마, 제가 한 번 읽어보고 알려줄게요."
성공 ☺

싫다고 한 책은 일단 넣어둔다.

얼마쯤 뒤에 모른 척 아침에 음원을 틀어놓는다.
(아이가 일어나면서 자연스럽게 들을 수 있게)

누워서 듣다가 어느 순간 이야기에 빠진다.

"엄마, 이 책 제목 뭐예요?"
성공 ☺

별것 아니게 보이지만 저는 이런 방법들로 성공한 경험이 아주 많답니다. 제발 좀 읽으라고 잔소리하고 강요하는 건 동기만 떨어뜨릴 뿐이에요. 아이들은 단순해서 조금만 건드려주면 독서 욕구가 올라오거든요. 미끼를 던져두고 아이 스스로 책을 보도록 기다리는 강태공이 되는 거예요. 숨어있던 독서 욕구를 끄집어내기 위해서는 엄마의 인내심 못지않게 연기력도 필요합니다. 조급해하지 않고 강요하는 느낌을 주지 않으면서 책에 다가가도록 만드는 기술이지요. 아이와의 관계를 악화시키지 않으면서도 읽고 싶은 마음이 먼저 들게 하여 읽기가 즐거운 일이 되도록 해주는 일은 정말 중요해요.

이런저런 노력으로도 결국 친해질 수 없는 책이 있다면 그냥 오디오북 음원만 듣게 해 주세요. 읽기는 부담스럽지만 듣기에는 좋은 챕터북일 수도 있어요. 전체 이야기를 음원으로 듣다 보면 흐름을 파악하고 내용을 이해하면서 뒤늦게 재미를 느끼는 경우도 생깁니다. 시간이 지나고 이야기가 생각이 나서 책으로 손이 가게 될 수도 있지요. 챕터북의 단계가 올라가고 읽기가 습관으로 완전히 정착되면 새로운 책을 권유할 필요도 없어지는 때가 와요. 그러면 아이가 읽을 책 없다고 먼저 도서관에 가자고 조를 거예요. 그 시기에 이르기 전까지는 아이의 흥미와 수준에 맞게 꾸준히 책을 찾고, 빌리고, 권유하고, 함께 도서관에 다니는 것이 조력자로서 엄마가 할 수 있는 최선의 노력입니다.

AR 2~3점대 추천 챕터북

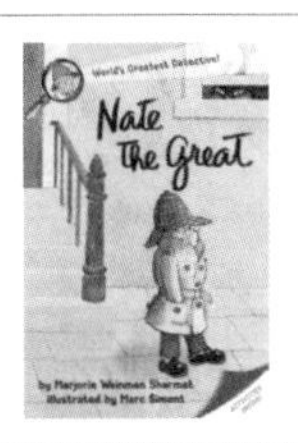	Nate the Great (28권) AR 2.0~3.2	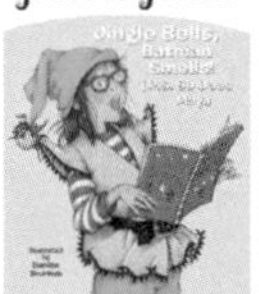	Junie B. Jones (28권) AR 2.6~3.1
	Mercy Watson (6권) AR 2.6~3.2	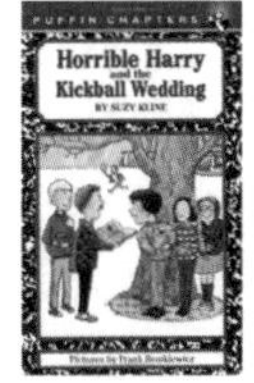	Horrible Harry (29종) AR 2.8~3.6
	Magic Tree House (36권) AR 2.6~3.7	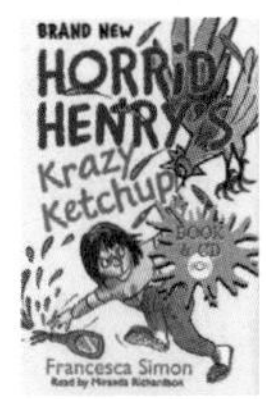	Horrid Henry (23권) AR 2.6~3.2
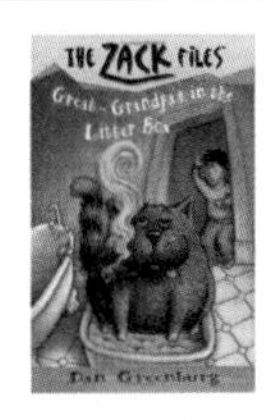	The Zack Files (30권) AR 2.7~3.9		Calendar Mysteries (13권) AR 2.9~3.3
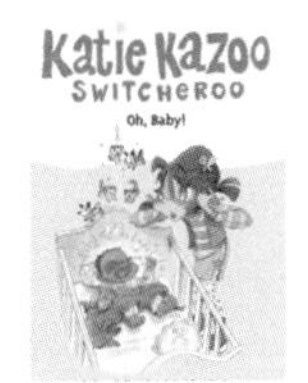	Katie Kazoo (15권) AR 2.9~3.7	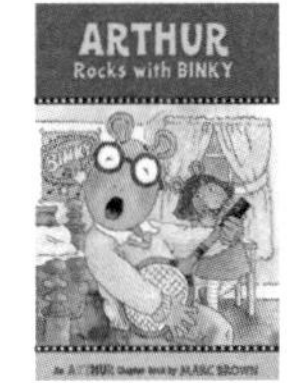	Arthur (30권) AR 2.9~3.8

AR 3~4점대 추천 챕터북

<table>
<tr>
<td>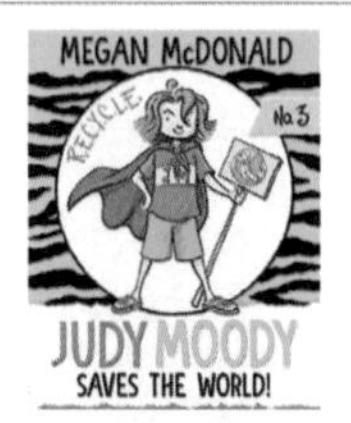</td>
<td>Judy Moody
(16권)
AR 3.0~3.8</td>
<td>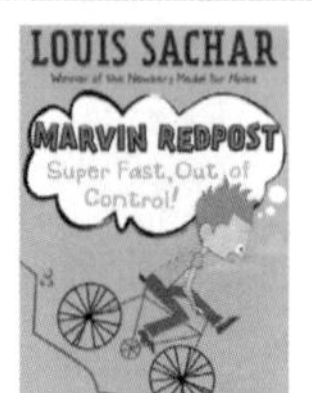</td>
<td>Marvin
Redpost
(8권)
AR 3.0~3.9</td>
</tr>
<tr>
<td></td>
<td>Wayside
School
(3권)
AR 3.0~4.0</td>
<td>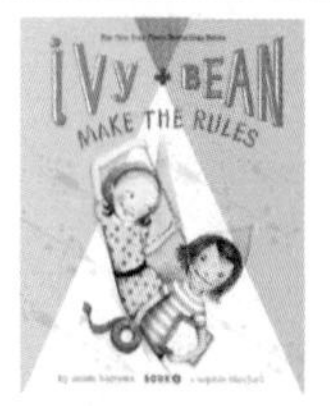</td>
<td>Ivy and Bean
(12권)
AR 3.1~3.9</td>
</tr>
<tr>
<td></td>
<td>A to Z
Mysteries
(26권)
AR 3.2~4.0</td>
<td>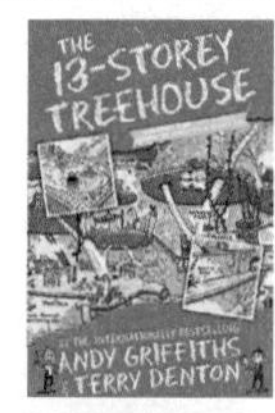</td>
<td>The Storey
Treehouse
(12권)
AR 3.2~4.3</td>
</tr>
<tr>
<td>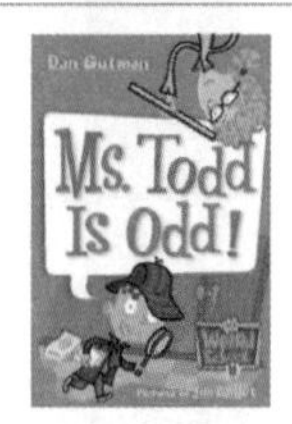</td>
<td>My Weird
School
(21권)
AR 3.3~4.3</td>
<td></td>
<td>Magic
Tree House
Merlin
Mission
(27권)
AR 3.5~4.2</td>
</tr>
<tr>
<td>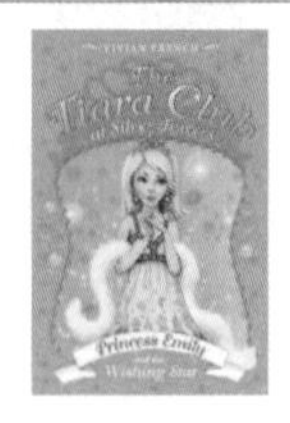</td>
<td>Tiara Club
(30권)
AR 3.6~4.5</td>
<td></td>
<td>Capital
Mysteries
(14권)
3.5~4.1</td>
</tr>
</table>

AR 4~5점대 추천 챕터북

<table>
<tr>
<td>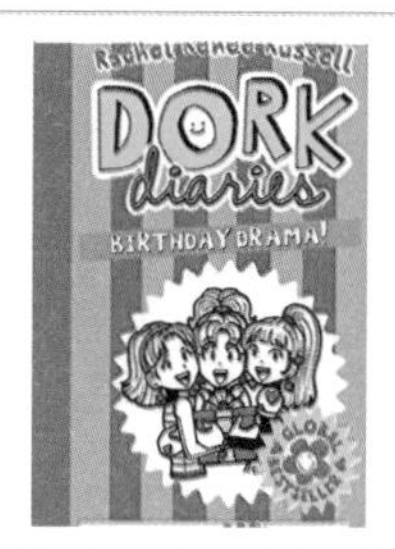</td>
<td>Dork Diaries
(12권)
AR 4.0~4.9</td>
<td>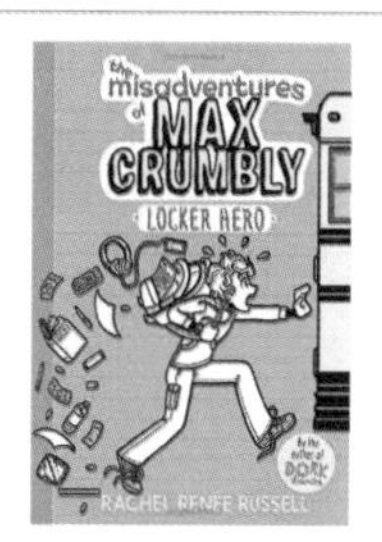</td>
<td>The Misadventures of Max Crumbly
(3권)
AR 4.5~4.6</td>
</tr>
<tr>
<td>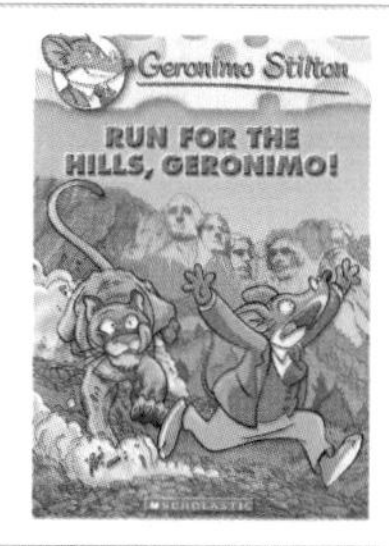</td>
<td>Geronimo Stilton
(75권)
AR 3.1~5.1</td>
<td>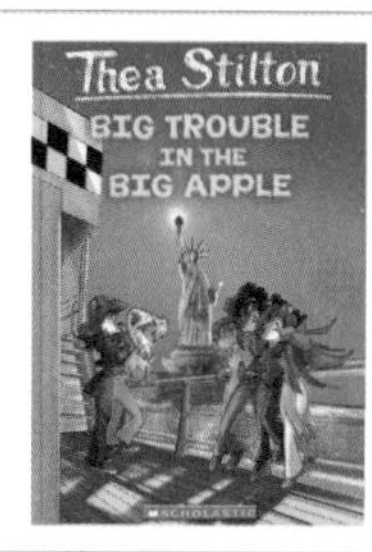</td>
<td>Thea Stilton
(34권)
AR 4.0~5.3</td>
</tr>
<tr>
<td></td>
<td>Who was
위인 시리즈
(38권) 논픽션
AR 4.2~6.5</td>
<td>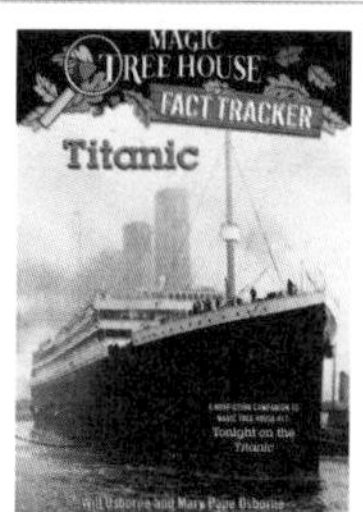</td>
<td>Magic Tree House Fact Tracker
(40권) 논픽션
AR 4.2~6.4</td>
</tr>
<tr>
<td>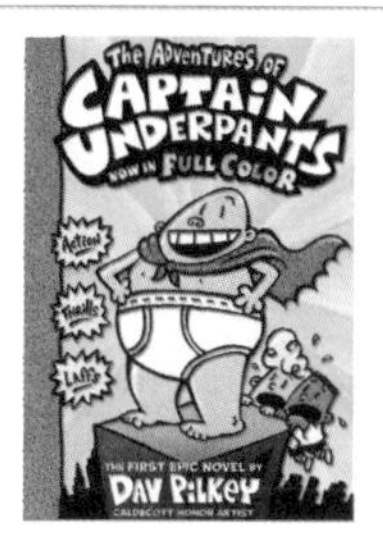</td>
<td>Captain Underpants
(12권)
AR 4.3~5.3</td>
<td>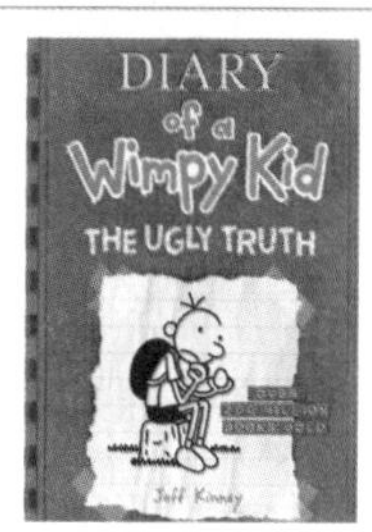</td>
<td>Diary of Wimpy Kid
(16권)
AR 5.2~5.8</td>
</tr>
</table>

05
읽기의 지붕 얹기

소설책

뉴베리 소설과 고전 문학

AR 지수 4~5점대의 챕터북을 충분히 접하면서 읽기 실력을 키워가다 보면 소설책을 함께 읽을 수 있어요. 소설책도 난이도가 다양한데 2~3점대의 챕터북을 읽으면서 중간중간에 함께 볼 수 있는 수준의 것들도 있어요. 주의해야 할 점은, 리더스북 단계를 제대로 밟지 않고 챕터북으로 넘어가 버리면 시간이 지날수록 힘들어지듯이, 챕터북을 충분히 읽지도 않고 대충 소설책으로 넘어가 버리는 건 위험하다는 거예요. 피라미드의 구조를 생각해 보면 이해가 쉬워요. 하위 단계가 튼튼하게 받쳐주지 못하는데 상위 단계로 자꾸 올라가기만 하는 건 의미가 없겠지요. 읽고 읽어서 기둥을 확고하게 받쳐줄 수 있어야만 소설책 읽기에 무리가 없습니다.

소설책은 주로 주제가 뚜렷한 뉴베리 문학상(미국에서 출간된 어린이책 가운데 가장 뛰어난 작품을 쓴 사람에게 주는 상)을 받은 책들 위주로 보는 것을 추천해요. 꼭 뉴베리상을 받지 않았더라도 후보에 오른 작품들까지도 일반적으로 뉴베리 소설이라고 불러요. 뉴베리 소설들은 이야기의 폭도 꽤 넓어서 소재도 다양하고 작품성을 인정받은 책인 만큼 탄탄하고 훌륭한 내용이 많아서 여러 번 읽어보기에도 좋아요. 책 자체를 재미있게 읽기도 하지만 단순히 흥미만을 위한 이야기들은 아니어서 초등학교 중학년 이상의 아이들에게 생각할 거리도 많이 던져주는 책들이에요. 그래서 주제에 대한 서로의 생각이나 이야기를 나누기에도 유익해요.

아이가 어릴 때 명작동화를 재미있게 읽었다면 교육용으로 쉽게 각색된 책 말고 명작 고전을 원작으로 읽어보는 걸 추천해요. 고전 명작은 오랜 시간을 지나온 만큼 영화로 제작된 것도 많아서 함께 보여주기 좋았고 흥미를 더 키워줄 수 있었어요. 챕터북을 단계를 탄탄히 밟아오면 소설책은 특별히 노력을 기울이지 않아도 자연스럽게 진행할 수 있어요.

영화와 함께 볼 수 있는 뉴베리 소설책

<table>
<tr><td>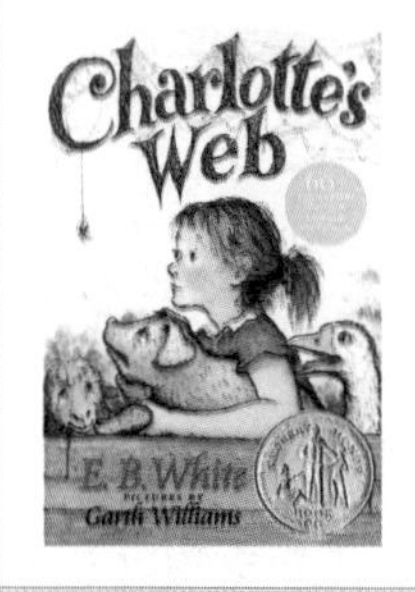
Charlotte's Web

by E. B. White</td><td>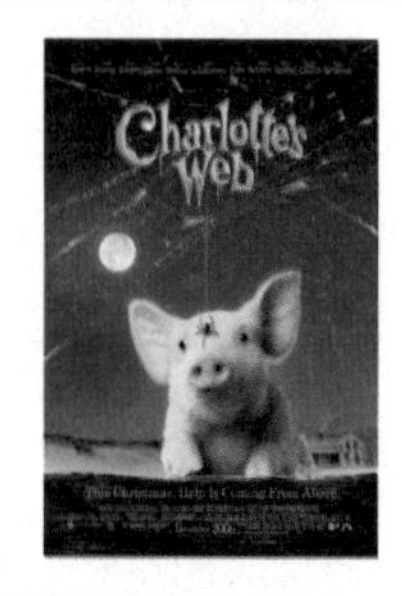
번역서명: 샬롯의 거미줄</td></tr>
<tr><td colspan="2">• AR 지수 4.4
• 전 세계적으로 사랑받는 책으로 삶과 죽음이라는 무거운 주제를 아이들의 눈높이에 맞추어 풀어내고 있음
• 우정이 만든 기적에 관한 이야기로 동물들이 등장하여 아이들이 친근감 있게 접할 수 있으며 작가의 의도를 생각해 보면서 깊이 있는 대화를 나누어보기에 좋은 내용임</td></tr>
<tr><td>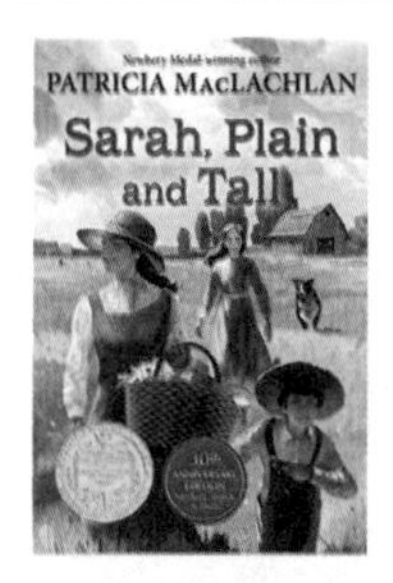
Sarah, Plain and Tall

by Patricia MacLachlan</td><td>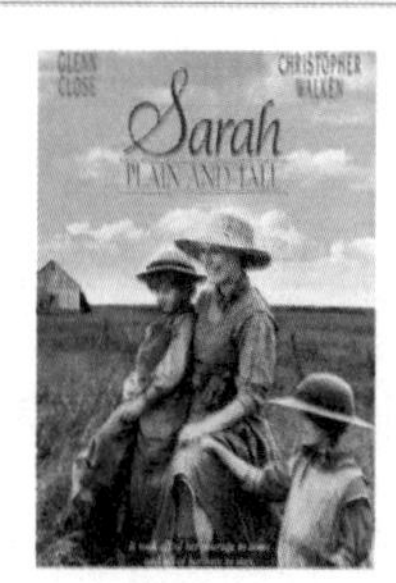
번역서명: 엄마라고 불러도 될까요?</td></tr>
<tr><td colspan="2">• AR 지수 3.4
• 돌아가신 엄마를 그리워하는 남매가 새엄마를 맞이하는 과정에서 가족의 행복을 다시 느끼게 되는 따뜻한 이야기
• 아주 오래된 영화이지만 미국 개척 시대 사람들의 생활 모습과 시대 상황을 엿볼 수 있는 영상 자료가 유익함
• 가족의 의미를 생각할 수 있고 아이들과 엄마가 각자의 눈높이에서 이야기를 해석해 보며 서로의 마음을 나누고 공감해 보기 좋음</td></tr>
</table>

영화와 함께 볼 수 있는 뉴베리 소설책

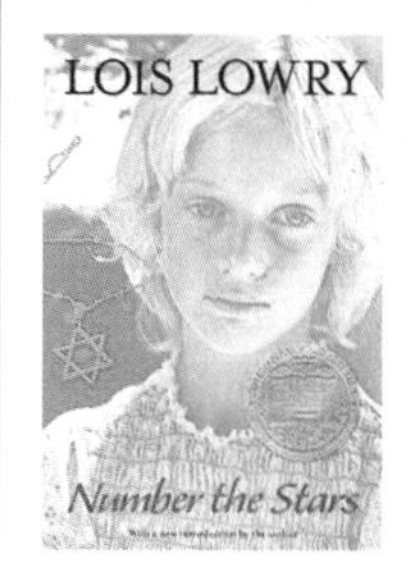

Number the Stars

by Lois Lowry

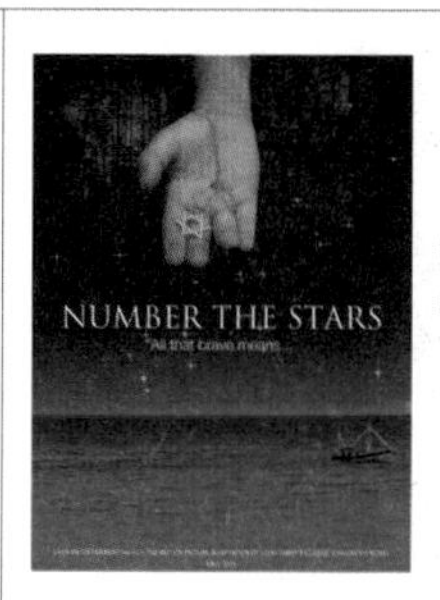

번역서명: 별을 헤아리며

- AR 지수 4.5
- 나치 통치하의 덴마크를 배경으로 안네마리와 가족들이 유대인 친구를 숨겨주면서 벌어지는 일을 그려낸 이야기임
- 잔잔하면서도 긴박감 있는 전개로 흥미롭게 읽을 수 있음
- 전쟁 속에서도 사라지지 않는 가치와 인간애에 대해 생각하고 이야기 나눌 수 있게 해주는 작품임

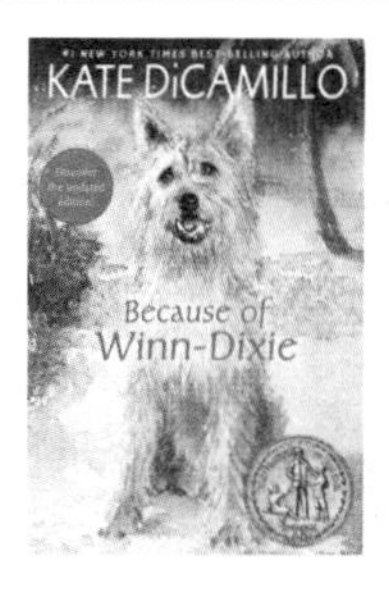

Because of Winn-Dixie

by Kate Dicamillo

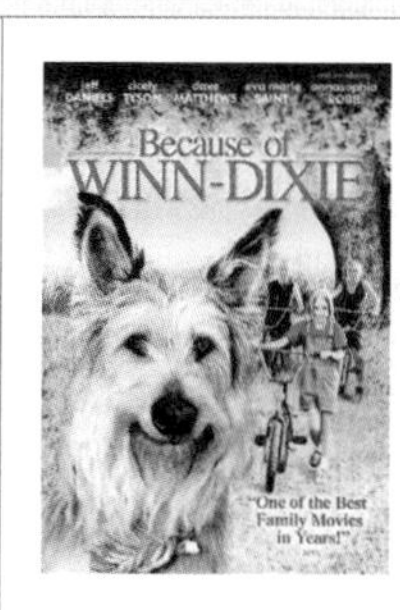

번역서명: 내 친구 윈딕시

- AR 지수 3.9
- 머시 왓슨으로 유명한 케이트 디카밀로의 작품으로 아이의 눈높이에서 성장 이야기를 담담하면서도 감동적으로 그려냄
- 엄마의 빈자리를 느끼며 살아가던 주인공이 유기견 윈딕시를 만나면서 서로의 아픔을 공감하고 치유해 가는 이야기임
- 주변 인물들과의 관계 속에서 주인공의 감정 변화가 섬세하게 그려지며 상황을 긍정적으로 해석해 가는 성장 과정이 잘 드러남

영화와 함께 볼 수 있는 뉴베리 소설책

Holes

by Louis Sachar

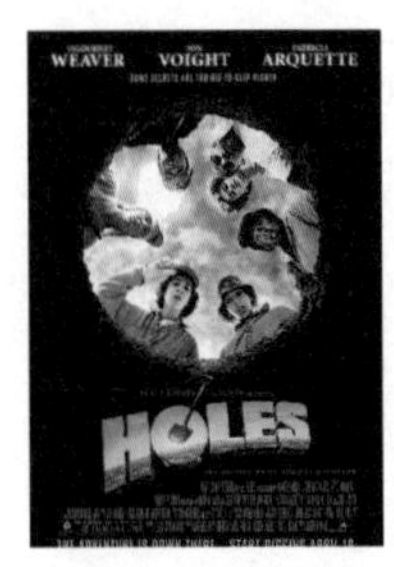

번역서명: 구덩이

- AR 지수 4.6
- 청소년 감호소에서 매일 커다란 구덩이를 파는 소년들이 벌이는 모험으로 사회 고발적인 내용을 다루면서도 유머러스함
- 역경 속에서도 긍정을 잃지 않고 성장해 가는 주인공의 이야기가 감동적이며 예상치 못한 전개로 인해 흥미진진하게 읽을 수 있으며 결말이 통쾌함

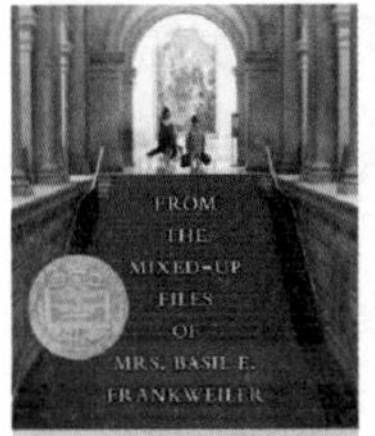

From the mixed-up files of Mrs. Basil E. Frankweiler

by E. L. Konigsburg

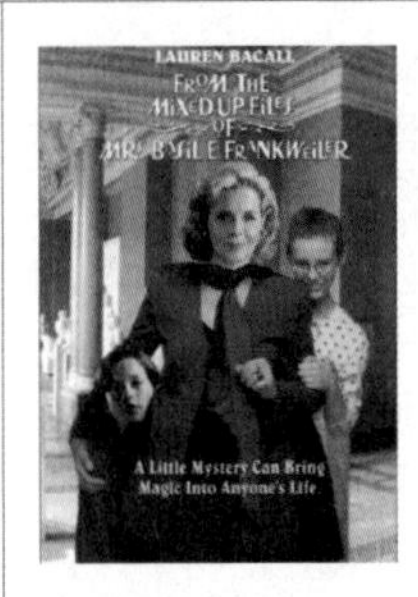

번역서명: 클로디아의 비밀

- AR 지수 4.7
- 자신을 변화시키고 차별화하기 위해 가출을 감행하는 주인공의 이야기로 재미있고 기발한 전개가 돋보임
- 주인공이 진정으로 원하는 모험은 바로 비밀이라는 걸 깨닫게 되는 과정이 자연스러운 인과 관계를 바탕으로 흥미롭게 그려짐
- 인물 간의 관계가 촘촘하고 이야기 안에서 시점이 변화되기도 하여 지루하지 않게 읽을 수 있음

해리포터를 읽기까지

큰아이가 뉴베리 소설과 고전 명작들을 한창 재미있게 읽던 4학년 때 도서관에서 해리포터를 집어 들었어요. 영화를 본 적도 없었는데 친구들에게 이야기를 들었다고 해요. 읽었던 책들에 비해 AR 지수가 훨씬 높아서 아직은 어려울 게 분명해 보였지만 재미없으면 언제든지 그만둬도 된다고 안심시키며 말리지는 않았어요. 대신 이야기 초반에는 마법 세계에 관한 낯선 용어들로 인해 어려워할 것 같아 1편을 영화로 먼저 보자고 제안했어요. 전체적인 배경과 인물을 영상으로 파악하고 나니 2권부터는 책을 먼저 읽어보겠다고 하더군요. 그리고는 마지막 7권을 완독 할 때까지 손에서 책을 놓지 못할 정도로 빠져서 보았어요. 해리포터의 AR 지수가 5~6점대에 분포된 걸 생각하면 원어민 기준 5~6학년 학생이 보는 수준의 책으로 해석되니 아이가 많이 뿌듯해했어요. 물론 아이가 해리포터에 나오는 모든 어휘를 이해하고 읽은 것은 아닐 거예요. 하지만 그런 것보다 중요한 것은 스스로 읽고 싶어서 도전했고 즐기면서 읽었다는 사실입니다. 좋아하는 책을 찾아 쉼 없이 읽어가다 보니 모르는 사이에 실력이 향상될 수 있었어요. 다독하며 꾸준히 다져온 읽기 실력이 소설책에서 빛을 발할 수 있었던 거죠. 천천히, 그리고 꾸준히 많이 읽어온 습관이 있었기에 영어 소설책도 한글책처럼 편하게 생각하고 받아들일 수 있었다고 생각해요.

06
영어책 읽기의 힘 키우기

단어 찾기와 해석

책을 읽다가 모르는 단어가 나오면 어떻게 하는 것이 좋을까요? 그림책 해석 부분에서도 언급했지만 일일이 모르는 단어의 뜻을 찾아보거나 우리말로 바로 해석해 주는 것은 바람직하지 않습니다. 책 읽기를 즐기기 위해 페이지 안의 모든 단어와 표현을 이해해야 할 필요는 없어요. 내용을 더 잘 이해하기 위해 하나하나 찾고 해석하다가 몇 페이지 가지 못하고 읽기를 그만두었던 경험이 있지 않으신가요? 우리가 한글책을 읽을 때를 생각해 보면 어려운 낱말 한두 개가 나온다고 글 전체를 이해하는 데 지장을 주지는 않지요. 그런데 이해되지 않는 단어나 표현이 나왔다고 해서 우리말로 바로 알려준다면 아이가 영어책을 읽으며 영어로 이해하고 생각하는 것을 방해하는 꼴이 되고 말아요.

모르는 단어를 찾아 정리하면서 읽으면 반복되고 기억에 남게 되어 더 효과적일 것이라는 착각은 독서를 이끌어가는 가장 큰 힘 중의 하나인 재미라는 요소를 간과해서 나오는 발상이에요. 모르는 단어를 하나하나 찾아가며 읽는 것은 내용을 하나라도 놓치지 않고 자세히 파악하기 위함인데 이 방법은 시간이 너무 오래 걸리고 이야기의 흐름이 끊겨 결과적으로는 흥미가 떨어지는 역효과를 낳게 됩니다. 한 페이지에 모르는 단어가 2~3개 이하이고 그 단어가 글의 흐름을 파악하는 데 중요한 역할을 하는 게 아니라면 뜻을 찾거나 해석하는 건 자제하는 것이 좋아요. 문장의 정확한 이해보다 중요한 것은 '읽는 즐거움'이거든요. 즐거움을 느끼면서 꾸준히 읽다 보면 모르는 사이에 어휘력은 늘어나게 되어 있습니다.

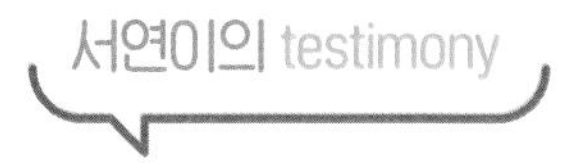

엄마 책을 읽다가 모르는 단어가 나오면 어떻게 하니?

서연 신경 안 쓰고 그냥 지나가요.

엄마 그러면 이해가 잘 안될 텐데 어떻게 그냥 지나가?

서연 모르는 말이 몇 개 있어도 내용은 다 이해돼서 상관없어요. 읽다 보면 몰랐던 게 이해될 때도 있어요.

엄마 그러면 읽다가 모르는 단어의 뜻을 찾아본 적은 없니?

서연 (웃음) 그건 엄마잖아요?!

엄마 그러게. 안 그래야지 하는데도 마음대로 안 되네.

서연 그래서 엄마는 읽는 속도가 느린 거예요. 그러다가 맨날 재미없다면서 포기하고. 그냥 넘어가도 나중에 다 이해되는데…….

서연이의 말대로 모르는 단어가 나오면 바로바로 찾아봐야 하는 습관은 영어책 읽기에 큰 걸림돌일 뿐입니다. 어려운 말을 찾다 보면 진도가 나가지 않고 재미는 급감하여 읽기를 중도에 포기하는 일이 허다하게 생기거든요. 서연이는 지금까지 단어장이나 사전을 한 번도 사용한 적이 없는데 오히려 엄마보다도 알고 있는 어휘나 이해하는 표현의 범위가 넓어요. 읽기 속도는 말할 것도 없고요.

읽기를 통해 기를 수 있는 중요한 역량 중 하나는 추론 능력입니다. 그림책 단계에서는 그림이 주는 힌트를 가지고 표현의 의미를 추측하는 연습을 했다면 챕터북 단계에서는 앞뒤 문장이나 이야기의 흐름을 따라가며 모르는 단어의 의미를 유추하게 되지요. 처음 접하는 낯설고 생소한 내용의 글을 읽더라도 독서를 많이 하는 아이들이 내용을 더 쉽게 파악하는 것도 이 때문이에요. 책을 많이 읽을수록 호흡이 길어지고 한 번에 의미를 받아들이는 덩어리 단위가 커지는 것도 같은 맥락입니다. 하지만 단어의 뜻을 계속 찾거나 해석의 도움을 받으면서 읽는 것이 습관이 되면 문맥을 통해 덩어리로 의미를 파악하는 이 과정이 방해받게 되고 읽기 실력은 제자리를 벗어날 수 없어요. 글 안에서 모르는 단어를 유추하는 능력을 꾸준히 키우면 나중에는 어려운 단어가 많은 글을 대하더라도 당황하지 않고 흐름을 읽어내는 힘이 생깁니다. 반대로 이 과정이 연습되지 않으면 모르는 단어가 하나만 나와도 쩔쩔매게 되는 거죠. 문맥으로도 전혀 파악되지 않거나 이야기 전개상 꼭 필요한 경우가 아니라면 단어의 뜻을 찾거나 해석하는 일을 피해야 하는 중요한 이유예요.

일정 시간을 정해 꾸준히 읽기

좋아하는 책을 한꺼번에 많이 읽는 것은 쉬울지 몰라도 오랜 기간에 걸쳐 꾸준히 읽기는 쉽지 않습니다. 영상은 얼마간 안 본다고 해서 다시 보기 힘들어지는 게 아니지만, 책은 조금씩 멀리하다 보면 어느새 저만치 거리가 떨어지게 되거든요. 엄마가 책을 읽어주는 단계에서는 그림과 글씨를 보며 들으면 되는 수동적인 읽기이지만 스스로 책을 읽을 때는 보다 능동적인 태도가 요구되기 때문에 꾸준하게 지속하기가 더 힘들어요. 아이에게 책을 재미와 즐거움을 알게 하여 스스로 읽게 만들고 싶은 것이 엄마들의 공통된 바람이지만 쉽지 않지요. 책보다 재미있는 것들이 더 많은 환경에서 살아가는 우리 아이들이니까요. 억지로 읽어라 읽어라 하는 것보다 일정한 시간을 정해 매일 조금씩이라도 책을 읽기 시작하면 꾸준한 읽기를 유지하는 데 도움이 돼요. 이것이 몸에 배면 굳이 규칙을 강요하지 않아도 자연스러운 독서가 이루어질 수 있어요. 소리 듣기나 영상 보기와 마찬가지로요. 하지만 그 습관이 만들어지기 위해서는 몇 개월 혹은 몇 년의 노력이 필요합니다. 식사 후 30분, 자기 전 30분 이런 식으로 시간을 정해두고 읽어도 좋고 책과 친하지 않아 거부감이 심한 경우라면 5분에서 시작하여 10분으로 시간을 조금씩 늘리는 방법으로 시도해 보세요.

생각 나누기와 공감하기

읽기 후 책에 관해 이야기를 나누는 과정은 아이가 의식하지 못하지만, 책 읽기를 강화할 수 있는 훌륭한 도구입니다. 초등학교 수업 시간에 책에 대한 서로의 생각을 공유하는 활동을 해보면 친구들의 이야기를 듣고는 예전에 읽었던 책을 다시 꺼내 드는 경우를 흔하게 볼 수 있어요. 친구의 생각을 들으면서 자신이 미처 발견하지 못했던 부분이 있어 아쉽거나, 희미해진 장면의 재미를 다시 느끼고 싶어서일 수도 있겠지요. 책에 대한 또래의 이야기에 공감하는 것만으로도 아이들의 읽기 욕구가 건드려지는 경험을 많이 했어요. 등장인물에 대한 자기의 생각, 그 인물에게 전하고 싶은 말, 사건에 대한 나만의 관점, 만약 나였다면 어떻게 했을지 상상하는 등의 주제로 이야기를 나누어보면 아이들은 어른들의 예상보다 훨씬 더 많은 이야기를 풀어낸답니다.

책을 읽고 나면 보통은 독후 활동지를 활용하는 일이 많은데 교실에서도 아이들이 제일 지겨워하는 것 중의 하나가 글을 읽은 뒤 내용을 확인하는 질문에 답하는 거예요. 그러니 내용에 대한 이해를 확인하기 위해 독후 활동지를 내미는 일은 신중할 필요가 있어요. 재미있게 읽은 책인데 숙제가 따라온다는 생각이 들면 저라도 읽기가 싫어질 것 같거든요. 대신 엄마와 생각과 감정을 나누는 경험을 하게 해 주세요. 지겨운 독후활동 대신 생각 나누기로 아이의 생각을 들여다볼 수 있고 더 깊이 공감하게 되니까요. 엄마와 이야기하는 시간이 즐거우면 아이의 영어책 읽기는 저절로 따라올 수 있어요.

하지만 엄마가 영어책의 내용을 모른다면 이런 대화를 하는 데 어려움이 있을 수밖에 없겠지요. 그렇다고 모든 엄마가 아이와 함께 영어책을 읽을 수 있는 상황도 아니에요. 이럴 때 아이가 보는 영어책을 우리말 번역서로 읽어보는 방법이 있어요. 한글책은 조금만 시간을 투자하면 엄마도 쉽게 읽어볼 수 있으니까요. 시간이 부족하다면 자세한 내용을 알 필요도 없어요. 보통 10여 권에서 수십 권이 넘어가는 챕터북도 첫 권만 잘 읽어보면 등장인물과 내용 구성이 대충 파악되거든요. 기본 배경과 이야기 구성을 파악하기만 해도 아이와 이야기를 나누는 데 큰 지장이 없어요. 재미있거나 감동적으로 읽은 이야기를 다른 사람과 공유하고 싶은 욕구는 누구에게나 있어요. 인상 깊게 본 영화나 드라마에 대해서 친구들이랑 공감하며 수다 떨 때 신나고 즐거웠던 경험은 어른들에게도 있을 거예요. 혼자만 알고 있기는 아쉬운 느낌을 함께 나눌 수 있는 상대가 있다는 것은 아이에게 소중한 기회임이 틀림없어요. 그 상대가 누구보다 부담 없이 내 생각을 쏟아낼 수 있는 가족이라면 아이는 책을 읽는 것보다 읽고 난 뒤 이야기 나누는 시간을 더 기다리게 될지도 모릅니다.

서연, 서진이의 testimony

서진 네이트는 어린데도 좀 똑똑하네요. 노란색과 빨간색을 섞으면 주황색이 나온다는 걸 어떻게 알았을까요?

서연 주디는 착할 때도 있긴 한데, 동생 속여서 자기 원하는 대로 다 하려고 하는 건 조금 이기적이지 않아요?

서진 헨리는 진짜 말썽꾸러기인 것 같아요. 저도 장난치는 걸 좋아하지만 그 정도는 아니잖아요. 어린 동생한테 좀 너무 심해요.

서연 매직스쿨버스가 실제로 있으면 진짜 신기할 것 같긴 한데 그 선생님을 함부로 따라가도 될지 모르겠어요. 좀 위험해 보이거든요. 엄마 생각은 어때요?

엄마 매직트리하우스 타고 시간 여행 간 사이에 누가 부숴버려서 다시는 못 돌아오면 어쩌니? 엄마는 절대 안 탈 거야.

서연 엄마가 쓴 글 혹시 출판사에서 거절당하면 제로니모가 운영하는 출판사에 연락해 보면 좋을 것 같아요.

서진 주니비는 말은 잘하는데 어떨 때는 좀 예의가 없는 것 같아요.

한글 번역서가 있는 챕터북

	Nate the Great		위대한 탐정 네이트
	Mercy Watson		우리의 영웅 머시
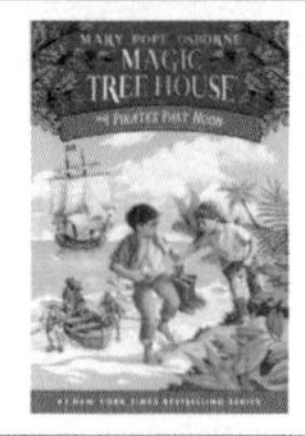	Magic Tree House		마법의 시간 여행
	Junie B. Johns		주니비의 비밀일기
	Horrid Henry	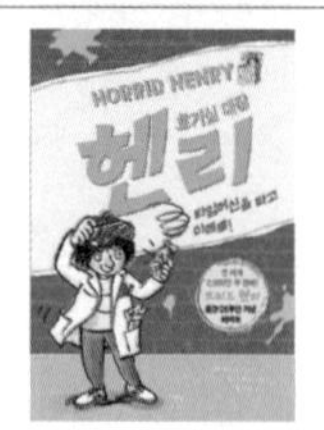	호기심 대장 헨리

한글 번역서가 있는 챕터북

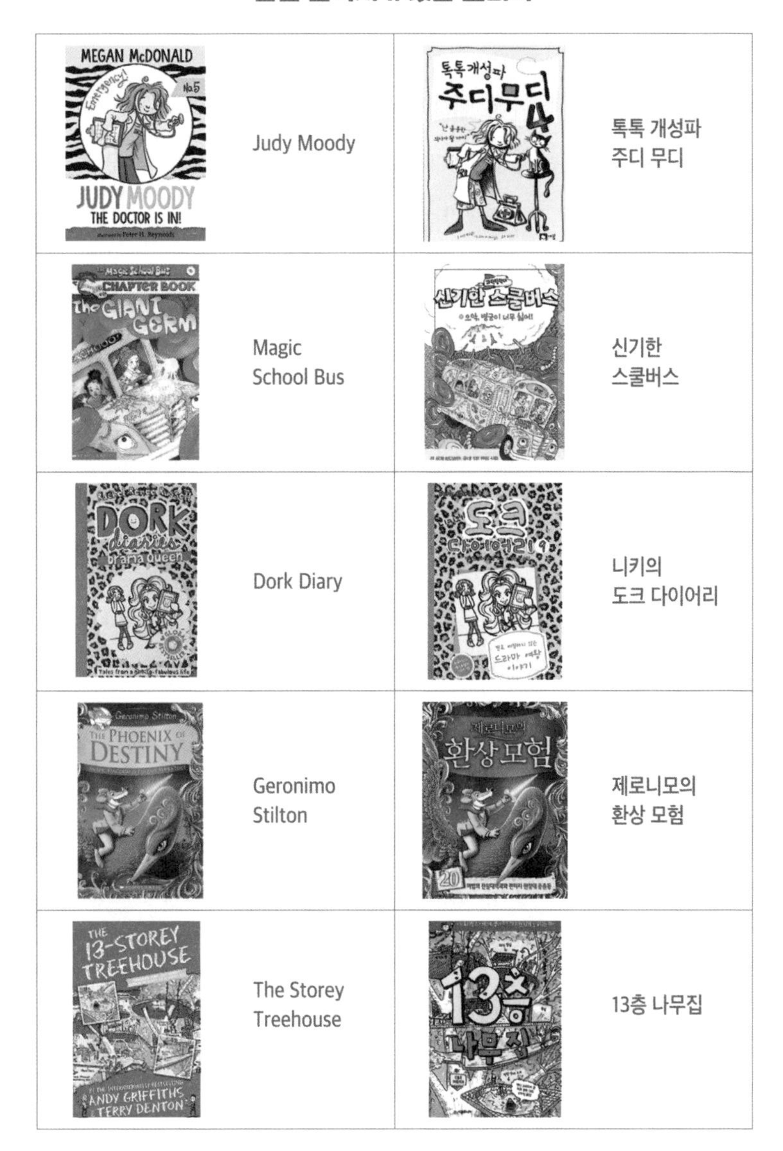

원서		번역서	
	Judy Moody		톡톡 개성파 주디 무디
	Magic School Bus		신기한 스쿨버스
	Dork Diary		니키의 도크 다이어리
	Geronimo Stilton		제로니모의 환상 모험
	The Storey Treehouse		13층 나무집

원서로 영화 읽기 vs. 영화로 원서 보기

인풋을 꾸준히 쌓아온 아이는 듣기 레벨이 읽기 레벨보다 높은 게 일반적이에요. 높은 듣기 레벨에 맞는 영상을 활용하여 읽기 레벨을 높일 수 있는 훌륭한 방법은 바로 영화를 활용하는 것입니다. 영화로 제작된 이야기라고 해서 꼭 어려운 건 아니라서 잘 활용하면 즐겁게 책을 읽는 데 큰 힘을 보탤 수 있어요. 소설책을 소개할 때 추천했던 것처럼 책과 영화를 동시에 볼 수 있는 책도 의외로 많거든요. 책을 원작으로 만들어진 영화는 대부분 스토리가 탄탄하고 감동적인 요소들까지 담고 있어서 어린이 영화라도 어른이 함께 보기에 좋아요. 아이와 함께 영화를 보면 이야기도 나눌 수 있어서 더 의미 있겠지요.

책을 통해 얻는 것과 영화를 통해 얻는 것은 달라서 영화가 먼저냐, 책이 먼저냐 하는 문제에는 답이 없어요. 다만 아이가 읽고 싶지만 어려워서 망설이거나 흥미를 느끼지 못하는 책이 있다면 영화를 먼저 보여주어 진입 장벽을 낮추는 것이 좋은 방법이 될 수 있어요. 영상을 먼저 접하는 것이 책을 먼저 보는 것보다는 확실히 심리적인 부담이 덜하긴 하니까요. 서연이가 해리포터를 처음 읽으려고 할 때 영화를 먼저 보았던 것처럼요.

처음에 아이가 영화를 먼저 보고 나면 책을 안 읽으려고 하지 않을까 하는 걱정이 있었어요. 이미 내용을 다 알아버린 이야기를 굳이 책으로 읽지 않는 거라는 생각에서였지요. 하지만 책과 영화의 내용이 완벽히 일치하지 않는다는 점과 두 장르의 매력이 서로 다르다는 걸 아이가 자연스럽게 알아차리더라고요. 그래서 책을 보다가 영화도 있다고 알려주면 보여달라고 했고, 영화를 본 뒤 책이 있다는 걸 알려주면 책으로도 읽고 싶어 했어요.

책을 보면서 영화에서는 느끼지 못했던 인물의 심리 상태나 상황을 더 깊이 이해하게 되기도 합니다. 반대로 영화를 나중에 보면 책에서 묘사한 것과 다르게 표현된 장면이나 상황을 찾아내는 재미를 느낄 수 있지요. 같은 주인공과 사건, 배경을 기반으로 했더라도 책과 영화에서 각각 중점을 두고 표현하는 부분이 달라서 그 차이를 느끼며 감상할 수도 있어요.

Sarah, Plain and Tall처럼 시대적 상황이 이야기에 녹아 있는 책은 영상으로 당시의 분위기를 느낄 수 있어 좋고 Charlie and the chocolate factory와 같이 판타지 요소가 가미된 책은 상상하며 읽었던 장면이 시각화되는 경험을 통해 만족을 높일 수 있어요. Because of Winn Dixie나 Sarah, Plain and Tall은 소설책인데도 웬만한 챕터북보다도 어렵지 않아 가볍게 접하기에 좋고 감동적인 메시지까지 담고 있어 여러 번 두고 보기에도 손색이 없어요. Matilda나 Mrs. Doubtfire는 감동적인 요소가 있는 데다 아이들이 좋아할 코믹한 장면도 많이 있어 셀 수 없을 정도로 많이 봤어요.

재미있게 즐기고 감상하며 책을 보는 동안 영화는 영어책 읽기의 견인차 역할을 해주어 읽기 실력을 향상할 수 있어요. 영화에서 얻을 수 있는 시각적인 재미를 책과 잘 연결 짓는다면 어려운 책이라도 부담을 덜 느끼며 접근할 수 있고 흥미를 불러일으키기도 쉬워요.

Mrs. Doubtfire

: 책보다는 영화가 훨씬 웃기고 재미있어요. 할머니로 변장하는 주인공 배우가 너무 웃겨서 계속 봐도 질리지가 않아요.

Wonder

: 책을 보면서 주인공 어기의 모습이 어떨지 계속 궁금했고 사실은 엄청 끔찍할 거라고 상상했었는데 영화에서는 제 생각보다는 훨씬 괜찮게 표현된 것 같아요. 그리고 우주인 헬멧이 귀엽고 어기한테 되게 잘 어울렸어요.

Charlotte's Web

: 책은 읽으면서도 거미를 친근하게 느끼기가 어려웠는데 영화에서는 동물들이 다 귀엽게 표현되어서 좋았고 동물들이 실제로 말하는 것처럼 나오게 한 점이 정말 신기했어요.

The Harry Potter series

: 솔직히 1편은 영화가 더 재미있었는데 그다음부터는 책을 먼저 보길 잘한 것 같아요. 해리포터 이야기는 주인공들도 많고 그사이에 숨겨진 이야기나 관계 같은

게 엄청 복잡한데 그런 건 책이 더 자세하게 표현해 주는 부분이 많아서 저는 책이 더 좋아요.

Matilda

: 책에서는 마틸다가 마법 부리는 장면들이 상상이 잘 안됐는데 영화로 보면 그 부분을 더 실감 나게 느낄 수 있어서 진짜 재미있어요.

Sarah, Plain and Tall

: 책에서 전화 없이 편지로 연락하는 걸 보고 대충 옛날이라는 건 짐작했는데, 집이나 사람들 모습 같은 걸 영화로 보니까 더 이해가 잘 됐어요. hay dune(건초 언덕)을 만들어 노는 장면은 공감이 잘 안됐는데 영화로 보니까 저라도 신났을 것 같아요.

영화와 함께 볼 수 있는 챕터북

<table>
<tr><td>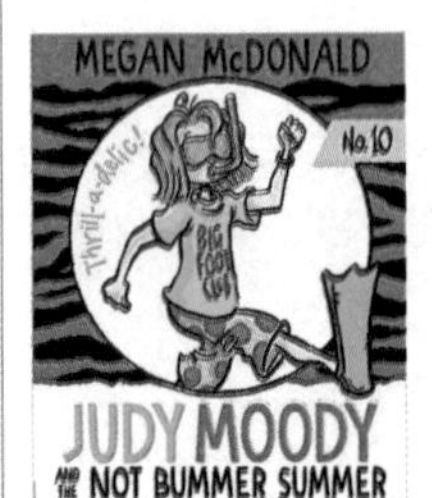
Judy Moody and the Not Bummer Summer

by Megan McDonald</td><td>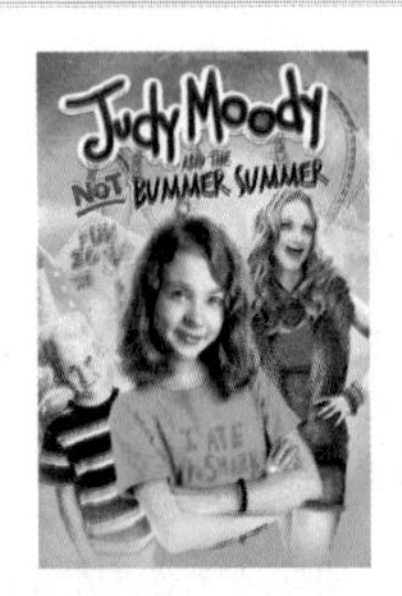
번역서명: 톡톡 개성파 주디무디 (시리즈 15권 중 5권까지만 출간됨)</td></tr>
<tr><td colspan="2">• AR 지수 3.0
• 발랄하고 개성 넘치는 주인공 주디가 재미있고 스릴 넘치는 여름방학을 보내는 이야기를 그린 작품
• 미국 초등학생의 일상과 방학 생활이 잘 드러남
• 아이스크림 트럭(ice cream truck), 쇼앤텔(show and tell), 빅풋(Bigfoot) 등 미국 아이들의 생활과 문화, 생각을 접할 수 있음</td></tr>
<tr><td>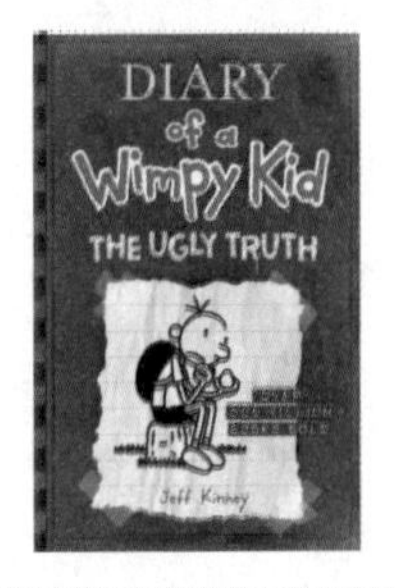
Diary of a Wimpy Kid

by Jeff Kinney</td><td>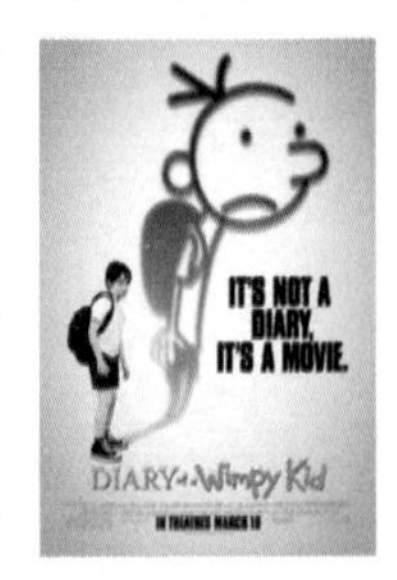
번역서명: 윔피키드</td></tr>
<tr><td colspan="2">• AR 지수 4.7
• 책의 두께에 비해 삽화가 많아 진입 장벽이 낮은 편임
• 실사와 애니메이션 영화가 모두 있어 골라 볼 수 있다는 장점
• 주인공 그렉을 둘러싼 학교생활, 친구 문제, 가족 문제 등이 일기 형식으로 기록된 글로 음원이 좋음
• 어이없는 발상과 행동 때문에 코믹한 걸 좋아하는 아이들의 취향에 맞으며 10대들의 생활 영어가 많음</td></tr>
</table>

영화와 함께 볼 수 있는 소설책

<table>
<tr>
<td>
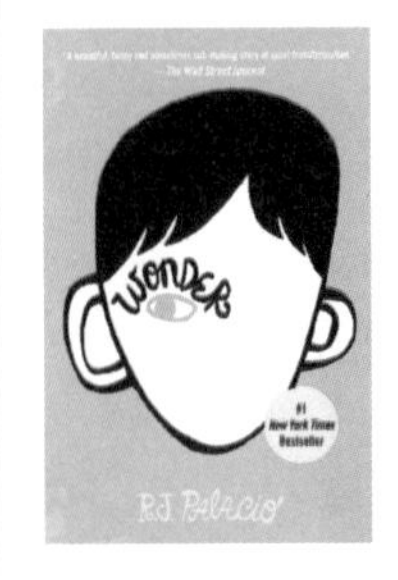

</td>
<td>Wonder

by R. J. Palacio</td>
<td>
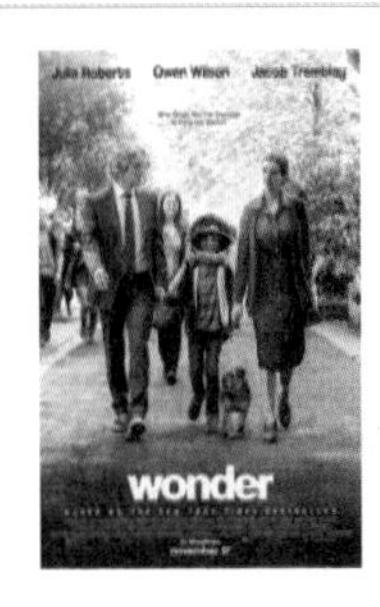

</td>
<td>번역서명:
아름다운 아이</td>
</tr>
<tr>
<td colspan="4">

- AR 지수 4.8
- 챕터의 길이가 짧은 편이라 집중해서 읽기 좋음
- 남들과 다른 외모를 가진 주인공 어기가 가족의 사랑과 친구들의 우정으로 세상의 편견과 차별에 맞서 용기를 내는 내용을 다룸
- 등장인물 각각의 시선에서 이야기를 풀어낸 점이 색다르고 기발하며 감동적임

</td>
</tr>
<tr>
<td>
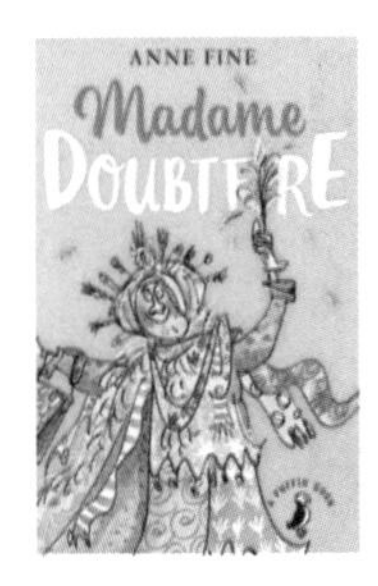

</td>
<td>Madame
Doubtfire

by Anne Fine</td>
<td>

</td>
<td>번역서명:
미세스
다웃파이어</td>
</tr>
<tr>
<td colspan="4">

- AR 지수 4.9
- 이혼 위기에 놓인 아빠가 가정부로 변장해서 아이들과 지내게 되는 이야기를 그린 작품임
- 해체되고 있는 현대 가정의 아픔을 유머러스하게 그렸으며 로빈 윌리엄스의 코믹 연기 덕분에 아이들이 푹 빠졌던 영화 중 하나
- 가벼운 듯 보이지만 진지한 메시지를 담고 있어 교훈적이며 가족의 소중함에 대해 생각해 보는 계기가 됨

</td>
</tr>
</table>

영화와 함께 볼 수 있는 소설책

<table>
<tr>
<td>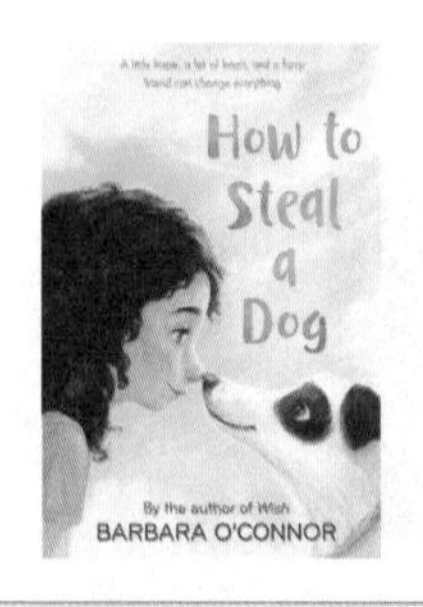

How to steal a dog

by Barbara O'Connor</td>
<td>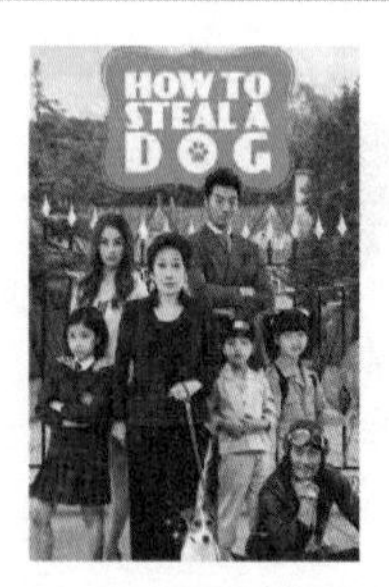

번역서명:
개를 훔치는 완벽한 방법</td>
</tr>
<tr>
<td colspan="2">

- AR 지수 4.0
- 원서가 한국 영화로만 제작되었다는 특이점
- 어느 날 갑자기 들이닥친 불행을 극복하기 위한 소녀의 성장 이야기로 절망적인 감정이 잘 표현됨
- 어려운 처지 때문에 하지 말아야 할 일을 해버리고 마는 주인공의 상황을 아이들의 시선에서 따뜻하게 풀어냄

</td>
</tr>
<tr>
<td>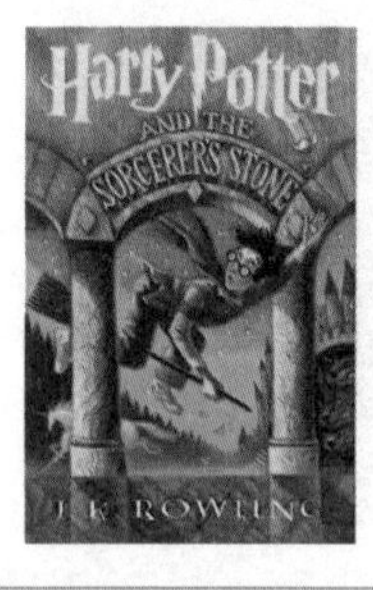

The Harry Potter series

by J. K. Rowling</td>
<td>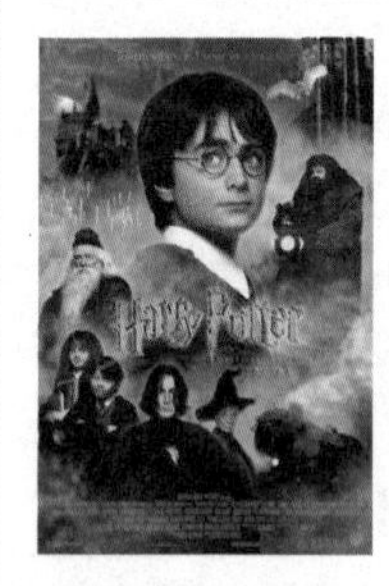

해리포터
시리즈</td>
</tr>
<tr>
<td colspan="2">

- AR 지수 6.0~7.2
- 마법과 관련된 낯선 단어나 소설에서 주로 쓰는 문어체 표현이 등장해서 진입 장벽이 약간 높을 수 있으나 반복적으로 나오는 표현도 영화와 함께 보면 이해를 돕기 쉬움
- 판타지를 좋아하는 아이들이 차곡차곡 실력을 쌓아 해리포터에 빠지면 독서력이 급격히 성장하는 성과를 볼 수 있지만 아이의 정서상 너무 빨리 읽히는 것을 추천하지는 않음

</td>
</tr>
</table>

영화로 제작된 Roald Dahl(로알드 달)의 책

원서		영화	
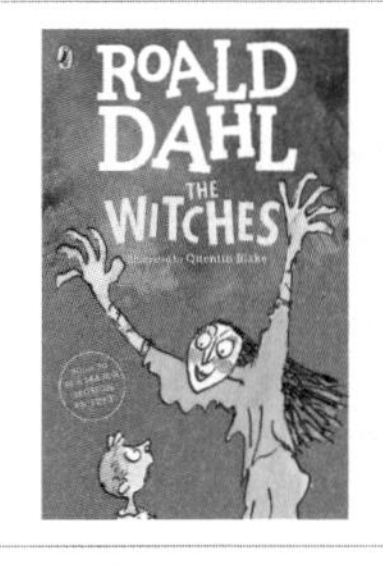	The Witches AR 지수 4.7	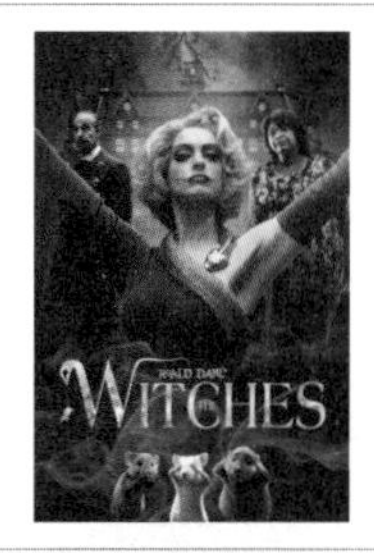	번역서명: 마녀를 잡아라
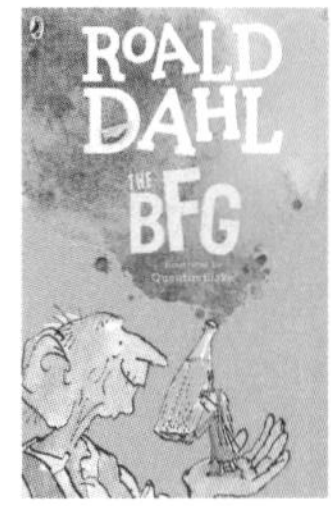	The BFG AR 지수 4.8	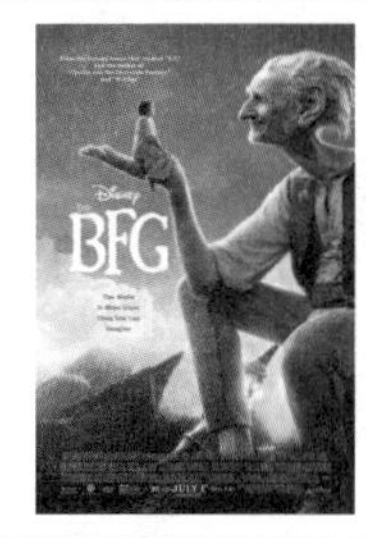	번역서명: 내 친구 꼬마 거인 (우리말 영화 제목은 마이 리틀 자이언트)
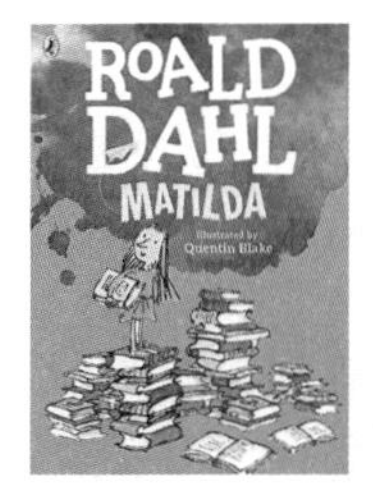	Matilda AR 지수 5.0		번역서명: 마틸다
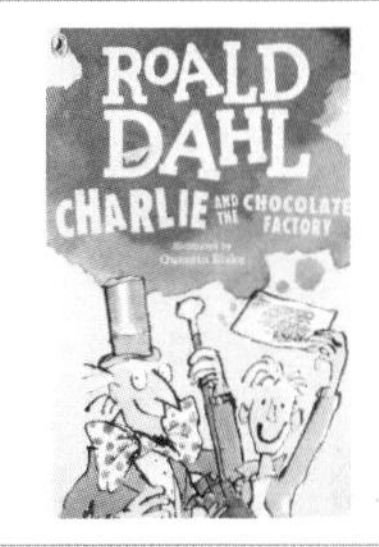	Charlie and the chocolate factory AR 지수 4.4	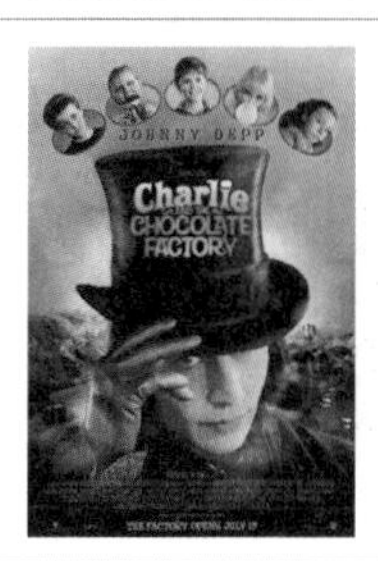	번역서명: 찰리와 초콜릿 공장

영화와 함께 볼 수 있는 고전 소설

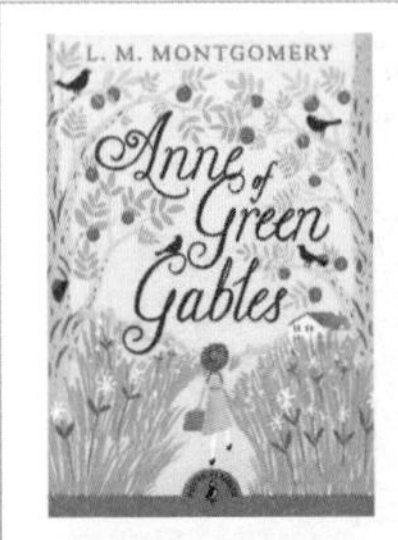	Anne of Green Gables by L. M. Montgomery	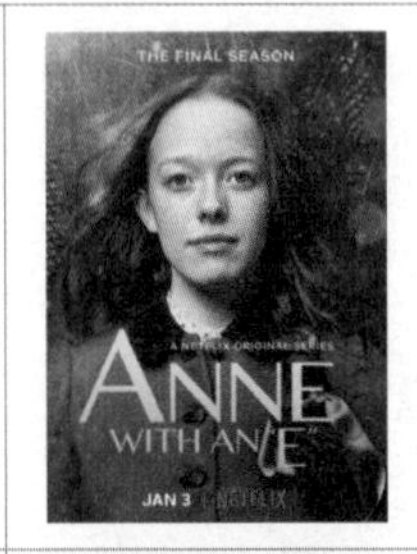	Anne with an 'E' (넷플릭스 드라마) 빨간 머리 앤
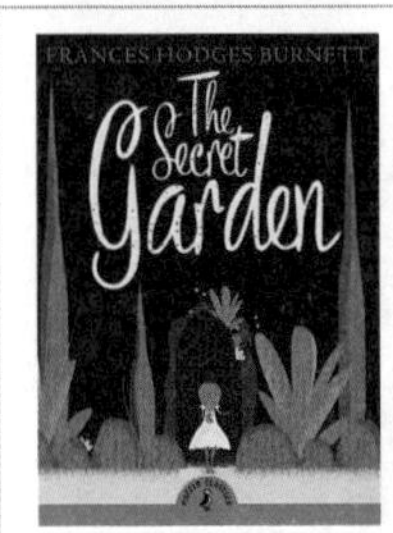	The Secret Garden by F. H. Burnett		The Secret Garden 비밀의 화원
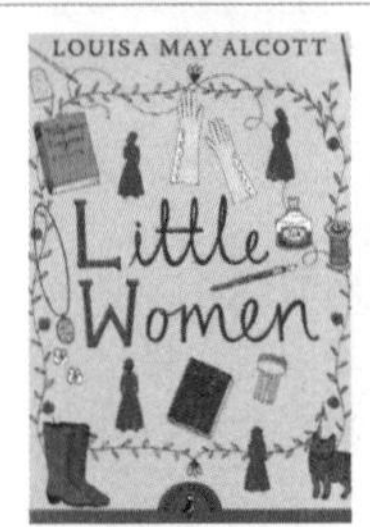	Little Women by Louisa May Alcott		Little Women 작은 아씨들
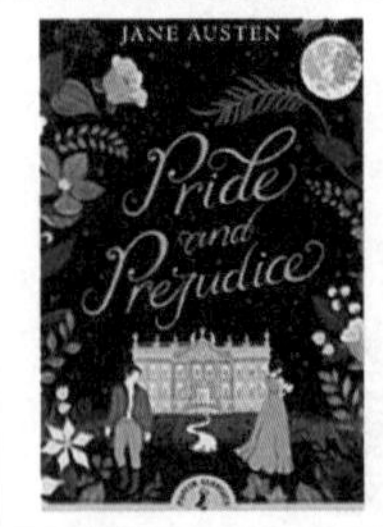	Pride and Prejudice by Jane Austen		Pride and Prejudice 오만과 편견

영화와 함께 볼 수 있는 그 외 소설책

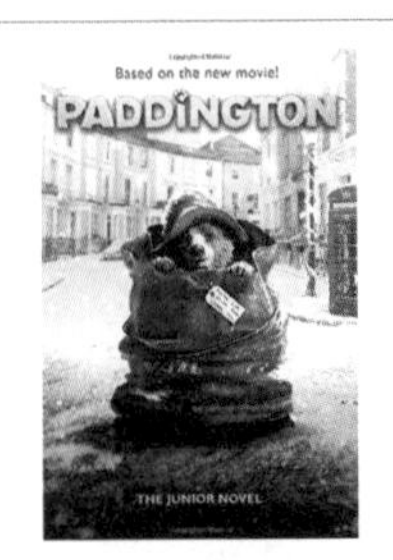	Paddington (The Junior Novel) by Jeanne Willis		Paddington 패딩턴
	The Chronicles of Narnia by C. S. Lewis	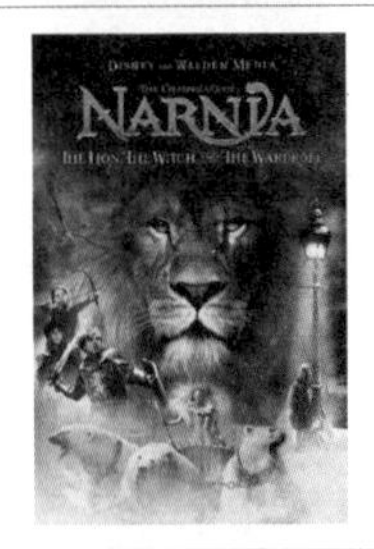	The Chronicles of Narnia 나니아 연대기
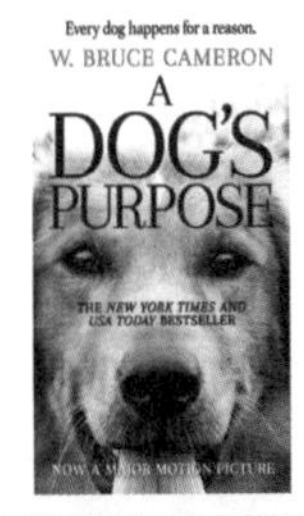	A Dog's Purpose by W. Bruce Cameron		A Dog's Purpose 베일리 어게인
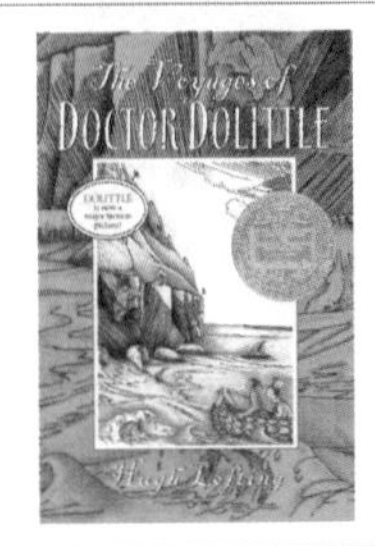	Doctor Dolittle by Hugh Lofting		Dolittle 닥터 두리틀

part 6

아웃풋은 어떻게 자극할까요?

01
핵심은 긍정적 동기부여

철학자 Vinoba bhave(비노바 바브)는 "교육은 학생들의 머리에 정보를 채우는 일이 아니라 지식에 대한 갈망을 불러일으키는 일이다."라고 했습니다. 어떤 일이든 꾸준히 지속하려면 물질적 보상 같은 외적인 동기보다 성취감이나 도전 의식 같은 내적인 동기가 필요함을 잘 표현하는 말이지요. 아이의 영어 실력이 올라갈 때마다 어떻게 하면 꾸준히, 그리고 즐겁게 책을 읽고 아웃풋을 유도할 수 있을까에 대해 많이 고민했습니다. 듣기와 영상 보기는 시·청각적인 자극이 되기도 하고 소극적인 흡수 과정이라 문제가 없겠지만 책 읽기와 말하기는 내적 동기가 없으면 흥미가 유지되기 쉽지 않지요. '매일 몇 분씩 읽기'와 같은 규칙을 정해서 습관을 만드는 노력도 했지만 그보다 아이의 내면에서 긍정적 동기부여가 되는 방법을 찾고 싶었습니다.

성공적이었던 영상 촬영 전략

서연이와 서진이에게 책 읽기의 동기부여가 되어준 것은 영상 촬영이었어요. 아직 문자를 읽지 못하는 아이들이 영상을 찍으려면 책의 내용을 숙지해야 하고, 그러기 위해서는 반복적인 읽기가 선행되어야 했지요. 또 소리 내어 읽어야 하니 아웃풋을 자연스럽게 끌어낼 수 있었어요. 이렇게 촬영을 위한 책 읽기를 하다 보면 말하기 연습도 저절로 될 거라고 생각했고 아이들의 할아버지, 할머니께 피드백도 받기로 했어요.

아이들이 책을 보고 말하거나 읽어주는 영상을 만들 때마다 전송하기 시작했고 할아버지, 할머니는 언제나 최고로 칭찬해 주셨어요. 아무리 사소한 결과라도 아이들의 노력을 깊이 인정해 주셨기에 아이들도 좋아했고 저도 참 감사했지요. 열심히 연습해서 촬영한 아이들의 영상이 일회용으로 사라지는 게 아쉬워 유튜브에 올리기 시작했을 때는 애정 어린 댓글을 달아주시며 아이들이 더 잘할 수 있게 응원해 주셨습니다. 가끔 영상을 찍는 간격이 길어질 때면 다음 편은 언제 올라오냐며 연락해오시기도 했는데 그런 게 아이들에게는 정말 큰 동기부여가 되었어요. 누군가 자신의 이야기를 기다리고 응원해 주는 것만으로도 하고자 할 의지가 생기고 잘할 수 있다는 용기를 얻게 되니까요. 아이들 영상의 대부분이 "Hello. Grandpa and grandma!"로 시작하는 이유가 바로 여기에 있습니다. 할아버지, 할머니의 사랑 덕분에 아이들은 영상을 찍는 일을 즐기게 되었고 영상을 찍기 위해 읽기와 말하기 연습도 즐겁게 할 수 있었어요. 동기가 생기니 자기 주도는 저절로 되었던 거죠.

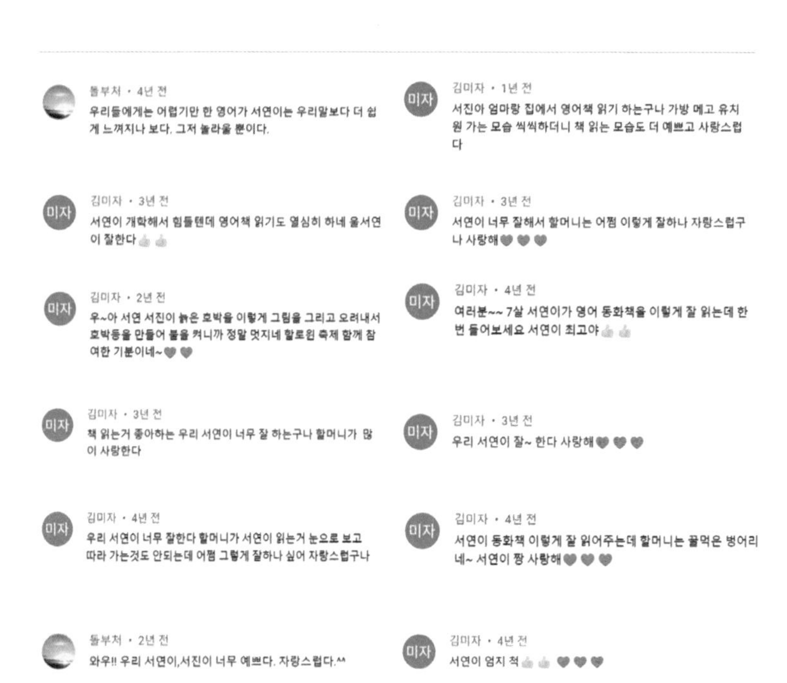

영상 촬영 전략이 성공적일 수 있었던 이유는 아이들이 스스로 하고 싶도록 긍정적인 욕구를 불러일으켰기 때문입니다. 시켜서 억지로 하는 일은 의미가 없을지도 모르나 스스로 하고 싶어서 하는

일에 좋은 성과가 따르는 건 어쩌면 당연한 결과일 거예요. 원하고 이루고 싶어 하는 일, 이루었을 때 한없이 뿌듯해할 수 있는 일은 아이마다 다르겠지만 모든 사람에게 존재하는 건 분명해요. 그 일을 찾아 성취의 경험을 맛볼 수 있도록 도와주세요. 즐거움과 성취감으로 긍정적 동기부여가 된다면 자기 주도적인 배움은 강요하기 전에 일어날 것입니다.

흉내 내어 읽기와 피드백

아이들은 자기 이야기를 하는 것을 참 좋아해요. 자아가 아직 자기중심적이기도 하고 끊임없이 관심받고 싶어 하는 욕구도 있기 때문이죠. 외향적인 아이들은 관심받는 걸 좋아하지만 내향적인 아이들은 어떨까요? 타인의 관심을 싫어한다고 오해하기 쉽지만 사실은 그렇지 않아요. 교실에서 크게 존재감을 드러내지 않고 조용히 지내는 학생 중에는 쉬는 시간에 선생님에게 와서 자기만의 얘기를 하는 아이들이 꽤 많습니다. 선생님과 관계 형성만 잘 되면 심지어 친구들이 모르는 비밀 이야기를 털어놓기도 해요. 타인의 관심이 싫다기보다 타인에게 공감받지 못할까 봐 두려운 마음이 더 커서 관심받고 싶은 욕구를 숨기는 경우도 많아요. 미움보다 무서운 것이 무관심이라는 말처럼 타인의 관심을 싫어하는 사람은 아마 아무도 없을 거예요. 그것이 긍정적인 관심이라면 더할 나위 없이 좋겠지요.

관심받고 싶어 하는 아이들의 본능적인 욕구를 이용해 아웃풋을 자극하는 방법이 있어요. 흉내 내어 읽기를 연습하고 사람들의 피드백을 받는 거예요. 대부분의 영어책에는 오디오북 음원이 있어서 원어민의 정확한 발음을 따라 하고 흉내 내기 좋아요. 마음에 드는 음원을 골라 흉내 내어 읽기를 해보면 일단 소리 내어 읽기가 자연스럽게 되고 강세(accent)와 억양(intonation) 습득에도 도움이 된답니다. 끼가 있는 아이라면 비슷하게 잘 따라 하겠지만 그러지 못해도 상관은 없어요. 똑같이 따라 하는 게 목적이 아니라 흉내 내기를 핑계 삼아 아웃풋을 시도하기 위한 것이니까요. 또 어릴수록 귀여움이라는 매력이 따라오기 때문에 실력은 큰 상관이 없어요. 흉내 내어 읽기가 아이의 성향과 맞지 않다면 흉내 내지 않고 그냥 소리 내어 읽기로 대체해도 괜찮아요. 조금씩 자신감을 붙여가면서 스스로 읽는 것에 재미를 느끼는 게 중요해요.

음원을 흉내 내거나 소리 내어 읽는 장면을 조금씩 영상으로 촬영해서 블로그나 유튜브에 올리자고 아이에게 제안해 보세요. 우리 아이도 영어책을 읽어주는 꼬마 블로거나 유튜버가 될 수 있다니, 얼마나 멋지고 특별한 경험인가요. 영상을 찍어 기록으로 남기면 아이의 성장 과정을 알 수 있는 수단이 되기도 하고 하나뿐인 영상 일기가 되니 더 값진 일이 되지요. 이 과정에서 아이가 주도적인 역할을 하기 위해서는 흉내 내는 책도 아이가 고르게 하고 블로그나 유튜브 제목을 정하는 일에도 참여시켜 주세요. 이제 가족과 지인들에게 댓글을 부탁하면서 최대한 과장되게 칭찬해 달라고 할 일만 남았습니다. 누군가, 어딘가에서, 내가 읽고 말하는 책을 듣고 있다니! 이보다 더 확실한 동기부여는 없을 거예요.

서연이가 오디오북 음원 흉내 내기를 하며 재미있게 읽었던 책은 Arthur(아서) starter 시리즈인데 챕터북 전에 읽기 좋은 그림책이에요. 한 명의 성우가 이야기 전체를 녹음하는 일반적인 오디오북과 달리 캐릭터 모두가 각각 다른 성우의 목소리로 녹음되어서 실감 나고 따라 읽기 좋았어요. 책과 함께 영상으로도 재미있게 보던 아서 시리즈를 이용하니 흉내 내며 읽는 과정을 즐기고 좋아할 수 있었어요. 흉내 내기를 하며 읽었던 책 중 Arthur's treehouse(아서의 나무집)라는 이야기로 영어 동화 구연 대회에 나가 금상을 수상하기도 했답니다. 엄마가 억지로 시켰다면 불가능했을 일이지만 스스로 좋아서, 재미있어서, 즐기면서 했던 책 읽기였기에 가능했다고 생각해요.

D.W. The big boss 서연이(8살)

Arthur Helps out 서연이(7살)

D.W.'s Perfect present 서연이(8살)

Arthur's Tree house 동화 구연하는 서연이(11살)

02
역할 놀이의 힘

역할 놀이 속의 메타인지

아웃풋을 유도하기 위해 역할 놀이만큼 좋은 것도 없어요. 듣기와 영상, 책으로 인풋을 주기 시작하면서부터 아이들은 영어로 말하고자 하는 욕구가 생기는데 매번 발화를 할 수 있는 상황을 만들어주기는 쉽지 않았어요. 특별히 주어진 상황이 없어도 혼잣말을 쉬지 않고 하는 아이들도 있지만 모든 아이가 그런 표현력을 자랑하는 것은 아니니까요. 저는 아이들이 짧은 표현이라도 입 밖으로 내뱉게 하려고 곰 인형이든 블록 모형이든 손에 잡히기만 하면 'Hello'로 말을 걸었습니다. 엄마의 이런 행동이 반복되자 상황 설정 없이도 망설임 없이 대답을 만들어내더군요. 단순한 인사로 시작하고 끝나더라도 표현에 망설임이 없다는 것을 매우 긍정적인 신호로 받아들였어요. 피하지 않고 웃으며 대응한다는 것은 잘 모르는 것에 대한 의식이 확고하지 않은 유아기라서 가능하다는 생각이 들었거든요. 처음에는 Hello, Let's play, Good bye로만 단순하게 맴돌던 대사들이 시간이 지날수록 차츰 발전해 갔어요. 영상에서 듣고 보았던 표현이 역할 놀이를 하며 아웃풋으로 많이 나오는 것도 경험할 수 있었고요. 아이들은 스스로 장면을 설정하고 집 안에 굴러다니는 물건들을 소품으로 활용하며 상황에 어울리는 대사를 생각해내기도 했습니다.

역할 놀이는 미취학 시기의 유아들만 좋아한다고 생각하기 쉽지만, 초등학교 중학년까지도 아이들이 제일 좋아하는 활동 중의 하나일 정도로 인기가 많아요. '역할극'이 대사를 외워서 하는 것이라면 '역할 놀이'는 정해진 대사 없이 즉흥적으로 표현하는 것으로 상황에 따라 생각나는 말을 내뱉는 형식이라서 발화를 끌어내기에 아주 훌륭한 방법이에요.

역할 놀이는 사고의 성장 과정에도 좋은 영향을 미치는데 특히 메타인지 능력을 향상하는 데 도움이 된다고 알려져 있어요. 메타인지란 자신의 생각을 판단하는 능력을 의미하는데 쉽게 말해 '무엇을 알고 무엇을 모르는지 정확히 아는 것'입니다. 역할 놀이를 할 때 아이들이 아무 생각 없이 대사를 말하는 것 같지만, 사실은 총체적인 관점에서 장면을 구상하고 어떤 말과 소품이 필요하며 어떤 흐름으로 이야기를 이끌어갈지 스스로 생각하는 힘을 키우게 돼요.

그러니 들리는 짧은 대사 하나로만 장면을 단순하게 평가해서는 안 되는 거죠. 역할 놀이의 장면을 설명하고 등장인물과 대사를 만들어가는 과정을 통해 아이들은 그동안 쌓아온 언어 지식을 총동원하여 자신이 아는 것과 모르는 것을 구별하기도 하고 할 수 있는 것과 할 수 없는 것의 경계를 생각하기도 하며 메타인지 능력을 길러간답니다.

역할 놀이로 발화 자극하기

아이들이 영어 이야기를 듣고 보는 것이 일상이 되니 알던 이야기를 표현하고 싶어 하기도 하고 새로운 이야기를 만들고 싶어 하는 욕구도 커졌어요. 처음에는 짧은 질문과 대답으로 끝나버리다가 시간이 지날수록 표현의 양과 범위가 점점 늘어났지요. 말문이 막힐 때는 우리말과 영어를 섞어 쓰기도 했어요. 인풋은 계속 주어지고 있으니 역할 놀이를 하면 할수록 아웃풋이 점점 발전하는 게 눈에 보였습니다. 아이들은 영상에서 보았던 표현이나 이야기에서 들었던 문장을 역할 놀이 안에서 섞어 쓰며 발화를 발전시켜 나갔지요. 자신들이 만든 이야기를 봐달라고 매일 저녁 엄마, 아빠를 불렀어요. 이미 흉내 내기와 책 읽기를 통해 영상 촬영에 익숙해져 있던 아이들이라 카메라를 켜는 순간 집은 곧바로 무대가 되었습니다. 단순하고 앞뒤 없는 이야기였지만 아이들은 그 과정을 정말 즐겼어요. 나중에는 제가 찍어주는 것이 힘들어서 그만하자고 할 정도였으니까요. 특별한 내용도 없고 연결되지도 않는 상황들의 연속이지만 등장인물과 배경을 설정하고 이야기를 만들어가는 것이 기특하고 대견해서 아낌없이 칭찬을 해주었습니다. 엄마, 아빠가 관객이 되어 무대를 보아주니 아이들은 신나서 매일 역할 놀이 하는 재미에 푹 빠졌답니다.

역할 놀이하는 서진이(4살), 서연이(7살)

역할 놀이하는 서진이(5살), 서연이(8살)

서연이가 주도하면 서진이는 같이 따라 참여하는 것에 재미를 느껴 잘 굴러갔지만, 형제가 없는 아이라면 엄마가 역할 놀이의 상대가 되어주세요. 역할 놀이의 재미와 효과는 혼자 하는 것보다 받아주는 상태가 있을 때 극대화되는 것이니까요. 아이는 혼자 하는 것보다 훨씬 재미있어 할 것이고 아웃풋의 효과도 클 것입니다. 영어를 잘 구사할 수 있는 엄마라면 더 수월하겠지만 영어가 쉽지 않다면 우리말과 영어를 섞어서 말해도 상관없습니다. 아이와 상호작용하며 주고받는 대화를 어떻게 연결해서 이어 나가느냐가 더 중요합니다. 틀리고 어설픈 영어라도 당당하게 말하는 것에 아낌없는 칭찬과 격려를 해주세요. 아이가 즐겁게 놀이하는 과정에서 아웃풋이 성장하는 경험을 하게 될 거예요.

03
발화 욕구를 끌어내는 다양한 놀이

이야기를 듣는 것과 영상을 보는 것은 다분히 수동적인 활동이지만, 말하기는 아이가 주도하여 시작하지 않으면 억지로 끌고 나가기가 상당히 어려운 영역이에요. 준비가 되지 않은 아이에게 영어로 말해보라는 강요는 자신감만 하락시킬 수 있으므로 피해야 합니다. 영어 노출 초반부터 듣기와 읽기, 말하기를 연결해주어야 하는 이유는 짧은 발화부터 자연스럽게 끌어내기가 쉽기 때문이에요. 오랜 기간 침묵하던 아이가 갑자기 말을 유창하게 하기는 어려우니까요. 인풋이 넘쳐 저절로 발화가 시작되는 시기가 오기도 하겠지만, 의도적으로 조금씩 말할 수 있는 계기를 만들어주어 아웃풋의 시작 시기를 앞당겼던 것이 저희 아이들에게는 큰 도움이 되었다고 생각해요. 그림책을 반복하여 읽으면서 말해보는 활동이나 이야기의 상황대로 역할 놀이를 통해 발화해 보는 경험은 알고 있는 표현을 입 밖으로 꺼내어볼 수 있는 좋은 계기가 되었으니까요.

발화 욕구를 끌어내는 핵심은 아이가 평소에 좋아하는 것을 눈여겨보았다가 그것을 영어와 연결해 주는 것이에요. 아이가 좋아하는 것을 잘 찾기 위해서는 관찰력이 좋아야겠지요. 우리 아이를 관찰하며 좋아하는 것을 찾는 노력을 계속한다면 발화 활동과도 연결 지을 수 있는 길이 보일 거예요. 아이가 좋아할 수밖에 없는 활동들을 하면서 영어를 수단으로 활용하면 발화 욕구가 자극되어 말하기를 강화할 수 있어요.

게임 활용하기

재미라는 버튼을 조금만 눌러주면 아이들은 말하는 것을 멈추지 않을 거예요. 틀린 영어라도 좋고 우리말을 섞어서 말해도 상관없어요. 그저 즐기면서 할 수 있는 놀이를 찾아주고 그 과정에 함께 해주는 게 중요합니다. 말하기를 해야 진행할 수 있는 게임을 활용해 보는 것도 좋은 방법이에요.

Guess Who	Quiz Band	Word on the Street Junior	Apples to Apples Junior
인물에 대한 묘사 표현을 듣고 말하며 익힐 수 있음	사물에 대한 질문, 대답, 추리를 통해 말하기를 연습함	읽기, 말하기, 철자 익히기를 동시에 즐길 수 있는 게임임	논리를 펼치고 판단하는 과정을 통해 말하기를 연습함

퀴즈 내고 맞히기

서진이는 퀴즈를 만들어서 맞히는 놀이를 좋아했어요. 머릿속에 문제를 생각하고 그것에 대한 힌트를 스무고개처럼 주면 상대방이 맞히는 것인데 정답에 대한 간단한 정보라도 생각해서 말하게 되니 아웃풋을 강화하기에 참 좋았습니다. 이 놀이를 재미있게 하려면 답이 뻔히 보이더라도 너무 빨리 맞추어서는 안 돼요. 아이들은 자신이 낸 문제를 상대방이 쉽게 알아내지 못한다는 사실에 희열감을 느끼면서 그 과정을 즐기거든요. 승부욕이 강한 아이라면 더 조심해야 해요. 그렇다고 답을 전혀 못 맞히면 재미가 떨어지니 어려워하는 척하면서 답을 가까스로 맞히는 능청스러운 연기가 필요해요. "와, 그런 문제를 어떻게 생각했지?", "진짜 어려웠는데 서진이가 힌트를 잘 내준 덕분에 맞혔어." 등의 멘트로 흥미를 유지해 주면서 동시에 격려해 주는 것도 중요해요.

이런 놀이를 할 때 무조건 영어만 써야 한다고 강요할 필요는 없어요. 고등학교 때 학교의 특정 구역을 English zone으로 정해두고 거기에서는 영어만 써야 했는데 그게 스트레스였던 기억이 아직도 있어요. 우리가 미국 사람도 아닌데 무조건 영어로만 말해야 한다는 규칙은 아이에게도 괴로울 수 있어요. 저는 우리말과 영어를 모두 허용하되 자연스럽게 영어를 쓰도록 유도해 줬어요.

서진이는 문제를 생각해서 말해야 하는 과정이 나름의 도전이었을 텐데도 엄마랑 문제 내고 맞히는 게 재밌고 즐거워서 자꾸 하자고 졸랐어요. 재미와 흥미가 우선되어야 함을 잘 알 수 있는 대목이지요. 즐거운 상호작용을 통해 아웃풋을 자극해 준다면 아이들은 재미있게 논다고 느끼는 가운데 자기도 모르게 발화가 향상될 수 있어요.

퀴즈 내는 서진이(4살)

퀴즈 내는 서진이(8살)

음식 만들어 소개하기

간단한 거라도 스스로 만들어보는 것을 아이들은 참 좋아해요. 특히 엄마와 함께하는 거라면 더 즐겁지요. 사실 요리라고 하기에 민망한 간단한 것들도 아이들은 참 행복해했어요. 빵, 생크림, 과자,

딸기, 초코펜으로 케이크를 만드는 활동이 그중 하나예요. 원하는 재료로 케이크를 꾸민 다음 자신이 만든 케이크를 설명해 보는 것으로 아이들의 아웃풋을 끌어내 보았어요. 요리사가 된 기분으로 만든 음식을 설명하면서 아이들은 재미있게 아웃풋을 쏟아낼 거예요.

케이크 소개하는 서진이(6살)

케이크 소개하는 서연이(9살)

보드게임 사용설명서

코로나로 바깥 외출이 힘들어지던 시기에 집에서 보드게임을 참 많이 하게 되었어요. 여러 보드게임을 접하면서 하는 방법을 알기 위해 설명서를 읽어보았는데 솔직히 이해하기 어려운 것도 많더라고요. 그런데 글로 된 설명서보다 게임을 설명해 주는 영상을 보니까 더 잘 이해가 되기에 거기에서 아이디어를 얻었습니다. 우리 가족은 재미있게 즐기는 보드게임이지만 할 줄 모르는 사람들에게는 어려울 수 있으니 소개해주는 영상을 찍어보면 어떻겠냐고 제안했지요. 아이들은 보드게임을 정말 좋아했기 때문에 하는 방법을 설명하는 것에도 열심이었어요. 우리말로도 설명하기 힘든 내용을 영어로 설명하는 과정이 쉬울 리가 있을까요. 설명을 들어보면 문법도 틀리고 의미가 전달되지 않는 문장들도 많지만 무조건 칭찬만 해주었어요. 아이들이 재미를 가지고 할 수 있는 일을 찾아 격려해주고 잘한다고 끊임없이 칭찬해 주는 일이 정말 중요해요. 자신이 좋아하고 자신 있어하는 분야에 대해 다른 사람에게 알려주고 소개해보는 말하기는 아이들에게 도전이었지만 동시에 자신감을 향상할 수 있는 최고의 촉진제가 된다는 걸 알 수 있었어요.

슬리핑퀸즈 설명하는 서진이(6살)

도블 설명하는 서연이(9살)

로보77 설명하는 서진이(6살)

미술 놀이와 연계하기

아이들은 이야기를 만들어 표현하는 것을 좋아하기 때문에 그 욕구를 자극하는 것도 좋은 방법입니다. 역할 놀이를 통해 이야기를 표현할 수도 있지만 혼자 동화 구연을 할 수도 있지요. 그런데 무작정 이야기를 만들자고 하면 어려움을 느낄 수 있어서 이야기 속 등장인물을 만들어보며 꾸밀 이야기의 내용을 생각해보게 하면 좋습니다. 클레이나 퍼니콘 등의 재료로 캐릭터를 만들어보면서, 그 캐릭터가 이야기에 등장한다면 어떤 말을 할지, 성격은 또 어떨지 아이의 상상력을 자극해 줍니다. 온전히 자기의 생각으로 만들어낸 캐릭터이기에 아이들은 즐거울 수밖에 없어요. 일말의 개연성이 없는 줄거리라도 상관없으니 캐릭터에 이야기를 붙여 말하는 과정에 용기를 북돋아 주세요. 그러면 아이는 더 주도적으로 이야기를 만들어 갈 힘을 얻을 거예요. 특히 만들기를 좋아하는 아이라면 이렇게 미술 놀이를 하면서 이야기 만드는 활동에 더 흥미를 느끼며 참여할 것입니다. 서진이는 꼬물거리며 손으로 무언가를 만드는 활동을 좋아해서 색종이로 접어 소개하기, 블록으로 캐릭터를 만들어 이야기하기 등을 참 재미있게 했어요. 그림 그리기를 좋아하는 아이라면 화가가 되어 자신이 그린 그림을 소개하는 활동도 표현 욕구를 자극하기에 좋을 것입니다. 온 가족이 관객이 되어주는 것도 잊지 말아야겠지요.

만든 이야기를들려주는 서진이(7살)

하트 접는 법 설명하는 서연이(9살)

유튜브 콘텐츠 제작하기

아이들의 발화를 담은 영상을 찍다 보니 주제를 정해서 콘텐츠를 만들면 좋을 것 같다는 아이디어가 생겼어요. 어떤 걸 만들면 좋을지 물어보니 방과 후 수업에서 배웠던 마술과 요리하는 영상을 찍고 싶다고 했어요. 평소 집에서도 마술쇼를 자주 했고 요리에 관심이 많아서 주방을 들락거리던 일도 생각났어요. 아이가 좋아하는 분야이니 자신감을 가지고 할 수 있을 것 같았지요. 자신의 제안대로 콘텐츠를 만드는 과정에 서연이는 신나서 참여했고 역시나 주도적으로 최선을 다했어요. 사진을 찍고 대본을 만들어 학교 원어민 선생님에게 감수까지 받으니 그럴듯한 콘텐츠를 만들어낼 수 있었습니다. 엄마의 허접한 편집에도 아이들은 자신이 등장하는 콘텐츠를 보고 만족해하고 감탄해 주었어요.

발화 욕구를 끌어내기 위한 다양한 활동을 하면서 특별한 노력을 기울인 것은 없어요. 그저 영어 발화를 하면 칭찬을 듬뿍 해주고 영상을 찍어달라고 하면 찍어주었어요. 강요하지 않으려고 했고 모든 과정을 아이들과 상의했습니다. 원하는 것이 무엇인지 우리가 같이 무얼 할 수 있을지에 대한 아이들의 의견을 존중하고 반영해 주었지요. 아이들의 발화 과정이 자연스럽고 빠를 수 있었던 까닭은 아웃풋 과정에서 충분한 재미를 느낄 수 있게 유도해 주었기 때문이며 또 그 이전에 충분한 인풋이 있었기 때문이라고 생각해요. '충분한 인풋'과 '재미'라는 요소, 이 두 가지는 적극적인 발화를 끌어내는 핵심 요소라는 걸 꼭 기억하세요.

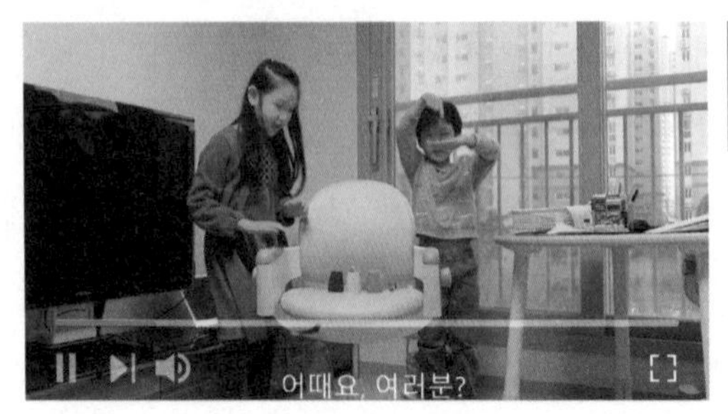

Magic Show

감자피자 만들기

감자 치즈볼 만들기

04
고마운 마이클 선생님, 세라 선생님

서연이와 서진이가 발화 과정에서 많은 도움을 받았던 건 마이클(Michael) 선생님과 세라(Sarah) 선생님 덕분이었어요. 사교육을 받지 않고 엄마표 영어를 하는 아이들이 원어민을 만날 기회는 사실 흔치 않잖아요. 저는 운 좋게도 학교에서 같이 근무했던 원어민 선생님 부부와 친하게 지내면서 아이들에게 원어민과 대화하는 경험을 하게 해 줄 수 있었어요. 미국에서 오신 마이클 선생님과 세라 선생님은 아이들 지도 경험이 많고 우리나라에서 오래 생활하신 덕분에 한국 문화에도 익숙하셔서 아이들이 참 좋아하고 따랐어요.

두 선생님은 언어 습득에 관심이 많고 영어 교수법도 꾸준히 연구해 오셨던 분들이라 엄마표 영어 환경에 관심이 많으셨어요. 아이들의 영어 교육에 대한 조언을 주고받기도 했고요. 한국어와 영어를 왔다 갔다 하며 자유자재로 의사소통하는 아이들을 보면서 나중에 아이를 낳으면 서연이, 서진이처럼 이중 언어로 키우고 싶다고 말씀하실 정도로 저의 교육 방법을 적극적으로 지지해 주셨지요.

주말에 우리 가족과 교류하고 기꺼이 우정을 나누어주신 마이클 선생님과 세라 선생님 덕분에 아이들은 원어민을 만나는 경험은 물론 문화 체험까지 할 수 있었어요. 특히 서진이는 마이클 선생님을 많이 좋아해서 의사소통하고자 하는 욕구가 강했어요. 자신이 원하는 것을 표현하는 데 거침이 없었던 어린 나이에 코드 믹싱을 하면서 원하는 바를 모두 이야기했으니까요. 세라 선생님은 요리를 정말 잘하셔서 수줍어하는 서연이를 위해 쿠키와 빵 만드는 법을 알려주셨고 Jack-o'-lantern(호박등) 만들기도 함께 해주셨어요. 저와 아이들에게 잊지 못할 시간이 되었지요. Thanksgiving Day(추수감사절) 저녁에 초대해 주신 날에는 책과 영상에서만 보았던 신기한 음식들도 맛볼 수 있었습니다. 값으로 매길 수 없는 정말 귀한 경험들이었어요.

jack-o'-lantern 만들기

Trick of Treat 가는 길

Baking Time

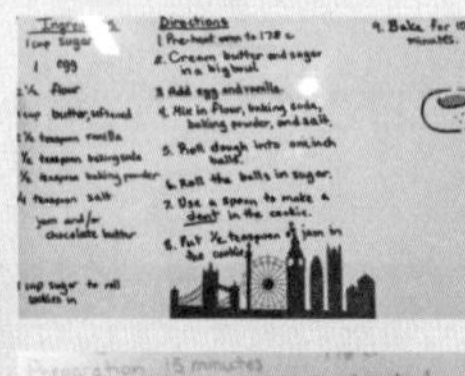

Halloween Day

Thanksgiving Day

part 7

엄마표 영어에 날개 달기

슬기로운 엄마표 영어 지침서

01
한글 독서와 영어 독서의 균형 잡기

한글 독서와 영어 독서의 관계

기초가 튼튼하지 못하여 오래 견디지 못할 일을 두고 사상누각이라고 하지요. 영어 독서 실력만 좋고 한글 독서가 뒷받침되지 않을 때 딱 맞는 표현이라고 생각해요. 영어에 집중하기 위해 영어책만 열심히 읽고 한글책은 소홀히 해도 괜찮을까요? 우리말은 노력하지 않아도 자연스럽게 습득되는 법이지만 책을 읽는 것은 말과는 또 달라서 어릴 때부터 습관을 잡는 게 중요해요. 이 독서 습관이 영어책에만 국한되어서는 안 됩니다.

큰아이가 초등학교 1학년 때 영어책 읽기에 빠져서 오히려 한글책을 충분히 읽지 못했더니 영어책이 더 재미있다며 계속 영어책만 보려고 한 적이 있어요. 영어책을 좋아하는 것은 반가운 일이지만 한글책을 재미없다고 느끼는 건 문제이기에 걱정되지 않을 수 없었습니다. 재미가 없다는 건 한글 독서 능력이 영어 독서 능력을 따라오지 못하고 있다는 뜻이기도 하니까요. 영어책에 빠져 한글 독서를 뒷전에 두어서 생긴 결과였지요. 나중에 알고 보니 엄마표로 영어책 읽기에만 신경 쓰는 아이들에게 드물지 않게 나타나는 일이었어요.

한글 독서와 영어 독서는 당장은 그 관계가 눈에 띄지 않지만 서로 깊은 연관성을 가지고 있습니다. 독서는 그냥 '글자'를 읽는 것이 아니라 '글'을 읽고 이해하는 것이라서 독서를 많이 하면 할수록 글에 대한 이해력도 높아져요. 여기에서 이해력은 단순히 '아는 것'을 넘어 '내 것으로 소화하는 능력'을 뜻해요. 읽고 사고하고 판단해서 의미를 만들어가는 일련의 과정인 거죠. 넓은 의미의 문해력이라고 볼 수 있어요. 모국어 독서로 다져진 글에 대한 이해력은 영어 독서에도 영향을 미치기 때문에 한글 독서가 탄탄히 이루어진다면 영어책 읽기도 탄력을 받아 뻗어가기가 쉽습니다. 반대로 한글 독서가 뒷받침되지 못하면 영어책 읽기는 언젠가 한계에 부딪힐 확률이 높아요. 언어가 다를 뿐 '읽고 해석하여 내 것으로 받아들이는 사고의 과정'을 거치는 것은 같으니까요.

한글 독서를 소홀히 하면 안 되는 이유

한글책으로 다져진 이해력이 영어책에 대한 이해력에도 영향을 미친다고 했는데, 그러면 영어 독서만으로는 이해력이 충분히 성장할 수 없을까요? 자극에 대한 이해력이 쌓여 지적 수준이 높아지려면 사고가 확장되는 과정이 이루어져야 해요. 그런데 우리나라에 사는 이상 거의 모든 자극은 한글과 한국어로 이루어져 있지요. 이런 환경에서 사고력을 강화할 방법은 한글 독서만큼 좋은 게 없어요. 사고의 확장을 위한 자극을 굳이 영어 독서로만 한정 지을 필요는 없으니까요. 한글 독서를 소홀히 하는 것은 한국어 환경에서 사고의 성장을 도와줄 최적화된 자극을 놓치는 것이나 다름없습니다. 영어권 국가에 사는 사람들이 영어 독서만 해도 충분한 이유는 그들이 살아가는 환경이 거의 영어로 이루어져 있어서 영어 독서만으로도 차고 넘칠 만큼의 자극을 얻기 때문입니다. 언어 환경이 다른 우리나라에서 한글 독서를 소홀히 해서는 안 되는 중요한 이유겠지요.

다행히 큰아이는 그 이후로 한글 독서와 친해지기 위해 애쓴 덕분에 균형을 이룬 독서 습관을 기르게 되었어요. 미국의 역사, 문화, 위인과 같은 지식은 영어 독서로 얻고 우리나라의 전통과 역사에 관한 지식은 한글 독서로 습득하고 있어요. 영어권 문화에 대한 경험과 지식을 한글 독서로 얻기에는 한계가 있는 것처럼 우리 사회와 문화에 대한 정보를 영어 독서로는 충분히 얻기가 힘듭니다. 한글 독서 습관을 다지지 않고 영어책 읽기에만 집중하면 중요한 걸 놓칠 수밖에 없어요. 더 빨리 달리는 게 중요한 게 아니라 넘어지지 않고 가기 위해 한글 독서는 꼭 필요해요. '앞에서 끌어주고 뒤에서 밀며'라는 노랫말처럼 한글 독서와 영어 독서가 균형을 이루며 전진할 수 있게 해 주세요.

02
문화 예술 행사 활용하기

어린이 연극 공연 보기

아이들은 '재미'라는 요소가 없으면 자발적으로 선택하기가 힘들어요. 특히 영어책 자체에 흥미를 느끼지 못하는 아이라면 재미있게 느낄만한 외적인 활동과 연결하여 자극을 주는 것이 좋아요. 책의 내용과 관련 있는 문화 활동을 경험하게 하여 일상에 책이 스며들게 유도하는 방법이지요.

아이들이 좋아하는 어린이 연극을 많이 보러 다닌 것도 그런 이유에서였어요. 서연이가 명작이나 창작 동화를 좋아하긴 했어도 영상을 즐겼을 뿐이지 처음부터 영어책 읽기를 좋아했던 건 아니었어요. 책에도 관심을 붙여주기 위해 주말에 볼 공연을 핑계 삼아 자연스럽게 함께 읽기를 유도했어요. 명작이나 창작 동화는 우리말 공연이지만 집에는 한글책과 영어책이 모두 있으니 둘 다 권할 수 있었지요. 백설 공주 연극을 보러 가기로 약속하면 공연 일주일 전이면 영어 명작을 읽자고 하고 알라딘 공연을 보기로 정한 주에는 디즈니 영어책을 읽어보자고 꼬드기기가 쉬웠습니다. 좋아하는 연극을 보러 가는데 그 내용이 나오는 책과 영상을 마다할 리 없지요. 공연을 한번 보고 오면 시키지 않아도 그 책을 다시 꺼내오는 일이 많아서 자연스럽게 반복이 되었어요. 사람들은 즐거운 자극을 받으면 계속 유지하고 싶은 마음이 있어서 그것과 연결되는 다른 자극을 적극적으로 탐색하려는 경향이 있어요. 감명 깊은 공연을 보고 나서 배우를 검색해 본다거나 주제곡을 찾아서 들어보는 일들이 그것이지요. 그런 심리를 이용해서 자발적인 영어 노출 환경을 만들어줄 수 있었습니다. 꼭 영어로 된 행사가 아니어도 주제가 연결되는 활동 거리를 찾아 연결해 주는 전략은 아주 효과적이었어요.

영화관 데이트하기

영화관에서 영화도 많이 보았는데 눈으로 즐기며 영어를 습득할 기회이기도 하고 가족과 함께하는 시간이기도 해서 좋았습니다. 어린이 영화가 개봉한다는 소식을 들으면 온 가족이 함께 영화관 데이트를 다녔어요. 아이들이 자막을 읽지 못할 때부터 영화를 보러 다니며 의도적으로 원어로 영화를 보는 것에 익숙해지게 했어요. 집에서 TV를 영어로만 보던 것처럼 말이죠. 누나에 비하면 집중력이 길지 못했던 둘째는 긴 영화 상영 시간에 힘들어할 때도 했지만 팝콘의 힘으로 버틸 수 있었어요. 대여섯 살의 어린이가 2시간 정도 되는 긴 영상물을 자리 이동 없이 본다는 게 쉬운 일이 아닌데도 팝콘을 먹기 위해 누나와 영화관 가는 시간을 무척이나 기다리더군요. 집중력이 길지 못해 영화 상영 중간중간에 데리고 나갔다 온 적도 있었지만, 점차 영화에 몰입하는 시간이 늘어났습니다. 시간이 지나면서 인풋이 더 쌓였던 이유도 있을 테지요. 그렇게 아이들을 영화관에 자주 데리고 다녔더니 나중에는 더빙 영화는 보려고도 하지 않았어요. 영어권에서 만든 영화를 원어로 보기 위해서는 영화가 개봉하자마자 최대한 빨리 보러 가는 것이 팁이에요. 어린이 영화는 조금만 시간이 지나면 더빙판만 상영하는 영화관이 대부분이거든요. 꼭 애니메이션 영화가 아니라도 아이들 볼만한 영화가 있으면 슬쩍 권해서 자주 보러 다니는 걸 권해요. 영어에 노출하는 것도 좋지만 가족이 함께하는 시간 자체로도 아이들에게는 굉장한 의미이고 소중한 시간일 거예요.

전시회·뮤지컬 관람하기

문자를 익히고 나서는 그림이나 사진 전시를 데리고 다녔어요. 우연히 건물 실내에 걸린 그림 몇 점을 보게 되었는데 아이가 작품 옆에 작은 글씨로 적혀있는 영어 제목을 읽더니 '와, 진짜 그러네.' 하는 것이 계기가 되었어요. 작품 제목을 읽고 감상해 보는 기회로 만들면 좋겠다 싶어서 꼭 어린이를 위한 전시가 아니어도 그림이나 사진 공연이 있으면 많이 보러 다녔어요. 관심을 가지고 찾다 보니 지역의 미술관이나 갤러리에서 무료 전시회도 많이 한다는 걸 알게 되었어요. 외국인 작가의 작품은 제목을 영어로도 같이 표기하는 일이 많아서 아이들이 그림을 보다가 제목도 함께 읽어보게 은근슬쩍 유도했지요. 문화생활을 하면서 영어 읽기도 함께할 수 있으니 어른들도 만족하는 경험이 되었어요.

캣츠 뮤지컬팀이 내한 공연을 했을 때는 최대한 음악에 익숙해지도록 많이 듣고는 뮤지컬을 관람하러 갔어요. 큰아이는 그때 받았던 책자를 볼 때마다 너무 좋았다고, 참 감동적이지 않았냐며 만족해하던 기억을 몇 년이 지난 지금까지도 이야기할 정도지요. 앤서니브라운의 작품전을 보고 오면 집에 와서 앤서니브라운 그림책을 한 번이라도 더 들여다보는 것이 아이들입니다. 아이가 영어 영상과 영어책을 조금이라도 더 친근하게 느끼도록 하려는 노력이 모여 아이의 영어 키는 한 뼘 한 뼘 성장할 거예요. 더불어 가족과 함께한 소중한 시간도 멋진 추억으로 남게 되지 않을까요.

영어책과 연계해서 봤던 공연들

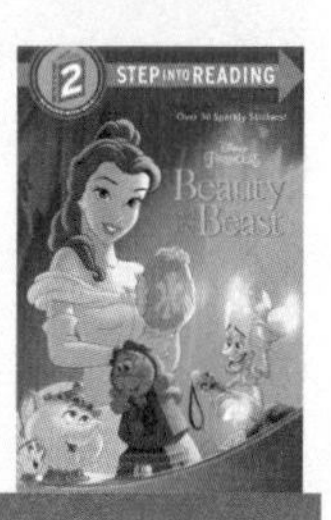

03
영어도서관 이용하기

영어도서관의 단골 되기

저는 영어책을 많이 사서 보기도 했지만 영어도서관도 많이 이용했습니다. 이유는 크게 두 가지였는데 첫 번째는 영어책을 사기 전에 미리 살펴보기 위해서였어요. 아이가 책을 좋아하기 시작하니 읽기에 가속도가 붙어서 읽는 만큼 책들을 집에 구비해 놓기에는 한계가 있었어요. 그래서 책을 사기 전에 부지런히 정보를 검색하여 추천 도서를 찾아보고 그 책들을 먼저 도서관에서 빌려서 아이의 반응을 살폈습니다. 마음먹고 구매한 책이 자리만 차지하는 애물단지가 되지 않으려면 이런 검증 과정이 꼭 필요하거든요. 인터넷 중고시장에서 펼친 흔적도 거의 없는 책들을 심심찮게 볼 수 있는 이유 중 하나가 이런 검증 과정을 거치지 않고 책을 바로 사버리는 실수 때문일 거예요. 경험해 보니 남들에게 인기가 있다고 우리 아이에게도 꼭 대박이 난다는 보장이 있는 것도 아니고, 아이마다 성향이 다른 만큼 선호하는 책도 달라서 유명한 책이라고 해서 덜컥 사버리는 일은 피하는 게 좋아요. 물론 집에 보관할 공간이 넉넉하다면 상관없겠지만요.

영어도서관의 단골이 되었던 두 번째 이유는 책에 딸린 CD 때문이었어요. 엄마표 영어를 할 때 책과 오디오북 음원이 정말 중요한데 이 음원을 구하는 일이 생각보다 쉽지 않거든요. 온라인 서점에서 오디오북 음원이 포함된 책을 사려면 비싸기도 하고 음원 사이트를 이용하기에는 원하는 음원이 없을 때도 있어서 애매했어요. 도서관의 영어책에는 대부분 CD가 부록자료로 함께 있어서 음원 파일을 추출해 두면 듣기를 할 때도 쓸 수 있고 책을 샀을 때 전자펜 음원 스티커 작업을 하는 데도 유용해요. 근처에 있는 도서관 책의 CD가 훼손되고 없을 때는 다른 공립도서관에 있는지 검색해 본 뒤 상호대차서비스를 이용했어요. 멀리 있는 도서관에 소장된 책을 가까운 도서관까지 배달해 주고 반납까지 할 수 있는 시스템이라 편리했어요.

아이와 함께 영어책 고르기

'도서관에서 길을 잃게 하라.'는 유명한 말이 있어요. 다양한 책을 읽으며 실패도 해봐야 자신이 좋아하는 분야의 책을 스스로 골라 읽게 된다는 의미겠지요. 그러려면 먼저 아이를 도서관에 데리고 다니는 연습이 필요합니다. 아이가 어릴 때는 같이 외출하기가 버거워 혼자서 도서관에 다니다가 언제부턴가 스스로 책을 골라보는 일도 필요할 것 같다는 생각이 들어 데리고 다니기 시작했어요. 제대로 검색할 줄도 모르는 아이에게 마음 가는 대로 골라보게 했더니 그림이 예쁘다며 수준에 맞지도 않는 책을 고르기 일쑤였지요. 사실 엄마 마음속에는 어떤 책을 골라봐야 할지 이미 정답이 정해져 있어서 아마 아이가 뭘 고르든 엄마 눈에는 차지 않았을 거예요. 그런데 희한하게도 자기가 골라온 책은 애정을 갖고 잘 보더라고요. 그림만 넘기는 수준이더라도 말이에요. 넘치는 열정으로 매번 책을 골라주지 않아도 아이 스스로 할 수 있었던 일인데 책 고르는 재미를 줄곧 빼앗고 있었던 걸지도 모르는 일이었습니다. 그 뒤로는 영어도서관에 갈 때마다 아이를 데리고 다녔어요. 처음이 힘들어서 그렇지 몇 번 반복하면 으레 도서관은 함께 가는 곳이라는 인식이 생겨요. 그림이 마음에 들어서든, 책의 냄새가 좋아서든 그 이유가 무엇인지는 중요하지 않아요. 아이가 스스로 책을 고르고 읽는다는 사실이 의미 있는 거죠.

그림책 단계에서는 어차피 텍스트는 상관없이 그림이 마음에 드는 책을 고르면 되지만 문자를 인식하여 읽는 단계가 되면 자신이 읽을 수 있는 수준인지를 스스로 판단할 기회를 가지는 것도 필요합니다. 아이는 엄마가 매번 골라주는 것보다는 스스로 자신이 읽을 수 있는 것과 아닌 것을 구별해 보면서 성장할 테니까요.

어떻게든 많이 읽기만 하면 좋은 거라고 가볍게 생각할 수도 있을 거예요. 하지만 누군가 골라주는 책만 맹목적으로 보는 아이보다는 주관을 가지고 스스로 판단해서 필요한 책을 고를 줄도 아는 아이로 성장하는 게 낫지 않을까요? 아이가 골라주는 책을 읽기만 하는 로봇이 되는 게 우리가 원하는 목표는 아니니까요. 아이를 영어도서관에 데리고 다니는 수고 뒤에는 빌려온 책을 거들떠보지 않고 보관만 하다가 반납하는 일도 생길 것이고, 수준에 맞지 않는 책을 골라와 읽어달라고 엄마를 곤란하게 하는 일도 있을 것이지만 혼내지 말고 포기하지도 마세요. 시행착오를 겪으며 경험이 누적되면 아이도 본인의 수준에 맞는 책을 고르고 만족해하는 날이 올 테니 분명 가치 있는 일일 것입니다.

04
오류의 교정

아웃풋이 시작되면 아이의 발음, 낱말, 문법 등 모든 부분에서 꾸준히 오류가 나타납니다. 아이들이 모국어인 우리말을 배울 때와 크게 다를 바가 없지요. 서연이와 서진이의 영상을 보면 발음이나 문법 오류가 참 많은데 그런 오류들을 직접 교정하려고 하지는 않았어요. 예를 들어 아이가 'book'을 'box'로 읽는다면 오류라기보다 문자를 잘못 인식한 것이기 때문에 바로 알려주어야 하지만 일반적인 발음이나 문법의 오류라면 굳이 고쳐주지 않아도 돼요. 그런데도 시간이 지나면서 오류가 자연스레 바로잡히는 건 정말 신기한 일이지요. 아이들의 예전 영상을 보다 보면 'people'을 'peoples'라고 말하고 'liver'를 'river'로 발음했지만 이제 그런 오류는 더 이상 나타나지 않아요. 의도적으로 교정을 해주지 않았어도 아이의 생활에서 유의미한 인풋이 차고 넘치기 때문에 가능했던 일이에요.

어른 입장의 교정은 아이가 느끼기에는 지적일 가능성이 무척 커요. 엄마가 틀린 부분을 알려주기 시작하면 아이는 주눅이 들고 말 거예요. 아예 영어를 잘하지 못하는 엄마들은 오히려 칭찬을 많이 하는데 영어에 자신 있어 엄마들은 오류를 고쳐주려 하는 경우가 더 많아요. 오류 교정이라는 명목으로 하는 지적은 의욕을 떨어뜨리고 아이와의 관계를 나빠지게 할 뿐 득이 될 게 전혀 없습니다. 아이가 오류를 보인다는 건 그만큼 많은 아웃풋을 시도하고 있다는 증거이니 오히려 기뻐해야 할 일이에요. 평가하고 바로잡아주려는 시선 대신 틀려도 당당하게 발화할 수 있는 자신감을 심어주는 일이 훨씬 중요합니다. 풍부한 인풋 환경만 잘 만들어주고 나머지는 자연스러운 흐름에 맡기고 지켜보세요.

학습적으로 영어를 배우는 상황이라면 이야기는 완전히 달라집니다. 엄마표 영어 아이의 언어적 오류가 자연스럽게 교정되는 이유는 차고 넘치는 인풋 때문인데, 이런 인풋을 기대하기 어려운 환경의 학습자가 오류 교정을 제때 받지 못하면 잘못된 영어를 오랫동안 고수하다가 자신의 것으로 고착시킬 가능성이 커져요. 아무래도 인풋에 노출되는 환경이 제한적이면 오류를 발견할 기회도 적을 수밖에 없기 때문이에요. 하지만 충분한 인풋 환경의 아이라면 시간이 흐르면서 자신의 아웃풋에서 나타나는 오류를 스스로 발견할 기회도 충분해서 저절로 교정이 되기 때문에 의식적으로 교정할 필요는 없습니다.

05
실패의 원인 짚어보기

정서적 거부감

아이가 영어를 거부하거나 영어에 부정적인 태도를 보인다면 엄마표 영어 접근법에 대한 엄마의 태도를 전반적으로 점검해 보아야 합니다. 이야기를 틀어놓으면 꺼달라고 하는 아이에게 무조건 들을 것을 강요한다거나 '제대로 듣고 있니?', '무슨 뜻이야?'와 같은 질문으로 아이를 채근하고 있지는 않은지 되돌아보아야 해요. 영어를 노출하는 과정에서 위와 같은 질문은 대놓고 하지 않는 것이 좋으니까요. 영어를 습득하는 환경에서 아이를 대하는 엄마의 말투와 태도만 바뀌어도 영어에 대한 아이의 감정은 좋아질 수 있어요. 주변의 사례를 보면 특히 영어를 잘하는 엄마들이 아이의 느슨한 태도를 유연하게 받아들이지 못하는 경우가 많았어요. 영어를 틀어놓았는데 딴짓을 하거나 흥미를 갖지 않는 아이를 닦달하는 것이지요. 아이가 영어를 받아들이고 있는지 제대로 따라가고 있는지 자꾸 확인하려 든다면 없던 거부감도 생길 거예요. 아이가 듣기나 영상에 집중하지 않고 있다면 다그칠 것이 아니라 잠깐 이야기나 영상을 멈추고 분위기를 바꾸거나 주의를 환기해 보는 노력이 필요해요. '집중해서 제대로 봐야지.', '무조건 앉아서 집중해서 들어야지.'와 같은 일방적인 지시보다는 먼저 아이의 마음을 읽어주세요. 아이가 먼저 긍정적인 의지를 갖지 않으면 우리 아이와 영어 사이의 거리는 좁히기 힘들어요.

아무리 언어 습득이 자연스럽게 이루어지는 과정이라 해도, 한국에 살면서 영어를 습득하는 일이 밥을 먹고 잠을 자는 것만큼 쉽게 이루어지는 건 아니에요. 서로 다른 고충을 조금씩은 안고 해결해 가는 거죠. 그것이 언어 습득의 발달 단계상 흔히 겪을 수 있는 적절한 수준의 어려움이라면 아이와 대화하려는 엄마의 노력만으로도 아이는 크게 달라질 수 있어요.

아주 어릴 때부터 영어 노출 환경에 익숙해져 자란 아이보다 조금 늦은 나이에 시작해 거부감이 더 큰 경우라면 아이와 영어 노출의 필요성에 대해 함께 이야기 나누어보고 설득해 보는 것도 좋아요. '엄마랑 같이 영어 영상 보고 간식 먹을까?', '이거 읽고 나서 보드게임 한판 하자.'와 같은 적절한 보상으로 설득하는 것도 단기적으로는 괜찮은 방법이에요. 그러나 영어 영상을 보고 영어책을 읽을 때마다 무조건 보상을 주는 루틴을 만들어버리는 건 위험해요. 영어 노출이 아이들에게 일종의 숙제처럼 되어버리면 장기적으로 더 힘들어질 수 있기 때문이에요. 아이의 반응을 꼼꼼히 살펴 영어책이나 영상을 재미있게 받아들일 수 있도록 길을 만들어주는 현명한 노력이 뒷받침된다면 아이의 영어 거부감은 서서히 줄어들 거예요.

아웃풋에 대한 불안과 조바심

엄마표의 결과는 단 몇 달 만에 나타나지 않아요. 인풋의 시작이 늦은 아이의 경우 아웃풋이 나오기까지 몇 년씩 걸리기도 해요. 이 점 때문에 불안해하는 사람들도 많은 게 사실입니다. 옆집 아이는 인풋에 노출한 지 얼마 되지도 않아서 곧잘 영어를 재잘거리는 것 같은데 우리 아이는 아웃풋이 생각만큼 나오지 않으면 걱정되고 초조해지지요. 하지만 모국어 습득의 기본 원리를 이해하면 절대 불안해하지 않아도 된답니다. 적절한 인풋이 계속되고 있으면 단기간에 발화가 되지 않더라도 아이의 듣기 실력은 계속 향상되고 있으므로 지켜보고 기다려주어야 해요. 우리말을 습득할 때도 인풋이 한참 동안 쌓이고 쌓여서 아웃풋으로 나오는데 말이 빠른 아이와 느린 아이는 몇 년씩 차이가 나기도 하니까요.

하나를 입력했다고 해서 바로 하나가 출력되기를 기대한다면 습득이 아니라 오히려 학습에 가까워요. 학습은 단기적으로 보면 결과가 빠르게 나타날지 몰라도 언어 습득의 궁극적인 목표의 관점에서 봤을 때는 바람직하지 않아요. 엄마표 영어를 통해 꾸준한 인풋을 받으면서 자기도 모르게 그 언어에 스며드는 것이지, 인풋을 즉각적으로 출력하는 학습의 효과를 기대하는 것은 아니니까요. 꾸준하고 지속적인 노출만 이루어진다면 결국 아웃풋으로 연결될 건 분명하지만 불안감이 높은 환경에 놓인 아이들은 인풋의 효과가 낮을 수밖에 없어요. 언어학자 Krashen(크라센)은 입력가설에서 정의적인 측면에서의 마음이 닫혀있으면 입력이 제대로 흡수되지 못한다고 주장했어요. 불안한 환경에서는 동기나 태도가 저하되어 인풋이 제대로 효과를 발휘하고 어렵다는 말이지요. 아이마다 발화가 시작되는 시기가 다른데 엄마가 계속 재촉하면 아이의 언어 습득에 장애물로 인식될 뿐이고 아이와 영어를 멀어지게 하는 지름길이 되는 거죠. 엄마의 불안과 조바심 때문에 영어를 즐기는 아이가 아닌 두려워하고 피하는 아이가 되게 하지 마세요.

잘못된 인풋 노출

반복해서 강조해 온 것처럼 엄마표 영어의 핵심은 '유의미한 입력을 꾸준하고 충분하게 노출해 주는 것'입니다. 그러나 어떤 이유에서건 아이가 인풋을 싫어하거나 피한다면 그 힌트를 놓쳐서는 안 돼요. 영어를 꾸준히 노출하고 있더라도 인풋의 난이도가 아이에게 적절한지 확인해 볼 필요가 있는 거죠. 아이는 다음 단계로 넘어갈 준비가 되지 않았는데 너무 어려운 수준의 인풋을 계속 준다면 아이는 흥미를 잃어버릴 가능성이 커집니다. 듣기든 영상이든 이해가 되지 않으면 시끄럽게 느껴지고 점점 싫어질 수밖에 없지 않을까요. 아이가 재미를 느끼게 하려면 아주 쉬운 내용부터 시작하여 점진적으로 단계를 높여 나가야 함을 꼭 기억해야 합니다. '유의미한 입력'을 염두에 두고 아이가 적당한 도전 의식을 가질 정도의 수준으로 유지해 주는 것이 좋겠지요.

수준에 맞는 인풋이라도 노출의 양의 충분한지 점검해 보아야 합니다. 의도적으로 노출량을 채우려는 노력이 없으면 우리말만 듣고 말하는 환경에서 자라는 아이들에게 주어지는 영어 인풋은 절대적으로 부족할 수밖에 없습니다. 이번 주엔 피곤해서 쉬고 다음 주엔 일이 있어서 안 되고, 이렇게 자꾸 핑계를 만들다 보면 끝이 없는 것이 사람 마음이에요. 노출량이 부족하면 우리말 실력은 쑥쑥 성장하는 데 비해 영어 실력은 제자리걸음만 하게 됩니다. 그러면 아이는 자연히 우리말이 점점 더 편해지는 대신 영어는 점점 더 불편한 언어가 되지 않을까요? 아이에게 모국어와 외국어라는 인식의 경계가 모호할 때 그 둘 사이의 거리가 최대한 멀어지지 않게 유지하는 방법은 꾸준한 인풋밖에 없어요. 듣기든, 영상이든, 책 보기든 인풋에 꾸준히 노출되는 환경이 아이에게 자연스러워지게 하려면 마음먹고 실천하고자 하는 의지를 가질 필요가 있어요. 그렇지 않으면 흐지부지되어 버리기 쉬우니까요. 아무리 유의미한 인풋이라도 노출이 충분하지 않으면 효과를 기대하기는 힘들어요.

영어 인터뷰 서진이(5살), 서연이(8살)

영어 인터뷰 서진이(6살), 서연이(9살)

영어 인터뷰 서진이(8살), 서연이(11살)

Judy Moody를 읽고 감상을 말하는 서연이(8살)

영어말하기대회 '샬롯의 거미줄' 서연이(9살)

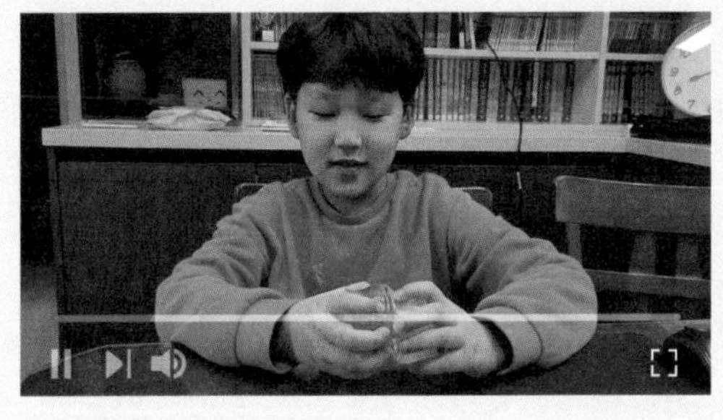

Captain Underpants를 외워 말하는 서진이(8살)

서연이의 엄마표 영어 과정

시기	활동	활용 자료	쪽수
3살 (24개월)	동요 듣기 책 읽기 영상 보기	Super simple songs 노부영	66쪽, 122쪽
3~4살	동요 듣기 책 읽기 영상 보기	헬로코코몽 튼튼영어 싱어롱 튼튼영어 규리앤프렌즈 그림책	67쪽, 74쪽, 126쪽
4~5살	이야기 듣기 책 읽기 영상 보기	고고의 영어모험 메이지, 페파피그 잉글리시에그 그림책	72쪽, 75쪽, 126쪽
5~6살	이야기 듣기 책 읽기 영상 보기 어린이 뮤지컬 역할 놀이	EBS 애니메이션 찰리앤롤라 아서, 매직스쿨버스 삼성 세계명작 영어동화 이지룩 전래동화 English Fairy Tales 영화 그림책	79쪽, 88쪽, 91쪽, 145쪽, 150쪽
6~7살	이야기 듣기 책 읽기 영상 보기 역할 놀이	EBS 애니메이션 아서, 매직스쿨버스 English Fairy Tales 리틀팍스, 라즈키즈 파닉스 교재, 파닉스 보드게임 리더스북 영화	79쪽, 84쪽, 88쪽, 91쪽, 172쪽, 174쪽, 178쪽
7~8살	이야기 듣기 책 읽기 영상 보기 역할 놀이 유튜브 영상 제작	파닉스 보드게임 리더스북, 챕터북 리틀팍스, 라즈키즈 영화	176쪽, 181쪽, 185쪽, 194쪽, 266쪽
9~10살	이야기 듣기 책 읽기 영상 보기 역할 놀이 유튜브 영상 제작	챕터북, 뉴베리 소설책 리틀팍스 디즈니 등 영화	199쪽, 216쪽, 232쪽

| 나가며 |

“애들아, 엄마가 학원도 안 보내고 너희들 영어 잘하게 만든 비결에 대해서 글을 좀 써보려고 하는데 도와줄 수 있을까?” 하니 아이들이 무척이나 좋아했습니다. 특히 큰아이는 엄마가 이런 글을 써서 영어로 힘들어하는 다른 아이들을 도와줄 수 있다니 너무 잘됐다며 협조적이었어요. 친한 친구 중에 영어가 너무 싫고 영어 학원에 가는 게 괴로운데 엄마가 억지로 가라고 한다며 고민했던 아이가 있었거든요. 그 친구를 도와주지 못해 안타까워했던 서연이는 엄마의 글이 그런 아이들을 도와줄 수 있을 거라고 기대에 들떠 있네요.

학교에서 친구들이 어떻게 공부하면 너처럼 영어를 잘할 수 있냐고 묻는데 자기는 딱히 해줄 말이 없어서 난감했던 적이 있다고 합니다. 아이 입장에서 영어를 공부한 적이 없으니 어떻게 하면 잘하게 되는지 알 리가 없는 게 당연하지요. 그냥 어릴 때부터 영어 영상을 보고, 영어 이야기도 많이 듣고, 엄마랑 영어책 같이 읽었다고 대답했다는 아이의 말에 저는 고개를 끄덕였어요. 친구들이 원했던 답은 아니었겠지요. 하지만 서연이의 대답 안에 엄마표 영어의 핵심이 모두 녹아있는걸요. 다른 친구가 다시 물어와도 더 해줄 특별한 대답은 없을 것 같다는 아이의 말에 깊이 동의했습니다.

그런 아이가 다른 친구들도 자기처럼 영어를 잘하면 좋겠다고 합니다. 그러면 영어로 역할 놀이도 같이 할 수 있고 영어책도 같이 읽을 수 있고, 무엇보다 영화를 볼 때 원어 버전으로 같이 볼 수 있기 때문이랍니다. 학교에서 가끔 영화를 보는 일이 있는데 선생님이 항상 우리말 더빙으로만 틀어주시는 게 불만이라고 했습니다. 사실 영화는 원어로 봐야 제맛이긴 하지요. 우리 가족이 원어 버전의 영화를 보면 남편과 저는 열심히 자막을 읽고 아이들은 원어를 듣고만 있으니 조금은 이상한 광경이긴 합니다. 이번 주말에는 아이들이랑 오랜만에 원어로 상영 중인 영화나 한 편 보러 가야겠습니다.

더 많은 친구가 영어로부터 자유로워지기를 바라는 우리 큰딸의 바람처럼, 엄마표로 나아가는 발걸음에 저의 경험담이 귀하게 쓰인다면 더할 나위 없이 기쁘겠습니다.